JN103787

# 無限の正義

中村啓
Hiraku Nakamura

河出書房新社

# 無限の正義

# 序章

老人介護施設〈ひまわり〉にあるテニスコート一面ほどの広さの庭で、薬師丸遼一（やくしまるりょういち）は古びたベンチに腰を掛け、車椅子に収まった父の和夫（かずお）を静かに見つめた。

三月中旬のこの日は比較的穏やかな陽気で、カーキ色のチェック柄のネルシャツに栗色のカーディガンを羽織り、下は黒のコーデュロイのズボンといった格好でも、父は寒そうではなかった。遼一は仕事着であるチャコールグレーのスーツの上に、薄手のベージュのスプリングコートを着ていた。ネクタイはネイビーのブランドものである。妻が誕生日にプレゼントしてくれた。服装にはさして気を遣わないが、ネクタイにだけはこだわっている。

庭に植えられた桜の蕾（つぼみ）は膨らみ、花壇にはフリージアやヒヤシンスといった早春の花々が色鮮やかに咲いている。

七十五歳の父が認知症と診断されてから三年が経つ。レビー小体型認知症といって、記憶障害を中心とした認知機能の低下や幻視、手足の震えといったパーキンソン症状を呈する認知症である。アルツハイマー型認知症に次いで多いと言われている。認知機能に変動が生ずるのが特徴で、和夫は一過性の意識障害も見られるため、意識がはっきりしているときとぼんやりしているときの差が大きかった。

母はすでに十二年前に他界しており、浦和にいる父を一人にさせることはできなくなったので、昨年から石神井公園駅の近くにある老人介護施設に入居させることにした。遼一の住む練馬区桜台からも近く通いやすい。

週に一度、父のもとを訪ねることにしていた。今年に入ってからとみに父はやせ細り、そう長くはないと感じたからだ。少しでも多くの時間を父と一緒に過ごしたかった。

施設に来ると、一緒に庭まで散歩する。庭は常に清掃が行き届き、手入れがされていて、いつも四季折々の花が咲いているが、なぜかきれいだと感じたことがなかった。

和夫は陽溜まりの中でおとなしくしていた。視線は花壇のほうを向いているが、花を愛(め)でているようには見えない。話しかけているのだが、先ほどから反応はない。

遼一はネクタイの結び目の位置を正した。いつも曲がっていないか気になって、結び目をいじるのが癖になっている。

「今度、昇任試験があるんだよ。いまちょうど厄介な帳場(ちょうば)が立っていて、忙しいんだけどさ。一昨年から勉強してきたから、たぶん合格すると思うよ。そうしたら、おれも晴れて警部だ」

薬師丸遼一は池袋署の刑事課強行犯係に所属する捜査員だ。今年で四十五歳、階級は警部補。強行犯係は殺人や強盗など凶悪犯を摘発する部署である。

目下、池袋署管内では連続殺人事件が発生し、特別捜査本部（帳場）が立っているため、目が回るほど忙しい。本来なら父に会っている暇などないのだが、上司に断って今日は特別に半日だけ時間をもらったのだ。

四月の下旬に昇任試験の一次試験がある。いまが一番勉強をしなければいけない時期だが仕方がない。警部昇進の試験の受験は今年で二度目であり、十分な準備をしてきたので、試験をパスする自信があった。

警部に昇進してからは、警視庁（本庁）捜査一課の配属になれば、と考えていた。警視庁刑事部の捜査一課は言わずと知れた花形の部署である。捜査本部が立っているいま、本庁の幹部たちが捜査員たちの働きに目を光らせている。彼らの目に留まれば、本部に引っ張り上げられることも十分ありうる。

警察は上意下達がモットーの軍隊式の組織である。上に立たなければ顎で使われるだけだ。遼一はなんとしてものし上がりたかった。三流の大学卒ではあるが、理屈の上では警視正までなら出世可能である。警視正になれば国家公務員扱いになり、県警本部長や警察署長を任せられることもある。そんな未来を夢見ていた。父の意識がはっきりしていたとしても、出世とは無縁の元中学校教師であり、のんびりとした性格の父には、遼一の野心はわかるまい。

「警部になれば収入も少し上がるから、月々の家のローンの返済額も増やせるよ。恵理子に世話になってばかりもいられないしな。夫として肩身が狭いし。あと、これからは佳奈の留学費用も捻出しなくちゃならない」

大手総合商社に勤務する妻の恵理子は、公務員の遼一よりはるかに収入がよい。父の老人介護施設の入居費も馬鹿にならないため、月々の自宅のローンは妻が多めに払っていた。また、十八歳になって高校を卒業したばかりの娘の佳奈が今年の秋にロンドンにバレエ留学することになっている。小学校一年生のころ、バレエ好きの妻に無理やり習わされて以来、いつしか佳奈はバレリーナになる夢を抱き、今冬、念願だったイギリスの名誉あるバレエ学校のオーディションに合格した。警察官の給料ではとてもではないが、バレエ教室に通わせたり、留学させてやったりなどできない。費用は妻の恵理子が全額出すというが、遼一がまったく出さないわけにもいくまい。

「おれの娘がバレリーナだってさ。何だかぴんと来ないよ。これで世界的に有名なバレリーナになったらどうする？　そのときは娘に食わせてもらうかな」

遼一は自嘲気味に笑った。ふと、和夫の様子がおかしいことに気づく。どこか一点をにらみつけている。

「親父、聞いてるか？」

「あいつだ。あいつがいる……」

和夫はがたがたと震え出すと、立ち上がろうと車椅子の肘掛けを握りしめた。

父がにらみつけるほうを向くまでもない。いつものことだ。幻を見ているのだ。レビー小体型認知症を患う患者の幻視にはさまざまなタイプがあるが、父が見る幻はたいがい黒っぽい服装をした中年の男だった。自分を監視していると思い込んでいる。

「あいつが来た。何を見てるんだ！　あっちへ行け！」

そんな者はいないと言っても聞かない。本人には見えているのだから。

和夫は車椅子の中で手足をばたつかせて暴れ出した。こうなってしまうともう手のつけようがない。

「あっちへ行け！」

「親父、部屋に戻ろう。な？」

遼一は父をなだめながら、車椅子を押して庭をあとにした。

今日は特に意識がはっきりしていなかった。残念だが、これからよくなることはなく、悪化の一途をたどるだけだろう。

遼一は悲しみとともに暗澹（あんたん）たる気持ちになった。そして、次の昇任試験こそは絶対にパスし、のし上がってやるのだと決意を新たにした。

# 第一章

## 1

男たちは一日の労をねぎらって缶ビールで乾杯した。

夜の十一時、薬師丸遼一は自宅のリビングに集まった男たちの顔を見渡した。みな疲れているはずだし、晴れやかな気分ではないはずだが、このときばかりは顔をほころばせていた。

遼一の自宅に泊まることになったのは、同じ池袋署刑事課強行犯係の同僚、谷川栄吉巡査部長、相馬誠一郎巡査部長、そして、遼一がいまバディを組んでいる本庁捜査一課の小田切護巡査部長の三人である。男たちはスーツ姿のままリビングにあるソファに座っていた。遼一の所属する強行犯係にはほかに、吉野聡巡査と紅一点の深田有美巡査がいるが、二人は捜査本部の設置された所轄の道場に宿泊している。

池袋署管内では、反社会的勢力の構成員ばかりを狙った連続殺人事件が発生していた。三週間前の二月二十一日、須藤組の組員が刃物でめった刺しにされて殺されたのを皮切りに、三月二日に宮本組の元組員、三月十日に半グレ集団〈ブラックチェリー〉のメンバーと、だいたい一週間おきに、いずれも刃物で刺し殺されたのだ。凶器は刃渡り十五センチくらいのサバイバルナイフのようなものと考えられる。殺害された三人の額には刃物で×印が刻まれていた。これに関しては厳しく箝口令が敷かれており、マスコミには公表されていない。反社ばかりを狙った犯行から、マスコミは犯人を、街をきれいにする清掃車にかけて〝聖掃者〟と名付けた。警察内部でもその渾名が通名となっている。

これまでのところ捜査にはさほど進展が見られていない。唯一、最初に殺害された須藤組組員、伊藤裕也の爪の間から、犯人のものと思われる皮膚片が見つかったが、警察が保有する被疑者ＤＮＡ型記録や遺留ＤＮＡ型記録のデータベースと照合してもヒットしなかった。今回が初犯なのかもしれない。目撃情報もなし。怨恨による犯行か、通り魔的な犯行なのかもわからない。捜査は長期化の様相を呈していた。

重大な事件が発生し捜査本部が立つと、所轄の道場で寝泊まりする者も出てくる。遼一の家は池袋署から近いので、この日は特別ということで、三人の男たちを薬師丸宅に招待することにした。昔は署内で酒を飲んだりもしたそうだが、昨今はそうもいかない。久しぶりに酒を飲みたかったし、飲んだら風呂に入り、そのまま眠りたかった。

遼一は夜食にと簡単にペペロンチーノと冷やしトマトを振舞った。共働きで、家事は分担しているので、料理は当然できる。男たちは「旨い旨い」と食べ、小田切は遼一が料理ができることに感心していた。ペペロンチーノをつくるのは簡単だし、冷やしトマトは切ってドレッシングをかけるだけなのだが。

妻の恵理子と娘の佳奈はすでに就寝しているようだ。息子の将太は不規則な生活をしているので起きているだろうか。二階の自室に引きこもっているためわからない。男たちは声をひそめて話をする。

谷川は大きな目をぎょろりと動かして、リビングの四方を見回した。谷川は五十七歳のバツイチの独身者で、三鷹にある公務員住宅に一人で住んでいる。いつも型崩れした身体に合っていないスーツを着ている。おしゃれとは無縁のオヤジである。

「それにしても、立派な家だな。おれもこんな家に住んでみたいもんだ」

薬師丸家を訪れる者はたいがい同じせりふを口にする。相馬と小田切も感嘆した様子で、部屋のあちこちに視線を走らせている。

「建て売りじゃなく自分好みに自由にデザインして家を建てるってのは夢だよなぁ。今世じゃもう叶わないけど……」

薬師丸家の一階のＬＤＫは二十畳の広さがあり、二階まで吹き抜けの天井は高く、開放的なつくりになっている。フローリングの床から壁、家具の色まで、オフホワイトで統一され、北欧スタイルの内装だ。これは恵理子の趣味である。

相馬が物めずらしそうに目の前の檜(ひのき)のテーブルをなでている。

「これって一枚板っすよね？　いったいいくらするんすか？」

三十八歳の相馬は、高校時代はヤンキーだったという。どういう心境の変化か警察官になった男だ。いまどきのソフトリーゼントという髪型がやけに似合うイケメンである。結婚しており、一男一女がいる。

「さあ、いくらだったかな……」

家の話題になると、遼一はいつも居心地が悪くなった。公務員の給料ではけして購入することはできない物件である。いや、妻の給料を足しても、とうてい無理だ。実のところ、隣に住んでいる妻の父親が所有していた土地の上に十年前に建てたもので、購入価格の半額相当を義父が払ってくれている。そして、残りのローンも現在は妻が多めに払っているのだ。夫としては非常に肩身が狭いと言わざるを得ない。

檜の一枚板のテーブルもいくらなのか、妻が手配したため知らなかった。

谷川がまた口を開く。

「檜のテーブルぐらいで驚いてたらいかん。娘さんなんてバレリーナを夢見て、今度ロンドンの名門校に留学するっていうんだから」

「バレエ留学ですか。絵に描いたようなセレブじゃないですか？」

小田切が驚嘆している。小田切とは今回帳場が立って初めて知り合った。明るく愛嬌（あいきょう）があり、谷川たちからも好かれているので、今日は自宅に誘ったのだ。年齢は三十歳。温厚そうな顔つきながら、体格は意外にがっちりとしている。話を聞くと柔道高段者で、左の耳がカリフラワー状になっている。柔道やレスリングなどで激しい練習をすると、摩擦により耳がつぶれてしまうのだ。

遼一は無意識にネクタイの大剣（ブレイド）をいじっていたが、それが高級品だと思い出して手を引っ込めた。

「いやいや、セレブでも何でもないよ。実は、妻の父にずいぶん助けてもらっている。それにうちは共働きだからな」

言い訳をするように言った。

独身だという小田切がうなずく。

「いまの時分はどこも共働きですよね。女性だって仕事に生きたい人もいるし、そっちのほうが家庭に経済的なゆとりも生まれますからね。奥さん、どんなお仕事をされてるんですか？」

「商社に勤めている」

遼一が商社の社名を口に出すと、小田切は驚いて仰け反った。

「えっ、奥さん、すごいエリートじゃないですか。いったいどうやって刑事が商社勤務の女性と知り合うんですか？」

谷川が頬を弛める。

「小田切はなかなかの引き出し上手だな」

「大学時代の後輩だ。きみもさっさと結婚したらいい」

「いや、婚活中なんですけどね。これがなかなか出会いがなくて……」

「アプリなんてどうだ？　いまいろいろあるだろう？」

流行りものに疎そうな谷川がそんなことを言う。

「出会い系のアプリですか？　いやぁ、友達が言うには、詐欺まがいやパパ活目的が多いっていうんですよ。警察官はどっちもまずいじゃないですか」

「そりゃ、そうだ」

「で、奥さん、美人なんですか？」

なおも小田切が聞いてくる。尻のあたりがむずがゆくなる。

「いやいや、そんなたいしたもんじゃない……なんて言ったら怒られるが、どうだろう。おれは好きになって結婚したよ」

「でしょうね。好きにならなかったら結婚しませんからね」

咳払いが聞こえたので振り返ると、リビングの入り口に、妻の恵理子が部屋着姿で立っていた。恵理子は遼一より三歳年下の四十二歳だ。吊り目がちな上、鼻ぺちゃながら、愛嬌のある顔立ちをしており、歳よりずっと若く見える。まだ寝ていなかったようで、挨拶だけでもと思って顔を出したのだろう。

「起きてたのか……。自慢の妻の恵理子です」

機嫌を取ろうとしたが、恵理子は遼一に目もくれなかった。

一番年配の谷川が立ち上がって頭を下げた。

「奥さん、お邪魔させてもらっています」

相馬と小田切もあとに続いて立ち上がって、「お邪魔しております」と挨拶をした。

「いえいえ、連日お疲れ様です」

恵理子もあらたまって頭を下げて返す。

「ごゆっくりしてください。わたしは先に失礼させていただきますので」

恵理子が廊下に出ていくと、遼一はあとを追った。リビングのドアを閉めて妻と向き合う。

「悪いな。みんな風呂に入りたいって言うから」

「いいよ、一日ぐらい」

二日目はない、ということだ。それは遼一もわかっていた。たまにある一日なら許容してもらえる。

「洗い物はしておいてね」

「もちろん」

恵理子は手を伸ばすと、ネクタイの結び目の位置を直した。

「おやすみ。美人じゃなくてごめんね」

「いやいや、おまえはきれいだよ。おやすみ」

密かにため息を吐くと、笑顔をつくってリビングに戻った。息苦しさを感じてネクタイを緩める。

明日も朝は早い。遼一たちは日をまたぐ前に就寝することにした。


浅い眠りの中で同じ夢を繰り返し見ていた。夢を見るのはめずらしい。恵理子と外食をしているシーンだ。二人で初めて行ったイタリアンの店で、妻が真剣な表情で話している。怒っているようにも見える。何かを必死に訴えているが、無声映画のように言葉がまるで聞こえない。ナプキンを投げ捨て、妻が席を立ち、去っていく。漠然とした不安が胸の中に湧き起こる。

電話が鳴っていた。仕事用の携帯電話(スマホ)だ。薄目を開ける。カーテンの向こう側が白み始めている。隣で谷川たちが寝息を立てていた。昨夜はリビングに布団を敷き、同僚たちと雑魚寝(ざこね)したのだ。

枕元に置いていたスマホに手を伸ばす。電話の相手は課長の竹野内義則(たけのうちよしのり)だった。階級は警視だ。直属の上司である警部の男がうつ病にかかり長期休暇中なので、いまは竹野内が遼一の上司である。

あわてて上体を起こすと、「お疲れ様です」と応答した。同僚たちも着信音で起きたようで、もぞもぞと身体を動かしている。

低く、響く声が聞こえた。

「朝早くに悪いが、また殺しだ。聖掃者だ」

竹野内は被疑者の発見された現場の住所を告げると通話を切った。

目を覚ました谷川が横で胡坐(あぐら)になり身体を掻いている。

「殺しか？」

「聖掃者だそうです。現場は南池袋二丁目――」

「いま何時だ……？」

スマホの画面で確認する。

「五時三十五分ですね」

リビングの電気を点けると、相馬と小田切も次々に起き上がった。男たちは部屋着からスーツに着替えた。遼一はワードローブから臙脂(えんじ)色のネクタイを出してきて締めた。忙しいときも、毎日ネクタイを取り替えることにしている。

家の中は静まり返っていた。恵理子と佳奈はまだ寝ているだろう。将太はいま時分から寝るのだろうか。

顔を洗うために、洗面所へ向かった。途中、二階に続く階段の上方をうかがう。真っ暗でしんとしている。

将太のことを心配した。高校二年に上がってから、すっかり学校へは行かなくなってしまった。最近は特に生活のリズムが乱れており、昼ごろに起き出して、自分でカップ麵などをつくって食べているらしい。それもなるべく家族に顔を見られないようにして。学校へ行くよう何度も説得してきたが、自宅で受験勉強をして、大学へはちゃんと行くからと言い張る。学校にも塾にも行っていないものだから、学力がどの程度なのかもさっぱりわからない。真剣に話し合わなければと思いながら、まだ高二だからいいかとずるずると先延ばしにしてきている。

洗面所で顔を洗い、急いで用を足す。始発はとっくに動いているが、タクシーを使うつもりだった。四人いるので、割り勘にすればいい。

玄関で革靴を履く。ドアノブに手をかけたそのとき、突然ドアが開き、佳奈が帰ってきた。遼一の顔を見て、驚いた顔をしている。

佳奈は黒のダウンジャケットを羽織り、淡いパープルのチュニックという出で立ちで、初めて目にする服装をしていた。ずいぶんと大人びて見える。

昨夜は遅く帰宅したため、佳奈が在宅しているかどうか気づかなかったが、まさか朝帰りしてくるとは。

「いままでどこに行ってたんだ？」

思わず厳しい口調で問い詰める。

「友達と遊んでた」

佳奈はそれだけ言うと、遼一たちをすり抜けるようにして、靴を脱いで階段を駆け上がっていった。

気まずい空気が流れる。

谷川が気を遣って言った。

「まあ、年頃ってやつだな」

「困ったもんですよ。挨拶もしないで……。あとで厳しく言い聞かせます」

遼一の胸にいろいろな思いが込み上げてきた。佳奈がバレリーナで大成することは夫婦の夢でもある。いまが大事な時期なのだから、遊びにうつつを抜かしている場合ではないはずだ。

「行きましょう、薬師丸さん」

小田切に急かされて、遼一は頭を仕事に切り替えた。

2

現場は閑静な住宅街だった。大小の住宅が建ち並ぶ中にところどころ背の高いマンションが建っている。あたりはずいぶん明るくなっていた。小さな墓地に隣接した十数階建てのマンションの前に、警察車両が複数台と救急車が駐まっている。

捜査員らが取り囲む一角に、人が仰向けに倒れていた。一目見て、死んでいるとわかるほど顔が青白い。死体は五十代の男で、黒のトレーニングウェア姿。見るからにガラの悪そうな人相をしている。額に×の印の切創があり、腹部を刺されたようで、アスファルトに血溜まりができていた。

吉野聡巡査と深田有美巡査がすでに到着していた。

「お疲れ様です!」

二人の若い声が飛ぶ。

吉野聡は七三にきちんと分けた髪に生真面目そうな顔立ちをしている。自称、HSP(Highly Sensitive Person)とのことで、非常に感受性が高く敏感な気質のため、人付き合いが苦手だと言う。そのためか、彼女がいたという話を聞いたことがない。三十二歳の独り者である。

深田有美はボブヘアの似合う童顔の持ち主で、どう見ても学生にしか見えない。見た目のわりに気が強くしっかりしており、頼もしい部下である。アイドルを目指していた時期があるそうで、カラオケが抜群に上手い。二十八歳の同じく独り者だ。

「お疲れさん」

今度は野太い声がした。池袋署組織犯罪対策課(通称、組対)の浜田雄馬警部補だ。相棒の警視庁捜査一課所属の藤井俊介巡査部長の姿もある。本事案は被害者が反社ということもあり、所轄からは組対の面々も加わっていた。

浜田は遼一より二つ年上の四十七歳で、暴力団関連の事案を担当する組対に所属している。組対の刑事たちはみな暴力団に見間違われそうな人相をしているが、浜田もその例に漏れない強面である。上背がある上、恰幅もよく、髪が短く、目付きが鋭い。たいがいの人は浜田を避けて通る。一方の藤井は対照的な男だ。年齢は三十代前半。センター分けにしたさらさらの髪型に、色白で中性的な顔立ちをしている。非常に無口で、黙ったままじっとこちらをうかがう癖がある。本庁の捜査一課にいるのだから優秀なのだろうが、何を考えているのかわからないタイプだ。

挨拶を交わすと、遼一は遺体の検分を始めた。

「ヤクザか。身元は？」

浜田が遺体を顎でしゃくる。

「こいつは、天宮興業の者だ。名前は岸谷彰吾。何度か会って話したことがある。北口にある風俗店の店長を任されていたかな。天宮興業は元は天宮組という極天会系の三次団体だったが、ずいぶん昔に組を解散している。ただ、フロント企業だという噂がある」

暴力団関連事件の捜査に当たるのは組織犯罪対策課であり、刑事課とは畑が違うため、遼一はあまり暴力団に詳しくはない。

そばにいた谷川が茶化すように言う。

「会ったことがあるというのは、その店に行ったことがあるってことだな」

浜田は下卑た笑い声を上げると、これまでに得た情報を話した。

「今朝五時十五分ごろ、散歩中の男性が遺体を発見した。検視はまだだが、死後硬直の具合から見て、死後五時間以上は経ってるんじゃないか。遺留品は財布のみ。本人の運転免許証が入っていた。住居はここのマンションの二階。こいつもスマホがない。犯人に持っていかれたな」

最初に殺された伊藤裕也を別にすると、これまでに聖掃者に殺された二人はスマホを所持していなかった。犯人が持ち去ったものと考えられる。そのため、スマホの解析が進まず、三人の交友関係に共通項があるかどうかつかめずにいる。

遼一はしゃがみ込んで、遺体の手の爪を見た。少し伸びた爪の間には挟まっているものはないようだ。最初の被害者以来、現場に容疑者のものと思われる遺留品は見つかっていない。

「抵抗した様子がない」

通常、刃物を持った相手に抵抗すると、手や腕に防御創ができる。

浜田がうなずいた。

「ああ、すれ違いざまに腹を一刺しって感じだろう。聖掃者は殺しの腕を上げているよ」

「今度も防犯カメラ、なさそうですね」

深田が残念そうな口調でこぼす。

「事前に下見をしているのかもしれないな。最初の犯行以来、へまをやっていない」

遼一は立ち上がると、周囲をぐるりと見回した。マンションのほかには一戸建てが建ち並んでおり、一見したところ防犯カメラの存在は認められない。聖掃者は殺す相手を尾行し、その行動パターンをつかみ、殺す場所を計算しているようだ。

相馬が悔しそうに顔をしかめた。

「もう四人目っすよ。聖掃者は調子に乗ってるんじゃないっすか？　ＳＮＳでみんなが〝正義の使者〟だとかはやし立てるから」

ＳＮＳ上では、犯人に対する賞賛の声が続々と投稿されている。遼一も覗いてみたことがあるが、見識を疑うようなものが多かった。やれ、〝反社みたいなクズは殺されて当然だ〟とか、やれ、〝聖掃者は捕まえても死刑を免除するべき〟とか。そんな状況に鑑みて、マスコミが犯人を聖掃者と皮肉った渾名をつけたという経緯がある。そして、容疑者一人挙げられていない警察をこき下ろしている。被害者が反社だから警察は真面目に捜査をしていないのではないか、とも……。警察も報道にはほとほと困り果てていた。

谷川が同調するように応じる。

「マスコミも〝聖掃者〟なんて渾名をつけるからなぁ。被害者の反社はゴミクズってか。反社にだって人権はあるんだ。それはあんまりだろう。なあ？」

「それはどうでしょう」

深田は納得できないとばかりに口を尖らす。

「反社に人権はないとまでは言いませんけど、実際、暴対法や暴排条例などで法律的な制限は受けてますよね。それでいいんだと思います。だって、ろくでなしの反社なんですから」

「意外に深ちんは厳しいな。反社の中には好き好んで反社になったわけじゃないやつもいる。そういう連中の受け皿だって必要なんじゃないか？」

小田切が深田に加勢する。

「だからって犯罪に手を染めちゃダメですよ。反社になった段階で人としてアウトです」

深田がうなずく。

「わたしもそう思います。SNSの意見ってバカにならないと思うんですよ。あれが民意ですから。国民は反社に怒っているんです」

こういうとき、吉野は会話に入ってこない。黙ったままみんなの意見を聞いている。けして興味がないわけではないのは、聞く姿勢でわかる。単純に会話が苦手なのだ。

「いやぁ、最近の若い警察官は正義感が強いんだな。おれたちにもそんなころがあったっけ？」

谷川が助け船を求めて遼一に顔を向けた。

「〝おれたち〟ってやめてください。谷やんとおれは同世代じゃないですから」

「薬丸（やくまる）さん、四十を過ぎたらみんな一緒だ。辞書で調べてみるといい。〝初老〟とは四十過ぎのことを言うんだから」

谷川は遼一を〝薬丸〟と呼ぶ。

相馬が驚いた声を上げる。

「えっ、それだと、おれもあと二年で初老ですか？　嫌だなぁ」

他人事だと思って、小田切がけらけらと笑っている。

「笑っていられないぞ。三十代なんてあっという間だ」

浜田が話に入ってきた。

「いずれにせよ、聖掃者が調子に乗ってるんなら、まだまだ殺しは続くかもしれないな」

嫌なことを言うなと思ったが、遼一は反論しなかった。その場に居合わせた捜査員らの顔色をうかがう。みんな疲れの色がこびりついている。聖掃者は相当に手強い。この三週間、捜査員はほとんど休みもなく働きづめである。聖掃者を捕まえない限り、安息の日はやってこないのだ。

「よう、お疲れさん」

池袋署刑事課の竹野内義則課長がやってきた。コートはよれよれな上に、その下のスーツも型が崩れ、ネクタイは曲がっており、数日は剃っていない無精髭を生やし、一歩間違えばホームレスに見えなくもない。しかし、刑事としての矜持（きょうじ）を持った優秀な男である。

「お疲れ様です」

一同は一斉に礼をした。

竹野内は片手を上げて応じた。

「ついに四人目か。状況はかなりマズい。目撃者なし。容疑者一人挙げられてないんだから、マスコミからの突き上げが一層厳しくなる。警察の威信が地に落ちるぞ」

遼一はため息交じりに応じた。

「でしょうね」

「〝でしょうね〟じゃない。おれたちは全員無能ってことになる。被害者はみな反社とはいえ、殺される最期というのはむごい。その無念を晴らしてやれるのはおれたち以外にはいない。そうだろう？」

捜査員たちはみな力強くうなずいた。

竹野内はその反応に満足すると続けた。

「それじゃ、周辺の聞き込みに行ってくれ。捜査会議はいつもどおり八時半から始める」

捜査員たちは「はい」と返し、目撃情報を求め、夜明けを迎えたばかりの住宅街に散った。


午前八時半に捜査会議が始まった。池袋署の講堂に本庁と所轄を合わせた百人近い捜査員たちが集まっている。前方に設置された雛壇（ひなだん）には、中央に警視庁捜査一課長の柳沢登志夫（やなぎさわとしお）警視正、管理官、池袋署署長、そして、竹野内刑事課長ら幹部らがずらりと並ぶ。

遼一は柳沢捜査一課長の顔を目に焼き付けようとした。本庁に配置換えになった暁には、自分の上司になる人物である。柳沢捜査一課長は中肉中背の目付きの鋭い五十代半ばの男で、日に焼けた浅黒い精悍な顔立ちをしている。切れ者で通ってはいるが、今回の事件では苦戦を強いられており、打開策を見出せずにいる。その表情にわずかに困憊の色がうかがえた。

遼一は前方に立てかけられたホワイトボードに視線を転じた。ホワイトボードには、これまでに殺された四人の被害者の写真と殺害された日にち、名前、年齢、所属する組織名が記されている。

2／21　伊藤裕也（56）　須藤組
3／2　戸田慎介（57）　宮本組　元組員
3／10　小倉　漣（28）　ブラックチェリー
3／14　岸谷彰吾（53）　天宮興業

会議の司会進行役の竹野内課長が講堂内をぐるりと見渡す。

「それでは、会議を始めます。今朝方、南池袋二丁目の住宅街の路上にて、天宮興業の組員、岸谷彰吾、五十三歳の遺体が発見された。詳しい死亡原因などは司法解剖の結果を待ち、追って報告するが、腹部を鋭利な刃物のようなもので一刺しされていること、額に×印が刻まれていることから、反社連続殺人事件の容疑者、通称、聖掃者の犯行であるとの見方が濃厚である。知ってのとおり、額に刻まれた×印の件はマスコミに公表していない。よって、この四件の事案は同一犯によるものと考えられる」

雛壇の柳沢捜査一課長は、虚空をにらみつけたまま、口を真一文字に結び、腕組みをした状態で動かずにいる。

竹野内課長は続けた。

「被害者の四人は反社あるいは元反社という以外に共通項はいまのところわかっていない。犯人にとって殺す相手は反社か元反社であれば誰でもよかった可能性も考えられる。通常、無差別殺人は社会的弱者が狙われる傾向があるから、本事案は極めてめずらしいケースかもしれない。それでは、昨夜の捜査会議に出席できなかった者は報告をお願いします」

夕方に営業が始まる店舗に聞き込みに行っていて、捜査会議に顔を出せなかった捜査員たちの報告が始まった。

最初に殺害された須藤組組員の伊藤裕也は、池袋一丁目にある組事務所の近くで、後ろから刃物で背中を刺されている。一撃目は傷が浅かったため、犯人ともみ合いになったようだ。伊藤が犯人を取り押さえようとしたのか、爪の間に犯人の皮膚片が入り込んだ、と推測される。犯人は何度か伊藤を刺したが、それでも伊藤は抵抗を続けたことが、遺体の両腕に残された防御創によりうかがえる。犯人は十回以上も刺し続け、ついに伊藤は失血性ショックで死亡した。聖掃者は伊藤の死後、その額に骨にまで達するほど深々と×印を刻んだ。聖掃者が殺人に手間取ったのは、最初のこのときだけであり、二人目以降はみな一刺しで殺している。

暴力団関係者からの聞き込みから、伊藤裕也は生前、裏カジノを商売（シノギ）にしていたことがわかっている。担当になった捜査員らは、伊藤の鑑（かんど）取り（人間関係や交友関係の捜査）を行ったが、目ぼしい成果は上げられなかったと報告した。また、現場周辺の地取り（聞き込みの捜査）を行った捜査員らも同様に特筆すべき情報はないとのことだった。伊藤だけは発見時にスマホを所持していたため、解析が行われた。通信記録やSNSの利用履歴などから交友関係が洗われているが、こちらもいまのところ成果が出ていない。

二番目に殺害された宮本組元組員の戸田慎介は、北口の繁華街から付き合っている女のいるマンションへと歩いているところを、脇腹を刺され殺された。聖掃者はすれ違いざまに脇腹を迷うことなく一突きすることを学んだようだ。

戸田は宮本組の元組員であり、素行の悪さから組を破門された男だった。たいしたシノギも上げられないため、最近はカネに困っていたらしく、風俗嬢をしている女に食わせてもらっていたとは、かつての宮本組の組員の証言である。戸田の鑑取りと地取りを担当した捜査員らもまた、目新しい情報を得られなかった。

「次、薬師丸」

三番目に殺害されたブラックチェリーの小倉漣は、遼一と小田切の担当であり、鑑取りを任されていた。ブラックチェリーは末端まで入れると百人以上のメンバーがいる半グレ集団である。シノギは、投資詐欺、風俗、闇金融など多岐にわたるようだが、メンバーたちは秘密主義な上に結束が固いために、組織の実態がよくわかっていない。

小倉の鑑取りの成果もまた、芳しくない。生前何をシノギにしていたのかさえわかっていない。この四日間、遼一と小田切のコンビは、ブラックチェリーのメンバーたちに聞き込みを行ったが、彼らは頑として口を開こうとしなかった。ブラックチェリーの主要なアジトがどこにあるかは、所轄の組対からの情報、主に浜田から話を聞いて知っていた。池袋の隣にある要（かなめ）

町駅近くのタワーマンションの最上階がブラックチェリーのリーダー、春日凌の自宅兼本拠地だという。いまどきの半グレというのはヤクザとは感覚がだいぶ違う。タワマンを訪ねてみたが、警察の聴取には応じないと、インターフォンの前で門前払いされてしまった。

　小倉が組織においてどういう役割を担っていたのかわからないまま時間だけが過ぎた。昨夜、アジトの一つだというメンバーが経営する池袋駅北口にあるバーを訪ねたとき、酔っぱらったメンバーの一人が、「聖掃者はおれたちが見つけ出す。懸賞金が懸かってるからな」と口を滑らせた。懸賞金について聞くと、一千万円だという。やつらは警察には頼らず自分たちの力で聖掃者を見つけ出し、制裁を加えようとしているのだ。

　遼一は椅子から立ち上がると、ブラックチェリーが聖掃者に懸賞金を懸けている旨を話した。一千万円という金額に、講堂のあちこちから驚きの声が漏れる。「おれも聖掃者を捕まえたら、一千万もらえるんだろうか？」と、誰かが冗談を飛ばし、一部から笑い声が上がった。

「おまえたちは引き続き、ブラックチェリーの聞き込みを行ってくれ」

「了解です」

　竹野内課長の命令を聞いて、遼一は椅子に腰を下ろした。内心ほっと息を吐いて、思わずネクタイの結び目に手をやる。

　隣に座っている谷川がつぶやく。

「あの被害者たちの中で、ブラックチェリーのメンバーだけが異質なんだよな」

　遼一はあらためてホワイトボードに書かれた被害者を見た。確かに、谷川の言うとおり、殺された暴力団組員・元組員がみな五十代なのに対し、ブラックチェリーの小倉だけが、二十代と若い。

「ブラックチェリーのメンバーだけが若いってことですね。何か意味があるんですかね？」

「ブラックチェリーのほうは敵対する半グレ集団の仕業かもしれないぞ」

「でも、凶器は全員同一のものらしいし、額の×印だってあるんですよ」

「そういう可能性もある、ということだよ。とはいえまあ、おそらく通り魔だろうな」

「……通り魔ですかね？」

「被害者に共通項がないからな。知ってるか？　マスコミ曰く、犯人は正義感の異常に強いサイコパスだそうだぞ」

「マスコミの言うこと信じてるんですか？」

遼一の呆れた声に、谷川は小さく肩をすくめた。

竹野内課長が会議の締めの言葉を口にした。

「マスコミが大騒ぎしているし、世間の注目度は高まるばかりだ。一刻も早い被疑者の確保が望まれる。諸君らもいっそう気を引き締めて任務に当たってもらいたい。以上だ」

捜査員たちがぞろぞろと立ち上がり、講堂の外へ向かう。先の見えないことも相まって、みんなの背中には疲れがこびりついていた。

3

遼一は途方に暮れた。これまでどおりブラックチェリーのメンバーから事情を聞こうとしても、彼らは口を割らないだろう。どうしたものか。夜になるまで待って、またメンバーが経営する池袋駅北口にあるバーを訪ね、酔っぱらった輩が口を滑らせるのを期待するか……。

遼一と小田切は池袋駅北口の繁華街を当てもなく歩いていた。午前中ということもあって、まだどこも店は開いておらず、空気は清涼で、人気がなく閑散としている。

今日も比較的暖かい日だった。小田切は小腹が空いたからと、近くのコンビニでホイップクリームたっぷりのデニッシュを買ってくると、歩きながらかぶりついた。

「うまいのか?」

「ええ、うまいですね。おれ、スイーツ大好きなんです」

遼一には自分でスイーツを買って食べるという習慣がない。

「高校時代、家が貧しくて、お小遣いを貯めてたまに買うコンビニのスイーツが最高の贅沢品だったもので。以来、コンビニのスイーツの大ファンなんですよ」

「人にはいろいろな過去があるものだな。なあ、この事件をどう思う?」

「どう思うといいますと?」

「マスコミの言うように、過剰な正義感を持ったサイコパスによる通り魔的な犯行なんだろうか、それとも、怨恨だろうか?」

小田切の細い目が遼一を見た。その表情が真剣なものに変わる。

「怨恨だとすると、被害者に共通する人物がいるはずですよね」

「だよな。そして、そいつが犯人だよな」

遼一は嘆息した。

「いまのところ殺された四人の被害者に共通点はない。組織もばらばらだし、現役と元暴力団の三人に半グレも一人交じっている。マスコミが言うように、池袋を根城にしている悪どもなら誰彼かまわず殺して回っている可能性だって捨てきれない」

「サイコパスの連続殺人鬼ですか。どんなやつだと思いますか？」

「案外、そこらへんにいそうな兄ちゃんだったりするかもな」

世間で怖い事件が起こると、犯人はどんな人間だろうと誰もが思うが、実際、犯人はどこにでもいそうなやつだったりするから厄介である。

「しくじったのは最初の犯行の一度だけ。それ以降は現場に何の痕跡も残していない。防犯カメラにも注意している。これじゃ手の打ちようがない」

小出切はデニッシュを平らげ、口のまわりを拭った。

「暗礁（あんしょう）に乗り上げましたね……」

「そうだな……。ちょっとやり方を変えてみよう」

「ええ、どうします？」

「ブラックチェリーのメンバーに当たっても口は割らない。だから、カタギから話を聞くんだ。ブラックチェリーの周辺にいるカタギに。できれば、メンバーだったやつが理想的なんだが」

「探しましょう。きっといるはずです。でも、夜までどうしますかね」

小田切の言うとおりで、カタギに聞くと言っても、ブラックチェリーの周辺にいるような輩なら夜に街に繰り出してくる。それまでどうするべきかと考えていると、遼一の私用のスマホが鳴った。画面を見て思わず顔をしかめたが、出ないという道理もない。

「よう、久しぶり」

「久しぶりだな。いまから少し会えないか？　ちょうど池袋にいるんだ」

「こっちはこれから捜査だ」

「例の聖掃者だろ。今朝も一人犠牲者が出たそうじゃないか」

「四人目だ」

「捜査も行き詰まっているそうだな」

「頭の痛い話だよ」

「気分転換にどうだ？　そんなに時間は取らせん」

隣で小田切がうなずいている。自分は問題ないというように。

「じゃあ、会うか」

遼一は待ち合わせ場所を聞いて通話を切った。

「ちょっと人と会ってくるから、どこかで時間をつぶしててくれ」

「別にいいですよ。女ですか？」

「馬鹿言え。本庁人事一課の監察係長だ」

小田切は血相を変えた。

「ええっ!?　監察って……、薬師丸さん、何かやらかしたんですか？」

「いやいや、ただの同期の桜だよ」

遼一は笑った。通常、監察から連絡が来たとは、警察官人生の死を意味するからだ。

警視庁警務部は警視庁本部および都下百二の警察署すべての警察官の人事を司るエリート集団である。管理部門であるため犯罪捜査に当たることはないが、警務部人事一課の監察係は〝警察の警察〟ともいうべき存在であり、警察官の違法・触法行為（非違事案）を調査する任務を負っている。監察官に接触されたら警察官としての人生が終わると言われるほど恐れられており、遼一が監察から電話を受けたと知った小田切が驚いたのも無理はない。

片瀬（かたせ）勝成（かつなり）は遼一の高校時代からの友人だった。片瀬は当時から学業優秀で、大学も一流の私大を卒業している。二ランクも三ランクも落ちる大学を出ている遼一とは頭の出来が違う。そして、警察組織においては当然のように、出世にも違いが生まれてくる。片瀬は警部だ。警部補の遼一とは一つしか階級が違わないが、警部と警部補の間には大きな溝が横たわっている。しかも監察係長ともなれば、ノンキャリアの中では出世コースにいると言って過言ではない。父親もまた警察官で巡査から警視にまで上り詰めたというから、正真正銘のサラブレッドである。

池袋駅北口近くにある喫茶店に入った。レトロな雰囲気のある落ち着いた照明の店で、流行りのコーヒーショップよりも、遼一はこの手の昔ながらの喫茶店のほうが好きだった。

窓際の二人掛けの席に片瀬を見つけた。片瀬は遼一と同じ四十五歳だが、なかなかのイケオジである。最近あちこちに肉が付き始め、髪も薄くなってきた遼一とは大違いだ。スーツの上からも引き締まった身体がうかがえる。鍛えているのかもしれない。おまけに出世コースにいる警部殿ときている。嫉妬を覚えずにはいられなかった。

そんな感情を包み隠して、遼一はネクタイの結び目の位置を正すと、向かいの席に腰を下ろした。

「よう。元気そうだな」

「そっちはちょっと疲れてるみたいだな。髭ぐらい剃れよ、みっともない」

自分の見た目を馬鹿にされたような気がして、一気に気分が悪くなった。

「無理もないだろ。連日歩き回っていて、髭を剃る時間もないんだ。で、話って何だ？」

通りかかった店員にコーヒーを注文する。店のテーブル席は互いの会話が聞こえない程度には離れている。

片瀬は周囲に首をめぐらせた。

遼一に視線を戻す。一秒にも満たないほんのわずかの間、遼一の表情から何かを読み取ろうとする時間があったような気がした。

「知ってのとおり、おれの耳には東京中の警察官のいろんな情報が入ってくる。おまえのことも含めて」

「おれの？」

遼一はひやりとさせられた。とはいえ、監察に目をつけられるような非違行為を犯した覚えはない。

「おれ、何かやらかしたか？」

片瀬は顔の前で手を振った。

「いやいや、そうじゃない。今年、また昇任試験を受けるつもりでいるだろう？」

思わず顔をしかめた。一度落ちているからだ。片瀬のほうはとっくにそれに合格している。

「ああ。おかげで二年間も勉強してきたからな。今度は絶対パスするつもりだ」

「おまえなら受かると信じるが、警部に昇進できれば、本庁に配置換えになるかもしれない」

思わぬ話の展開に驚かされた。本庁への転属は遼一の願いである。

「本当か？」

「本当だ。本部勤務の候補者名簿におまえの名前が載っている。真面目な努力家だと評価されているようだ」

見る者は見ているものだ。真面目な努力家とは、遼一自身そう思っている。年末に勤務評定という人事評価があるが、上司が高い点数をつけてくれたのだろう。

「おまえに面と向かって言われると恥ずかしいがな。ありがたい話だ。今回の事件で手柄を立てられたら、本庁の心証はもっとよくなるだろうな」

「そりゃ、そうだろう。功績によっては表彰を受けるかもしれない」

警務部人事一課に属する表彰係は警視総監賞などの表彰を行っている。捜査本部が立つと、その所属長が表彰係に対して表彰の上申を行う。表彰が決定すると、捜査本部員の人事記録が人事情報管理システムに登録され、在籍中ずっとついてまわるという。功績を挙げた者は上層部の覚えが目出たくもなるだろう。出世にも大きく影響してくるはずだ。

警察組織内部で可能な限り出世すること、それこそが遼一の願いである。

俄然（がぜん）やる気が湧いてきた。

片瀬は内密な話をするように顔を近づけてきた。

「実際のところ捜査のほうはどうなんだ？　おれもこの事案には興味がある」

この三週間、何人の同期から連絡を受けたことか。十年以上音沙汰のなかった知人からも電話がかかってきた。みんな捜査の状況を知りたいのだ。

コーヒーが運ばれてきて、遼一は店員が去るまで待った。

「どうもこうもない。最初の被害者の遺体からは犯人のものと思われる組織片が見つかってはいるが、警察のデータベースにヒットしなかった。以降、聖掃者は何一つ証拠を残していない。目撃情報もなし。犯人像がまるで浮かび上がってこない」

「これでもう四件目だろう。それで成果がまるでないんじゃ、世間の警察に対する風当たりが強くなるな」

「そう言われてもな。こっちだって頑張ってるんだ……」

じろりと遼一の顔を見た。何かを探っているような目だった。

「で、おまえはどう考えているんだ？」

何も考えていないと言えば無能だと思われる。遼一は誰にも話していない胸の内を吐露した。

「復讐じゃないかと考えている」

「ほう。どうして？」

「最初に殺された須藤組組員の伊藤裕也はめった刺しにされて殺された。最初の一撃で殺せず、もみ合いになったからだと幹部連中は考えているようだが……。おれは伊藤に対する犯人の憎悪を感じる」

「復讐ねぇ。刑事の勘か」

剃られたばかりのような顎をなでながらにやりと笑った。

遼一はふんと鼻を鳴らす。

「本当は伊藤の鑑取りをしたいところなんだが、おれはブラックチェリーの捜査を命じられている。こいつらがまた口が堅くてね。手柄を立てたいところなんだがなかなか難しいよ」

「そうか……」

そこで、会話が途切れた。片瀬はカップに口をつけると、「話は変わるが」と言った。

「その後、娘さんのほうはどうだ？　確かバレエ留学したんだったろ？」

今朝方の娘の行動を思い出して気分が悪くなったが、そのことには触れないことにした。

「いや、留学は今年の秋からだ。カネはかかるが、将来への投資だと思うことにしてる。本人もバレエダンサーでの成功を夢見てるしな。親としてできる限りのことはしたいと思ってる」

「そうか。いいな、子供っていうのは」

しみじみとそんなことを言う。片瀬に子供はいない。子供を欲しがっているのだろうか。

「息子さんのほうはどうだ？」

「え？」

また気分が悪くなる。息子は引きこもりだ。大学に進学できるかどうかも怪しい。

遼一はコーヒーを啜った。ブラックのコーヒーがことさら苦く感じる。

「ああ……。困ったもので、部屋に引きこもって何をしているのかさっぱりわからない。大学に進学できるかどうかも……」

「大学には行ったほうがいいだろう。話し合ってみたらどうだ？」

余計なアドバイスにむっとする。

「散々話し合いなんてしてきたよ。それでこの結果なんだ……。娘には息子の分まで頑張ってもらいたいよ」

「ふうん、そういうもんか……」

片瀬は腑に落ちない表情をしていた。子供のいない男に子供で悩む遼一の心境などわかるまい。

コーヒーを飲み干すと、店の前で片瀬と別れた。去り際、片瀬は「変な噂が耳に入ったら教えてくれ」と言ってきた。監察という仕事柄、所轄内の悪い噂を気にしているのかと思ったが、数歩歩き出して、遼一はふと立ち止まった。何のためにおれに会いたいと言ってきたのか。片瀬の探るような眼差しを思い出していた。

4

薬師丸佳奈は昼過ぎに自室のベッドから起き出すと、一階に降りて冷蔵庫を漁り、昨夜母親がつくった生姜焼きの残りとご飯をレンジで温め、一人静かに昼食を取った。

三月一日に高校を卒業してからは自由に過ごす日々が続いている。そんな生活が許されるのも今年の秋までで、佳奈はロンドンにバレエ留学することになっていた。今冬、念願だったイギリスの栄誉あるバレエ学校のオーディションに合格したのだ。小学生のころからずっと夢見てきたバレリーナへの大きな一歩を踏み出すことになる。バレエを習わせた母親もまさか娘が本気でバレリーナになろうとは思いもしなかっただろう。

佳奈の毎日は充実していた。基本的に毎日バレエ教室で汗を流し、週に数日、ファミレスのバイトに入る。それ以外は高校時代からの友達と、残りわずかな日本での日々を過ごしていた。それに加えて最近はバイト先の先輩で一つ年上の望月梨花とつるんでいる。梨花は有名な私立大学に通っているが、厳しかった大学受験が終わった反動からか、夜遊びを覚え、すっかり放埒な日々を送っていた。

梨花に誘われて、先日、佳奈は初めてクラブに行った。大音量のBGMに合わせて、大勢の見ず知らずの男女が踊っている。クラブではお酒の提供があるため、たいがい年齢制限があるが、渋谷にある梨花行きつけのクラブ〈ムゲン〉は彼女の顔パスで入ることができた。梨花自身も十九歳だからお酒は飲めないのだが、彼女はそんなことにはお構いなしだった。無理やり勧められて、佳奈も一口だけ飲んでみた。初めてではなかったが、何だかぐっと大人になった気がした。

佳奈は純粋にいままで見たことのない世界への憧れからクラブに行ったが、梨花の目的は男との出会いだ。目的は違ったが、佳奈は梨花と遊ぶのは楽しかった。

昼食を終えると、バレエ教室に行く準備を始めた。バッグの中に、洗濯したジャージや足を温めるレッグウォーマー、筋肉をほぐすローラーなどを入れていく。電車の中で読むために、英語の参考書も入れる。ロンドンに行ったら、英語で会話をしなければならない。そんなところに、LINEにメッセージが来た。梨花からだった。今日もまたムゲンに行こうと誘ってきた。昨日、少しだけいい感じになったイケメンにもう一度会いたいのだという。

佳奈は迷った。今朝方、父親に朝帰りを見つかったことを思い出したのだ。このところ池袋で起きている連続殺人事件の捜査に従事しているというから、昨夜も帰ってこないと思ったのに。

実のところ朝帰りをしたことは何度かあったが、父親に見つかったのは初めてだった。父親は仕事が忙しいと、職場で寝泊まりすることがある。そんな日を見計らって、外泊したことがあるのだ。母親はおそらく気付いているのだろうが、佳奈がちゃんとバレエのレッスンに励んでいれば、文句を言ってくることはない。

佳奈は梨花に返信を打とうとした指を止めた。何だか急に胸騒ぎがした。虫の知らせというか、何かよくないことが起こりそうな、そんな予感がした。父親はさすがに今日は帰ってこないだろう。昨夜がイレギュラーだったのだ。それとも、父は母に言いつけて、母のほうが怒ってくるだろうか。いや、父や母に怒られるとかそんなことではない。何かもっとよくないことが起こりそうな気がした。

階段をどたどたと下りる音がして、佳奈の思考は中断された。弟の将太が起き出してきたのだ。風呂場のドアを乱暴に開閉する音がした。

将太は毎日生活リズムの乱れた生活を送っている。家族とは極力顔を合わさず、昼になると起き出して、シャワーを浴びるために一階に下りてくる。食事は昼は自室でカップ麺を食べているらしく、夜は仕方なく一緒に食事をするが、それ以外は部屋にこもっている。高校二年生だが、学校にはほとんど行っていない。将来どうするのか、父も母も心配しているが、本人は気にした様子もない。

佳奈は将太が嫌いだった。小さいころは仲がよかった時期もあるが、いつからか、弟を気持ち悪い不気味な存在だと感じるようになった。引きこもるよりも前からだ。向こうが先に佳奈を避け、口を利かないようになった。そして、自分の思いどおりにならないと、誰彼かまわず怒鳴り散らす。親もほとほと手を焼いていた。

将太はたぶん佳奈の人生を妬んでいる。佳奈が理想に描いたとおりの人生を歩んでいるから。反対に自分は思うような人生を送っていない。佳奈は負け犬のような弟を疎ましく思った。

そんな弟と一緒にいるのもあと半年の我慢だ。秋には遠く離れたロンドンにいる。

佳奈は梨花に返信を打った。今日もムゲンに行くことにした。将太と少しでも離れたところに行きたかった。

5

遼一は池袋駅西口前のロータリーで小田切と合流した。ブラックチェリーをこれ以上当たっても成果は見込めないので、メンバーの知り合い程度の者を探すことにした。組織犯罪対策課や生活安全課の少年事件を扱う係に話を聞いてみたが、正規のメンバー以外は把握していないということだった。

遼一と小田切はマクドナルドの前で立ち止まり、周囲をぐるりとうかがった。平日の昼間の池袋駅前は、ビジネスマンや食事や買い物に来たらしき中年女性、若い学生たちでにぎわっている。

小田切は街行く人々に目をやり、ため息交じりに言った。

「世間の人たちっていうのは呑気ですね。同じ街で連続殺人事件が起こっているっていうのに」

「自分には関係ないと思ってるんだろう。被害者はみな反社ばかりだしな」

とはいえ、心なしか人の往来が少なくなったような気もしないではない。

「さて、どうします？　夜まで待って、繁華街で聞き込みするしかないですかね」

効率が悪いが、足を使うのは刑事の仕事の基本だ。

「それまで時間があるが、漫画喫茶で寝るわけにもいくまい」

「いや、まったく」

小田切があくびを嚙み殺した。遼一も同様に眠い。

「どうするかな。メンバーにつながりそうな人間を誰か……」

ふと思いついて、スマホを取り出し、連絡先を検索した。探していた人物を見つけ、数瞬迷ったのちかけてみる。茂木博（もぎひろし）。〈週刊ストリーム〉という週刊誌の記者で、以前取材に応じたことがある。優秀な記者の守備範囲は侮れない。

すぐに応答があり、明るい声が言った。

「どうもお疲れ様です。実は連絡しようかと思っていたところなんですよ。例の聖掃者の件で取材したいことが――」

「捜査について話せることはいまのところ何もないんです。ホントに手掛かりがまだないので」

「またまたぁ」

「いやいや、ホントに。だから、こうやって茂木さんのお力を借りたいと思って電話しているわけなんです」

茂木が興味深そうに聞いてきた。

「ほう。というと？」

「ブラックチェリーの元メンバーを誰か知りませんか？」

元メンバーというのが肝だ。現メンバーだと、口を割らない恐れがあるが、何らかの理由があって組織を抜けた人間ならば、元組織のことを話してくれるのではないかと思ったのだ。

「元メンバーなら一人知ってますよ。紹介しましょうか？　先方に連絡してから、折り返し電話しますよ」

「お願いします。恩に着ます」

間もなくして、茂木から電話がかかってきて、先方が会ってもいいと言っていると告げられた。時間と待ち合わせ場所を指定する。

それから二時間後、新宿駅東口前にある喫茶店で、遼一と小田切は、元メンバーの畠山拓海（はたけやまたくみ）と会った。畠山は上背のある身に黒のライダースジャケットにブルージーンズという出で立ちで、ファッションモデルのようなさわやかなイケメンだった。かつて半グレ集団に属していたようには見えない。

いまはケータイショップの店員をしているという畠山は、問わず語りに、なぜブラックチェリーを抜けたのかを話してくれた。曰く、幹部のパワハラがひどかったということだ。グループ内での畠山の仕事は、繁華街で女性に声をかけ、夜の飲食店か風俗店にスカウトすることだった。ノルマが決まっておりノルマに至らないと、罰金だけでなく、延々と怒鳴られるのだという。風俗店へのスカウトは有害な職業へのスカウトを禁止する職業安定法に違反する恐れがある。

畠山の話が落ち着いたところで、遼一は本題に入ることにした。

「畠山さんは小倉漣というメンバーを知ってますか？」

畠山はうなずいた。

「もちろんです。その人、幹部候補ですよ」

「小倉は何をシノギにしていましたか？」

「いわゆる闇金です。一カ月で一割の利息でやってました」

半グレの狡猾なところはこういうところだ。ヤクザのように十日で一割という法外な利息を取ったりはしない。もちろん、一カ月で一割の利息も法外だが、ヤクザよりは良心的だろう。それだけ利用者からずっと搾り取り続けることができる。

「事務所のような場所はあるんだろうか？」

「ありますよ。東池袋にあるマンションの一室です。サンシャインシティの近くです」

そのアジトはいままでに把握していなかった場所だ。

遼一と小田切は視線を交わし、うなずいた。

畠山に礼を言って別れると、二人はすぐさまそのアジトへ向かった。捜索差押許可状が欲しかったが、この捜査ではあくまでブラックチェリーは被害者側である。勝手な判断で事態を複雑にすることはできなかった。

東池袋三丁目の小さなマンションの三階にある一室がブラックチェリーのアジトになっていた。インターフォンを鳴らすと、すぐに男の声で応答がある。遼一は警察の者ですと名乗り、小倉漣について話を聞きたいと申し出た。ドアが開いて、二十代後半の男が顔を出した。金髪の頭をした、グレーのスーツ姿の男で、シャツの胸元ははだけ、シルバーのチェーンが覗いている。ホストのような雰囲気だった。おや、と思った。遼一は前に一度会ったことがある。ブラックチェリーのメンバーが経営している池袋駅北口にあるバーで、聞き込みをしていた際に話を聞いているのだ。懸賞金の話を聞いたときだ。

「ちょっと中に入れてもらってもいいかな」

金髪の男は一瞬ためらったが、やがて「はい」と言って二人を招じ入れた。

短い廊下の奥に十畳ほどのリビングがあり、中央にデスクが並んで置かれ、三人の若い男たちが席に着き、ノートパソコンと向かい合っていた。遼一と小田切のほうを向いて、困惑の表情を浮かべている。もう一人見たことのある若者を見つけた。やはり北口のバーにいたはずで、毬栗頭(いがぐり)をした二十歳くらいの男だ。遼一を見ると、視線を外した。

金髪の男に警察手帳を見せてから名刺を渡した。相手のものをもらうためだ。男も名刺を出してきた。会社名は「トゥモロー・ファイナンス」で、名前は「島田祐樹(しまだゆうき)」とあった。島田という名前を覚えていた。毬栗頭は確か黒川(くろかわ)だ。

「一度会っているね？　池袋駅北口にある〈ベラドンナ〉というバーで」

島田は首をかしげ、覇気のない声で言う。

「いや、ちょっと覚えてないっす」

とぼけているのかもしれないし、本当に覚えていないのかもしれない。

「ブラックチェリーのメンバーということで間違いないね？」

「そうっす。一応、幹部っすね」

「小倉漣を知っているね？」

「はい」

「闇金融をやっていたそうだね？」

島田はあからさまなため息を吐いた。

「よく誤解されるんですが、うちは一応貸金業として登録しているんで、闇金融じゃないんですよ」

「でも、一カ月で一割の利息は出資法の制限を超えるんじゃないか？」

「まあ、それは認めますけど……」

島田は痛いところを突かれたというように顔をしかめた。

彼らを責めるために来たのではない。遼一は話を本筋に戻すことにした。

「小倉漣さんが殺害された事件の捜査をしているんですが、生前、小倉さんもこちらで貸金業をしていたんですか？」

「そうです」

「返済をめぐって誰かと揉めていなかったですか？」

島田はまた首をかしげた。

「いや、ちょっと思いつかないですね」

「あるいは、返済をせずに借り逃げする客がいたりとかは？」

「ああ、そういう客はたまにいますよ。きちんとこっちも追い込みますけどね。実家や会社にも行きます。住民票を動かせば、そこから足がつきますしね。たいがい見つかるもんです。そして、見つけたら、ちゃんと落とし前はつけさせるので、トラブルにはならないんですよ」

それは立派なトラブルだと思ったが何も言わずにいた。

「そうですか。顧客のリストのようなものがあったら貸してくれませんか？」

島田は顔をしかめた。

「いや、それはちょっと困りますね。個人情報ですからね」

生意気に一丁前なことを言う。

攻めに転じることにした。

「おたくに被害が出ているんですよ。捜査に協力してもらわなくては困ります。それとも、ブラックチェリーは独自に捜査しているから、警察には協力できないのかな？」

「いや、そういうわけじゃ……」

「それは警察を敵に回すことを意味するんだよ。わかる？」

島田は舌打ちをした。

「わかりましたよ」

島田は憤然とした足取りでデスクのほうへ歩いていき、ノートパソコンに挿し込まれた小さなUSBメモリーを持ってきた。

「これに入ってますから」

遼一は丁寧に頭を下げた。

「ご協力感謝します」

玄関ドアを閉め、外階段を歩き出すと、遼一と小田切は二人そろって静かにガッツポーズをした。今日二人は大きな成果を上げた。小倉が生前何をしていたのか、これまでつかめていなかったからだ。

島田という男は否定していたが、小倉漣は闇金融の顧客とトラブルを起こしていたかもしれない。それで、殺されたのではないか……。夜の捜査会議が始まるまでの間、遼一は自分の見立てに沿った捜査報告書の作成に取り掛かった。

夜八時になると、捜査会議が始まった。捜査員たちから報告がなされたが、この日も目ぼしいものは一つもなかった。遼一はネクタイの結び目を締め直し、自分の番を緊張しながら待った。

「それでは、薬師丸、報告を」

名前を呼ばれて、立ち上がった。ブラックチェリーのメンバー、小倉漣が闇金融に携わっており、その顧客リストを手に入れたことを告げると、講堂内がにわかに活気づく。

竹野内課長がうなった。鋭い目で遼一のほうを見やる。感心の色が浮かんでいる。

「なるほど、闇金か。小倉漣は闇金絡みで顧客とトラブっていたかもしれないな。薬師丸、よくやった。その線で進めてみてくれ」

「はい」

遼一はいまこの瞬間、捜査本部へ引き抜かれるだろうと予感した。

## 6

夜の八時半、地元のバレエ教室でのレッスンが終わると、佳奈は西武線に乗り、池袋経由で渋谷に移動した。例のごとく渋谷は人でごった返していた。若者が圧倒的に多いが、外国人観光客の姿も目につく。大勢の人々が行き交うスクランブル交差点前のスターバックスでカフェラテを飲みながら、望月梨花が来るまで時間をつぶす。

記録としてスマホで撮っておいた過去の自分のレッスン映像を観る。半年前よりも明らかに上達していると思う。身体がイメージどおりに動くようになってきた。それでも一流のプロとの違いは一目瞭然だ。他人と比べてはへこたれてしまう。

だらだらユーチューブを観ていると、LINEで梨花から連絡があった。いつしか十時近くになっていた。スタバにいるとメッセージを送り間もなくすると、梨花が現れた。ボディラインを強調した黒のニットワンピースの上に、グレーのフェイクファーのコートを羽織っている。ワンピースの胸元はV字に大きく開いており、豊かな胸元があらわになっていた。裾も膝上二十センチはあるだろう。

「佳奈、今日もかわいいじゃん」

梨花を好きなのは、佳奈をいつもかわいいと褒めてくれるところだ。好きにならないわけがない。

「梨花もかわいいよ。てか、今日もセクシー」

にこっと梨花が笑う。

「そう？　それより、早く出よう」

「うん」

佳奈と梨花は道玄坂の中腹にあるビルの地下一階のクラブ〈ムゲン〉に入った。渋谷にあるクラブの中では中規模の店だが、梨花の行きつけなのだという。クラブではアルコールが提供されるため、通常、入店する際には身分証の提示を要求されるが、梨花と一緒ならフリーパスだった。

階段下の入り口で首にタトゥーの入った若い男性に料金を払い、手の甲にスタンプを押してもらう。薄暗い店内に入ると、大音量の音楽が耳を聾した。通路の先には広いダンスフロアーがある。フロアーを囲むように座席が並び、奥にはＤＪブースも見える。四、五十人ほどの男女がテクノ系の音楽に合わせて踊っている。佳奈はさっそく男たちの値踏みするような視線を感じた。

梨花は男を物色するためのクラブ通いだというが、クラブで恋人候補を見つけられるかどうかは疑わしいと思っている。佳奈はただ大人の世界を覗いてみたいだけだった。クラブでナンパしてくるような軽薄な男は自分なら御免だ。

二人はカウンターに直行し、梨花はブラッディマリーを、佳奈はジンジャーエールを頼んだ。一度だけお酒を一口飲んでしまったが、法律は犯さないというのが佳奈の遊ぶ上での信条である。乾杯をして飲んでいると、男たちが寄ってきた。梨花は男を外見だけで判断する。好みの顔でないと、片手を振って追い払う。見ていて気持ちがよかった。

しばらくすると、梨花はお手洗いに行くと言って席を立った。なかなか戻ってこない。佳奈は知っている。梨花がＭＤＭＡに手を出していることを。ＭＤＭＡは通称エクスタシーと呼ばれる、覚醒剤と似た化学構造を持つ薬物だ。もちろん違法である。覚醒剤ではないから大丈夫だと、一度だけ勧められたことがあるが、法律は犯したくないと断ったら、それ以来勧めてこなくなった。

梨花には父親が刑事をやっていることを話している。父親が刑事であることは佳奈の自慢だった。殺人や傷害などの重要な事件を担当しているために、テレビのニュースで父親が捜査している事件が取り上げられることがある。いま現在、池袋で起きている連続殺人事件の捜査を担当しているため、そのことも話した。ＭＤＭＡのことは内緒にしてねと懇願されたが、親に友達を売ったりしないから大丈夫だと笑った。梨花は捜査の内容を知りたがったが、佳奈もそんなことは知らなかった。父親は捜査内容に関しては頑として家族にさえも漏らさないのだ。

十五分ほどしてようやく戻ってくると、梨花はハイになっていた。

「あたし、踊ってくる」

佳奈の返事も聞かず、ダンスフロアーへ行ってしまった。佳奈は踊りたい気分ではなかったので、ジンジャーエールをちびりちびりと飲んだ。気軽にお代わりできるおカネは持ち合わせていない。

「ねえねえ、何飲んでるの？」

声のほうを振り向くと、金髪頭のスーツを着た男が微笑（ほほえ）みかけていた。ネクタイは締めておらず、胸元からシルバーのチェーンが覗いていた。ホストみたいな風貌の男だ。

佳奈は放っておいてほしいと思ったが、男のあしらい方がよくわからない。

「ジンジャーエール」

自分でも驚くほどぶっきらぼうにそう言った。

「あれ？　まだ十代？」

「ううん。ちょうど二十歳」

嘘をついた。

「おれ、ユウキ。名前は？」

「佳奈」

男は自分のグラスを持ってきて、佳奈の隣のスツールに座った。

「カナ、一杯奢(おご)るよ」

ユウキは佳奈の返事も聞かず、バーテンダーに向かって手を上げた。

「同じやつ」

バーテンがジンジャーエールのグラスを佳奈の前に置いた。ユウキが自分のグラスを突き出してきた。おずおずとグラスを掲げ、互いのグラスを触れ合わせる。

佳奈は梨花のほうをうかがった。ユウキはきっと梨花のタイプだ。早く戻ってきてくれることを願った。

前から目を付けていた。カナがこの店に来たのはこれで三度目だ。毎回、リカとかいう露出の高い服を着た女と一緒に来ていた。リカはたびたび色目を使ってきたが、まるで興味はなかった。カナはどこか違った。クラブに来るタイプではない。どこかお嬢様っぽい感じがする。顔はそれほどタイプではなかったが、スタイルが抜群によかった。

ユウキこと島田祐樹はたわいもない話をしながら、カナのボディラインを観察した。そして、カナが裸になってベッドに横たわる姿を夢想した。

今日は嫌なことがあったので、夜はぱあっと楽しみたかった。

島田はブラックチェリーの幹部である。主に闇金融のビジネスを扱っている。夕方、刑事が事務所を訪ねてきて、殺された小倉漣のことを聞いてきた。あの事務所はブラックチェリーの秘密のアジトであり、一部のメンバー以外には知られていないはずだった。誰かが警察にチクったのだ。小倉が殺されたのは不幸な出来事だったが、そのせいで警察に目をつけられるのは御免だ。あの事務所は引き払い、別の部屋を借りなければ……。あとで部下に言いつけておこう。

ビールを飲み干すと、バーテンにもう一杯注文した。

「カナは学生さん？」

「違います」

「何してる人なの？　教えてよ」

「いまは何もしてないです。今度バレエで留学するんで」

「バレエで留学？　何それ、すごくない？」

「わたし、もうじき日本を離れるんで、彼氏とか募集してないんです」

彼氏？　おれだって彼女なんか募集していない。一晩限りの関係で十分だ。女なんていくらでもいる。

カナはたびたびフロアーのほうをうかがった。リカが早く戻ってこないかと気をもんでいるのだろう。島田に興味がないのは明白だった。

馬鹿にされたような気分になった。

「もう一杯だけ付き合ってよ。お兄さん、同じやつを一つ。スペシャルなやつを」

バーテンがカナの前にジンジャーエールを置いた。カナがグラスに口をつけるのを見て、島田は密かにほくそ笑んだ。それは確かにスペシャルなやつだった。睡眠導入剤が入っているのだ。

こいつはもうじきおれのものになる。そう思うと笑えてきた。

「バレエってバレーボールのほうじゃないよね。踊るほうのバレエだよね。じゃあ、ダンスは得意なんだ？　そうでもない？　クラブでバレエ踊ったらウケると思うけどなぁ。いや、ドン引きされるか？」

どうでもいい話をしていると、カナはもうろうとし始めた。もう島田の話に集中できなくなっているはずだ。

こっそりとスマホを取り出すと、舎弟のタモツにＬＩＮＥで連絡を入れた。タモツは組織に入り立ての見習いだ。こういうときのために近くの路上で待機させている。メッセージには「ムゲンの裏口に車を駐めておけ」と打っておいた。タモツとは何度もやり取りをしており、向こうも心得ている。

カナがよろよろと立ち上がろうとした。

「どうしたの?」

「ちょっと気持ち悪い……。トイレ……」

「おれがついていってやるよ」

カナの肩に手をかけると、カナはその手を振り払おうとしたが、まったく力が入っていなかった。

カナが立ち上がるのを手伝ってやり、島田は「こっちだ」と先導して一緒に歩く。もちろん行先はトイレではなく、裏口に向かってだ。

カナは島田が肩を貸さなければ、歩けないほどだった。薄暗い通路を通って裏口のドアを開けると、冷たい夜気に顔をなでられた。寒い夜だった。

目の前に黒のレクサスが駐まっており、運転席からタモツが下りてきた。

「お疲れ様です」

「おう」

タモツは女の顔をじろじろと見てきたが、カナはうつむいていたので、よくわからないはずだ。

すれ違うとき、島田は思い出して言った。

「そうそう、あの事務所、すぐに閉めるよう、タケユキに伝えておけよ。また刑事が来るかもしれないから、明日の朝一番で閉めろ」

「了解っす」

後部座席のドアを開け、なんとかカナを横たえると、島田は運転席に乗り込んだ。

タモツが外で腰を折って挨拶してくる。

バックミラーでぐったりしたカナを見て微笑むと、南大塚にあるアパートを目指し、エンジンをかけてアクセルを踏み込んだ。

自宅は二階建てのアパートだが、ゆくゆくはランクを上げて、ブラックチェリーのリーダーのように高級なマンションに住みたいと思っていた。

後部座席から嘔吐する音が聞こえた。カナが激しくむせている。

顔をしかめ舌打ちした。甘酸っぱい匂いが車内に広がる。シートにシミがつくのも心配だったが、飲み物に混ぜた睡眠導入剤の効き目が弱まるのではないかとそれも心配だった。

十五分ほどで、アパートに到着した。自室の二〇三号室に上がる外階段の下にレクサスを駐める。カナを部屋に置いてすぐに戻ってきて、車を近くの駐車場に移動するつもりだった。アパートの前に駐車したままにして、近所の住民に通報でもされたら、悪事が露呈しかねない。

運転席から下りると後部座席のドアを開けた。ぐったりしているカナを抱き起こし、背中に背負うようにして、外階段を上がった。趣味で身体を鍛えているとはいえ、眠っている女を運ぶのは容易なことではない。それでも、車内から部屋の前に運ぶまでに五分と時間を要しなかった。もはや手慣れたものだ。

いったんカナを外廊下に下ろすと、ズボンのポケットから鍵を取り出し、玄関ドアを開けた。カナを再び抱え上げて、室内の廊下に横たえる。カナはぐっすりと眠っていた。カナの靴を脱がせ、リビングへ運ぶ。

部屋の電気を点けた。明るい照明の下で、カナの身体はなまめかしく見えた。

「ちょっと待ってろよ」

レクサスを移動させるために、足早に玄関に向かった。


佳奈は薄目を開けた。ドアが閉まる音で目を覚ました。照明の明るさに目をしばたかせ、ここがどこなのか理解しようとした。そして、いま自分がどういう状況にあるのかわかった。

ユウキという男の部屋に連れ込まれたのだ。おそらく自分の飲んだジンジャーエールにクスリを盛られたのだろう。

周囲を見回すと、ユウキの姿はなかった。どこに行ったのかはわからないが、すぐに戻ってくるのは間違いない。

佳奈は身体を起こそうとした。腕に力が入らず、上半身を起こすのに苦労した。立ち上がろうとしたが、よろけて倒れ込んで、額を何かにぶつけた。見ると、床に鉄アレイが置かれていた。額に鈍い痛みが走った。

どうしてこんな目に遭ってしまったのか。悲しくて悔しくて涙が出てきた。

泣いている場合ではないと思い直した。一刻も早くこの場から逃げ出さなくては——。

再び上半身を起こそうとした。だんだんと腕の感覚は戻ってきたが、足に力が入らず、立ち上がるとよろけてしまう。

玄関ドアが開く音がした。ユウキが戻ってきたのだ。

ユウキは仁王立ちになり、佳奈を見下ろした。目を覚ましていることに驚いている。

「助けて……!」

声はちゃんと出た。今度は大きめの声で叫んだ。

「助けて！」

ユウキはびっくりしたように身体を震わせたが、佳奈が叫ぼうとすると口元を手で押さえつけてきた。

「黙れ！　黙らないと殺すぞ！」

このままでは本当に殺される。佳奈は手足を無我夢中でばたつかせた。徐々に力が戻ってきた。

「おとなしくしろ！」

佳奈の口をふさぐユウキの力はすさまじかった。血走った目が自分を見ていた。

何かこの男の暴走を止める手はないか。佳奈は無意識に頭の先に手を伸ばした。何か硬いものが手に触れる。先ほど額をぶつけた鉄アレイだ。これだと思ったときにはすでに両手で鉄アレイをつかんでいた。その手を振り上げると、ユウキの頭に力いっぱい叩きつけた。

「痛てっ」

ユウキは低いうめき声を上げると、佳奈の横に倒れ込んだ。両手で頭を押さえ込み、ずっと喉を鳴らすようにしている。

ユウキから離れるように、佳奈は上半身を起こした。尻を床につけたまま後ずさる。

「ううううう……」

ユウキは頭を押さえてうなっていたが、やがておとなしくなり、そのまま動かなくなった。

この隙に逃げ出さなくては――。

佳奈は立ち上がると、玄関に向かった。靴を履いて、外廊下を急ぎ、階段を下りた。途中何度か階段を踏み外し転びそうになったが、なんとか外階段を下り切った。

佳奈はよろめきながら走り出した。百メートルほど走ったところで、頭のどこかで警報音が鳴るのを聞いた。

佳奈は立ち止まった。はあはあと激しく肩で息をする。

動かなくなったユウキの姿を思い出した。

ユウキは死んだだろうか？

殺してしまったかもしれない、そう思った。

急に恐ろしくなった。佳奈はその場にしゃがみ込むと、しくしくと泣き出した。

## 7

腕時計を見ると十一時半を過ぎたところだ。疲れていたが、桜台駅前にある行きつけのスナックに少しだけ顔を出すことにした。〈さおり〉は小洒落たバーのような雰囲気の店だが、遼一と同年代の沙織（さおり）というママが切り盛りしている。スナックなのにカラオケがないので、静かに飲むにはうってつけの店だ。昼営業もしており、店の看板メニューであるオムライスを食べに来ることもある。遼一の憩（いこ）いの場所である。

店に足を踏み入れる。カウンターに一人、テーブル席に三人先客がいた。カウンターの空いた席に腰をかけると、沙織ママが「いらっしゃいませ」と声を弾ませた。

「やあ、来ちゃった」

自分でも口元がほころぶのがわかる。沙織ママは若いころは舞台役者をしていたという。エキゾチックな顔立ちに、セミロングの黒髪がよく似合う。

ネクタイを少し緩めた。

「いつもの」

沙織ママは言われるより早く、ハイボールをつくり始めていた。

「お腹は空いてる？」

「ちょっと小腹は空いてるけど、今日はやめとくよ。最近、腹回りがマジでヤバくなってきてるから」

「遼一さんは体形、維持してるほうだよ。お仕事で歩いてるから」

沙織ママには刑事をしていることは話している。どこの警察署で何を担当しているかまでは言っていない。もちろん、池袋の連続殺人事件を担当していることは秘密だ。

「ママはどうして細いままなの？」

「えー、ぜんぜん細くないよ」

「ママが細くなかったら世の中の女はみんな太ってるよ。ねえ、ママも何か飲んでよ」

沙織ママはもう一杯ハイボールをつくった。それから、二人乾杯した。

「毎日遅くまでご苦労様」

「今日はちょっといいことがあってね」

「犯人でも逮捕した？」

「逮捕につながる情報をつかんだ、かな」

「日本の治安のためにお疲れ様です。最近、物騒だもんね。また殺されたでしょう?」

「ああ、池袋ね」

はぐらかしたいが、沙織ママはここのところその話ばかりしてくる。

「何かわかったことないの?」

「いやいや、おれは何も知らないよ」

「そっか。担当じゃないもんね?」

沙織ママの疑り深い目を避けて、遼一はグラスに口をつけた。

日が替わるまで店で飲むことにした。十一時台だと恵理子が起きているかもしれない。妻を避けているわけではないが、顔を合わせても何も話すこともない。お互い気まずく感じるだけだ。いや、やはり避けているのか。二十年以上も一緒に暮らせば、相手の顔を見るのも疎ましいと思うことは多々出てくる。だからといって離婚したいとは思わない。うんざりすることはあれど、妻なしでは生きていけない、そんな境地だ。

いつまでも沙織ママと話していたいが、店には他にも客がいる。新しい来客もあり、店が混んできた。沙織ママ目当ての中年男性が多い。他の客にママを取られてしまったので、遼一はおとなしく一人で飲むことにした。

今日も一日大変だったが、心は晴れやかだった。小倉漣のシノギが明らかになり、闇金融の顧客リストを手に入れた。小倉は闇金融の顧客とトラブルになり殺されたのかもしれない。聖掃者の他の三人の被害者が殺害された理由まではわからないとはいえ、捜査を進めるうえで大きな進展があったことは事実だ。本庁から来た幹部たちに強い印象を与えられたことは間違いないだろう。

来年のいまごろは、本庁捜査一課の刑事になり、警部として組織をまとめているかもしれない。責任も大きくなるが、やりがいもあるだろう。給料も上がる。それでも、恵理子には遠く及ばないが、国家のために働いているという自負がある。警部になるだけでもなかなかに立派だが、目標は警視正になることだ。警部の次が警視であり、その次が警視正である。二階級上だが、警視正から国家公務員扱いとなる。遼一はそんなことを夢想して、独りほくそ笑んだ。

沙織ママに心の内を話して、一緒に祝いたかったがそれも無理な話だ。

零時を五分過ぎて、ようやく重い腰を上げた。

「そろそろ帰るよ。明日も早いから」

「え、もう？　また来てね」

支払いを済ませると、沙織ママが店の出口まで見送ってくれた。後ろ髪を引かれる思いを押し込めて歩き出す。

住宅街を縫うように歩き自宅に到着すると、一階の玄関は真っ暗でひっそりとしていた。恵理子はもう寝ただろう。佳奈も寝ているだろうか。今朝方の出来事を思い出した。まさか連日朝帰りしてくることはあるまい。明日の朝にでも注意してやらなくては。将太は起きているはずだ。外から将太の部屋の電気が点いているのが見えたからだ。勉強でもしていればよいが。

洗面所で手を洗ってから、キッチンに行って冷蔵庫から缶ビールを取り出した。ちょっと飲みすぎかもしれないが、今日はお祝いだ。結び目を引っ張って、ネクタイを緩めた。ソファに座って一口飲む。幸せな気分が続いていた。

ふと、テーブルの上に最中の箱が載っているのに気づく。義父母が昼間に来たのかもしれない。妻の父の白井貴久と母の史子は隣の敷地に住んでいる。週に何度か家を訪ねて来て、その度に食料を置いていく。過干渉と思うこともなくはないが、夫婦共働きの遼一と恵理子にとっては、義父母はこれまでよい子守代わりになってくれた。将太は遼一と恵理子に対しては心を閉ざしているが、やさしい義父母の前ではいまも普通に挨拶をしているという。半年前、貴久は肺にがんが見つかり、余命一年と宣告を受けた。以来、残り少ない時間を娘夫婦や孫たちと過ごそうと、一段と遼一たち家族に干渉するようになった。

箱を開けると、十二個あるはずの最中は残り二つになっていた。将太が食べたのだろう。

ビールを飲みながら、ついつい最中を食べてしまった。それから、風呂に入って、寝るつもりだった。明日も朝は早い。捜査会議が始まる一時間前、つまり七時半までには講堂にいなければならない。

酔いが回っていい気分になっていたところ、静寂を破るようにスマホが鳴った。時間が時間なだけに、仕事の呼び出しかと思ったが、私用のスマホのほうだった。画面を見ると、佳奈からだ。娘からスマホに電話がかかってくるというのは非常にめずらしい。そもそも電話がかかってくるということは、佳奈はいま家にいないことを意味するのではないか。

何かあったのか。不穏なものを感じながら、遼一は電話に出た。

「どうした、佳奈」

「お父さん、どうしよう……。わたし……、わたし……」

佳奈は泣きじゃくっていた。

「何があった？」

佳奈は震える声で言った。

「人を殺しちゃったかもしれない」

遼一は言葉を失った。いま娘は何と言った？

理解が追い付かなかったが、頭から冷や水を浴びせられたような衝撃が全身を貫いた。

「どうしよう、どうしよう、お父さん……」

「佳奈、落ち着け。落ち着いて何があったのか話せ」

佳奈はしゃくり上げながら言った。

「わたし、クラブで飲んでたら、知らない男に声をかけられて……」

「クラブ……!?」

娘はいったい何の話をしているのか。現実の出来事だろうか。

「うん。そこで飲み物を奢ってもらって、そうしたらもうそこから記憶がなくて……。気が付いたら、その男の部屋にいて、レイプされそうになった。だから……、その場にあった鉄アレイでそいつの頭を殴ったの。思いっ切り……」

ごくりと唾(つば)を呑み込む。

「それは本当の話なのか？」

「うん」

佳奈はまた泣き出した。

「……たぶん死んだと思う」

「死んだ……？」

遼一は茫然として佳奈の言葉を繰り返した。

娘が人を殺したというのか。そんな馬鹿な……。

真面目でやさしい佳奈が人を殺したなんてことがあるわけがない。

「死亡を確認したのか？」

「そんなことしてない。すぐに逃げてきたから……。でも、あれは死んだと思う。どうしよう、お父さん……」

「落ち着け。とにかく落ち着け！　いまからそこに行く。場所はどこだ？」

「わからない。どこかの住宅街」

「スマホで現在地を確認しろ。スクリーンショットしておれに送れ」

「わかった」

しばらくするとＬＩＮＥにメッセージが届いた。スマホに表示された地図がスクリーンショットされている。場所は南大塚だ。

「いますぐ向かうから、その場を離れるな」

返事を聞くより早く、遼一は玄関から飛び出した。酔いはすっかり醒めたとはいえ、大量の飲酒をしている。だが、タクシーは呼べない。迷わずガレージに駐められたトヨタのプリウスに乗り込んだ。

佳奈は小さいころから手のかからない子だった。親の言うことをよく聞いた。学業も優秀だったし、問題を起こしたことは一度もない。小学校一年生のとき初めて恵理子に連れられてバレエ教室に見学に行って以来、バレリーナを夢見て文字どおり血のにじむような努力をしてきた。そして、念願だったロンドンの名門バレエ学校のオーディションに合格し、いまは世界的なバレリーナになることを夢見ている。まさにこれからというときなのだ。

何かの間違いであってくれ！

遼一はプリウスを運転する間、ずっとそう祈っていた。

気が急く。スピードを出したいが、警察の目に留まることだけは避けたい。制限速度範囲内で車を飛ばす。スクリーンショットで送られてきた場所、南大塚三丁目付近にやってきた。大通りから左に少し入った歩道の上で、うずくまっている佳奈を見つけた。がたがたと震えながら泣いている。深夜の時間帯に少女が一人路傍（ろぼう）にいるのは目立つ。

佳奈のそばにプリウスを駐めた。周囲の様子を素早くうかがう。車の通りも少なく、住宅街は暗闇の中で沈黙している。

遼一に気づいた佳奈が助手席に乗り込んできた。目を赤くして泣き腫らしている。

「そいつはいまどこにいる？」

佳奈は震える指で前方を示した。

「あっちにあるアパート。まっすぐ行ったところ」

遼一は静かに車を走らせた。一〇〇メートルくらい行ったところで、佳奈が左手に建つ二階建てのアパートを指差した。

「ここ」

きちんと剪定(せんてい)された生垣に囲まれた、赤レンガ風の外観がお洒落な建物である。

遼一の息は上がっていた。口の中がからからに乾いている。

「何号室だ？」

「二階だったと思う……」

二人は車から下りると、外階段を静かに上がった。誰か見ている者はいないかと、注意深く周囲に首をめぐらせる。深夜の住宅街の家々は明かりが灯っておらず、ひっそりとしていた。

「何号室だ？」

遼一はあらためて聞いた。

佳奈はかぶりを振った。

「わからない。でも、一番奥の部屋だと思う」

外廊下を進んでいく。二〇三号室のドアが少し開いていた。ここで間違いないな、と目で尋ねた。佳奈はこくりとうなずく。死人のように顔が真っ青だ。

玄関から中を覗くと、リビングの明かりが廊下を照らしていた。遼一は靴を脱いで、廊下に上がった。佳奈も後ろからついてくる。

リビングの真ん中に男が倒れていた。金髪頭をしたスーツ姿の男だ。はっとさせられる。こいつは夕方に会ったばかりの島田という男ではないか。何でこんなやつと佳奈が知り合うというのだ？　佳奈の人生に踏み入る価値もないようなやつではないか。

男の半分開かれた目にはすでに光がなかった。

心臓が大きく脈を打った。男の傍らにしゃがみ込み、頸動脈を探る。

目の前が真っ暗になった。尻餅をついて、両手で身体を支える。

佳奈が結果を察知して、また泣き出した。

「お父さん……」

「死んでる」

佳奈が声を上げて泣き出した。

「馬鹿なことをしやがって……」

「どうしよう……」

まるで瘧（おこり）にかかったように身体が震え出した。とんでもないことになってしまった。自分が気をしっかり持たなければと思った。一瞬何も考えられなくなってしまったが、いまこそ落ち着いて考えなくてはならなかった。

「どうしようも……。警察に自首するしかない。正当防衛だ。こいつはおまえをレイプしようとしたんだろう？」

「うん」

「それなら、立派に正当防衛が成り立つ。おまえが罪に問われることはない」

「うん……」

遼一はスマホを取り出し、一一〇にかけようとして、指を止めた。

昇任試験に受かるだろうか、そう思ったのだ。その先の捜査一課への異動は？　娘は罪には問われないかもしれない。だが、人を殺したことに違いはない。遼一の人事に影響が出ないはずはない。そう思い、恐れたのだ。

テレビや新聞で報道されるさまが目に浮かんだ。通常逮捕された時点で被疑者の実名は報道されるが、警察官の身内ということで、名前は伏せられる可能性はある。しかし、ＳＮＳが発達したこの時代、被疑者の素性など易々と特定されてしまうだろう。親が警察官だと知れたら、世間は大騒ぎするだろうか。

気を取り直した。いまはそんなことを考えている場合ではない。自分の将来に響こうと、この事態を通報しないという選択肢はありえない。

番号を打ち終え、電話の応答を待った。

佳奈の消え入りそうな声が言った。

「わたし、バレエ続けられるかな？」

佳奈はバレリーナとしてこれから世界に羽ばたこうとしていた。その夢がいまははかなく砕け散ったのだ。

遼一は無念に思った。

「バレエはもう無理かもしれない」

佳奈が血相を変えた。

「ええっ!?　わたしに罪はないんだよね？」

声を抑えて怒鳴った。

「人を殺したんだぞ。これからは人目につかないよう、おとなしく暮らしていくしかない」

「わたしの人生詰んだってこと？」

電話の向こうで、男性交換手の声が応答した。

丁寧だが厳かな声が言った。

「はい、一一〇番です。何がありましたか？」

遼一はスマホのマイクを手で覆った。

佳奈が遼一の腕を強い力でつかんだ。

「わたし、バレエあきらめないよ。すっごい練習してやっと名門校に合格したんだもん。絶対あきらめないよ」

頭に強力な電気が走ったようだった。

「もしもし？　何かありましたか？」

交換手の声が大きくなった。

遼一は佳奈を見た。娘が助けを求めていた。一生のうちに一度あるかないかの危機に直面している。父親としてやってやれることは本当に自首を促すことだろうか？

娘の人生が滅茶滅茶になって本当にいいのか？

ぎりぎりと歯軋りをする。震えるように息を吐き出し、マイクを覆った手を外す。

「すみません。こちらの手違いです」

それだけ言うと、通話を切った。

一瞬、自分が何をしているのかわからなかった。

驚いている佳奈に尋ねる。

「鉄アレイで殴ったと言ったな？　鉄アレイ以外に何かに触ったか？　ドアノブとか扉とか」

佳奈は思い出そうと頭をひねった。

「鉄アレイとドアノブには触ったと思う……」

ポケットからハンカチを取り出すと、床に転がっていた鉄アレイを拭った。

「何してるの？」

「おまえを助ける」

そう言ったとたんに、頭が冷静に働くようになった。遼一はドアノブもまた拭ってから、死んでいる男のスーツを検(あらた)めた。ズボンのポケットに車のキーと財布、そして、スマホがあった。ポケットには他にも入っていた。銀色の折り畳みナイフだ。遼一はスマホの電源を切ると、ナイフと一緒に自分のスーツの懐(ふところ)に仕舞った。スマホは電源を落とせば、位置を特定されずに済む。上着を検めていると、昼間に渡した自分の名刺が出てきた。持ち去ろうかと思ったが、小田切がこの男に名刺を渡すところを見ているので、そのままにした。

犯人蔵匿(ぞうとく)および証拠隠滅の罪を犯そうとしている。それは理解している。だが、やるしかない。そう決断したのだ。

遼一は娘の顔を真正面から見据えた。佳奈はおびえていたが、その目に希望の光があった。それを見たとき、これが正しい選択だと知った。

「今夜あったことは誰にも話すんじゃない。二人だけの秘密だ。わかったな？」

佳奈はこくりとうなずいた。

遼一は緩んでいたネクタイをきつく締めると、島田の両腕を引いて身体を起こし、肩に背負うようにして担いだ。まだ死後硬直は始まっておらず、眠っているような身体は重心が定まらずに重い。佳奈にハンカチを使わせて玄関ドアを開かせ、ゆっくりと外廊下に出た。

あたりを見回す。先ほどと変わった様子はない。防犯カメラに映ってはいないだろうか。目を凝らしてあたりを見る。周囲の戸建ての家々には、防犯カメラはなさそうだった。

プリウスの後部座席のドアを開き、島田を横たえると、運転席に乗り込んだ。助手席に佳奈が座る。

すぐに車を発進させ、その場を離れた。

「いいか、佳奈。今日のことは忘れろ。あいつはおまえをレイプしようとしたんだろう。そんなクズは死んで当然だ」

「うん」

「おれが万事うまくやっておく。だから、心配するな」

住宅街をぐるりと回って、大通りに出たところで、佳奈を車から下ろした。

「おまえはここから池袋方面に向かって十分ほど歩いたところでタクシーを拾って家に帰れ。カネはあるか？」

佳奈は首を振った。仕方なく、遼一は財布から一万円札を抜いて渡す。

ちらりと後部座席のほうを見やってから、佳奈はおずおずと聞いてきた。

「お父さんはどうするの？」

「あいつを処分していく。心配するな。おまえはこれからも普段どおりに振舞うんだぞ。わかったな？」

「わかった」

「いや、わかっていない。絶対に普段どおりに振舞うんだ。いいな？」

遼一の剣幕に佳奈は震えてうなずいた。

「うん」

車を発進させた。後方で佳奈がおびえた表情で見送っていた。

大きくため息を吐く。

どうしてこんなことになったのか……。

「くそっ！」

遼一は叫んだ。

おれは本当に正しいことをしているのか？

何度もその問いが頭をよぎる。

いますぐするべきことは、車を駐め、スマホを出し、通報することではないのか。

いやいや。そんなことをしたら大変なことになる。

出世を夢見ていたおれの人生は終わる。警部に昇進できないだけではない。閑職（かんしょく）に回された挙げ句、依願退職に追い込まれるだろう。

最愛のわが娘のほうはさらに過酷な運命が待ち受けているだろう。バレリーナになれないどころではない。就職はできない。結婚も無理だろう。つつがなく人生を送ることはとうていできまい。みんなから後ろ指を差されて生きていくほかない。

おれの選択は間違っていない。おれは正しいことをしているのだ。

遼一はそう自分に言い聞かせた。
落ち着いて考えようとした。これからどうするべきか？
すぐにあるアイデアが浮かんだが、うまくやらなくてはならなかった。
ハンドルを握る手が震えている。いや、身体中がずっと小刻みに震えている。酔いは完全に醒め、頭は冴え冴えとしていた。

いろいろと考えているうちに目的の場所に到着した。池袋三丁目あたりの名もなき小さな公園である。周囲をぐるりと喬木（きょうぼく）と灌木（かんぼく）に囲まれ、ブランコが四台、大小の鉄棒が二基、そして、申し訳程度の広さの砂場と公衆トイレがあるだけだ。街灯一本立っていない。人の姿はない。都会の中にありながら、まるで打ち捨てられたような場所だった。

遼一は公園に横づけするようにしてプリウスを駐めた。周囲には雑居ビルが建ち並んでいる。オフィスビルなのか、この時間帯には人はいないようだった。防犯カメラもない。場所、時間帯ともに最適といえた。

心臓が早い鼓動を打っている。遼一は助手席を下りると、後部座席のドアを開けた。島田祐樹の死体の背後から両手を脇の下に差し入れて、車から引きずり下ろした。ネクタイの大剣が島田の顔にかかる。不快感が込み上げる。そんなことを気にしている場合ではない。死体を抱えた状態で後ろ歩きになりながら進んだ。島田の伸びた両足がアスファルトの上を引きずられていく。そのとき、靴を履いていないことに気づいた。死体は重く、何度か手から滑り落ち、島田はそのたびに頭を地面にぶつけ、鈍い音が響いた。だが、抗議の声は上がらない。そのまま公園の敷地に入り、木立のほうに向かって歩く。大きな欅（けやき）の木の下に死体を横たえた。遼一は汗だくになっていた。

この男がブラックチェリーのメンバーであるとは運がよかった。

スーツの懐から島田の折り畳みナイフを取り出し、刃を出した。

男を見下ろす。半開きの目はどこも見ていない。こいつはもう死んでいるのだ。

死体の額に×の印を刻もうとする。当然ながら、その行為は死体損壊の罪に当たる。こいつはもう痛みを感じないはずだ。それがわかっていてもなお、人を傷つけることは容易ではなかった。

佳奈のためだ……。

覚悟を決めた。やる以外にない。聖掃者の犯行に見せかけるのだ。ブラックチェリーのメンバーは一人殺されている。二人目が出ても何らおかしくはない。

遼一はナイフの刃を死体の額に当てた。皮膚の感触が手先に伝わってくる。身震いした。

佳奈のためだとつぶやき、なんとか×印を刻んだ。血は流れなかった。血の凝固が始まっている。

ナイフの刃を閉じ、ハンカチで包んで、スーツの懐に仕舞う。地面は腐葉土に覆われ、靴跡が残ることはないと見た。

駐めていたプリウスに戻ると、もう一度あたりを見回した。誰も人はいない。神さえも見落とした時間だと思えた。

遼一は車を走らせた。早く自宅に帰りたい気持ちを抑え、制限速度ぎりぎりで車を飛ばした。まだ心臓が鼓動を早く打っていた。これからもう元の速度には戻りそうもないかのように。

それほどのことをしてしまったのだった。

自宅に到着すると、遼一は二階を見上げた。佳奈の部屋の明かりは消えていた。眠れないはずだ。佳奈はこの先ずっと安眠することはないかもしれない。

安眠できないのは自分もだ。死ぬまで罪の意識にさいなまれるだろう。遼一は背中にずっしりとした罪の重みを感じた。

玄関脇のガレージに車を駐め、玄関からアルコール消毒液を取って車に戻った。後部座席を消毒したかったのだ。死体を載せた嫌な気分と罪の意識を拭い去りたかった。

「遼一君」

突然、名前を呼ばれ、遼一は飛び上がるほど驚いた。

振り返ると、義父の貴久が寝間着にカーディガンを羽織った姿で立っているではないか。心配そうな表情を顔に貼り付けている。

「こんな時間に何をしているんだ?」

「え、いや……、車が汚れていたものですから、拭いていたんです。お義父さんこそ、こんな時間に起きていたんですか?」

「佳奈がさっき帰ってきてな。それもタクシーで帰ってきた。その音で目が覚めたんだ」

年寄りの多くがそうであるように、義父は眠りが浅い。

「体調のほうは大丈夫なんですか?」

「薬のせいでちょっと体調が悪いが、大丈夫だよ。そんなことより、佳奈に何かあったんじゃないか?」

「さあ、佳奈のことは知りません。友達と遅くまで遊んでて終電を逃したんじゃないですか?」

「いままでそんなことがあったかな。だいたいタクシーで帰れるようなおカネを持っているのかね」

「さあ、わたしも佳奈の懐具合までは把握していません」

貴久は細かいことにこだわるときがある。それで義母ともよく喧嘩になっていた。

「まあ、大丈夫ですから、お義父さんは寝ていてください」

「そうか。なら、いいんだが」

ようやく貴久は納得したようで、自宅のほうへ足を向けかけたが、何かを思い出したのか、再び遼一に顔を向けた。

「池袋の事件のほうはまだ解決しないのかね?」

「ええ、まだなんです」

「毎日大変だな。こんな時間まで……」

遼一のプリウスをしげしげと見つめた。

義父の頭の中の思考は手に取るようにわかる。

どうして自分のプリウスを運転して帰ってきたのか。遼一が自家用車を使って仕事をすることはない。仕事ではない何かのために深夜、車を運転して帰ってきたことは明白だった。

貴久は何も言わないことに決めたようで、隣にある自宅へ戻っていった。

遼一はしばらくその場から動けずにいた。頭の中で自分がしてきたことを反芻(はんすう)した。そして、何か手落ちはないかと考える。いまのところ決定的な瞬間を誰かに見られたということはないはずだ。

荒い息を吐き出した。両手を見る。まだぶるぶると震えていた。

## 8

寝室のダブルベッドの上に、遼一は恵理子と人一人分、間を空けて寝ていた。

暗闇の中で目を見開く。結局、一睡もできなかった。いつスマホが鳴るかと待ち構えていたが、夜の間鳴ることはなかった。まだあの死体は見つかっていないのだ。

頭の中で何度も昨夜の行動を繰り返し思い返してみた。

あの選択は正しかったのか？　もちろん、正しかった。いまさら変更もできない。島田祐樹の遺体を持ち運ぶ場面を誰かに見られなかったか？　見られなかったはずだ。池袋三丁目あたりの公園に島田の遺体を捨てた。目撃者はいなかったろうか？　いなかったはずだ。

島田の遺体から盗んだ折り畳みナイフとスマホは、書斎として使っている一階の和室の押し入れに隠した。そのうち、処分するつもりだ。

何も問題はない。恐れることはない。娘のために正しい行いをしたのだ。もちろん、自分のためにも。

ナイトテーブルの上のデジタル時計を見る。五時四十五分だ。

束の間、うつらうつらとして、気づくと六時半になっていた。ベッドから起き出す。隣では恵理子がまだ眠っている。妻は毎日七時ちょうどにアラームとともに目を覚ます。

トイレと洗面所に行くと、リビングのテレビを点けた。どのチャンネルも聖掃者の事件を扱っていたが、新たな死体が発見されたとは報じていなかった。

お湯を沸かしている間に、ベーコンエッグを二つ焼いて、パンを二枚トースターにセットした。玉ねぎをみじん切りにして、ボウルの中でツナと合わせ、マヨネーズとマスタードを入れた。朝食はツナサンドだ。そして、ドリップ式のコーヒーを二人分淹れた。朝は簡単なものながら遼一が料理を担当している。

まったく食欲はなかったが、いつもどおりに振舞わなくてはならない。佳奈にもそう指示を出したではないか。無理にでも朝食を口に入れるのだ。

一階の和室へ行って、寝間着からスーツに着替えた。ネクタイは焦げ茶のチェック柄のものを選ぶ。

七時になると恵理子が起きてきて、寝間着姿のままリビングに入ってきた。

「おはよう」

「おはよう」

遼一はつくり笑顔を浮かべる。出来上がったツナサンドとベーコンエッグの皿をテーブルの上に並べた。

向かいの席に着いた恵理子を見つめた。何だか別人を見ているようだ。

「どうしたのよ？　人の顔をじろじろ見て」

意識しすぎて、ぼろが出てしまったかもしれない。

「おまえは変わらないなと思ってさ」

「何よ、それ」

恵理子は鼻であしらうと、テーブルの上に視線を移した。

「あれ、佳奈の分は？」

「え？」

娘の分をつくるのをすっかり忘れていた。佳奈が起きてくるとは思っていなかったのだ。起きてきても自分と同じで食が喉を通らないだろうと。

「うっかりしてた」

「今朝は何だか変よ」

「そうかな」

遼一はツナサンドを頬張った。何の味もしない。

テーブルに置いたスマホをちらりと見る。もうそろそろ報告があってもおかしくはない。そのとき、スマホが鳴り出した。びくりと身体が震えた。そんな様子をじっと妻は見ていた。

「もしもし？」

応答すると、上司の竹野内課長の切羽詰まったような声が言った。

「薬師丸、また殺しだ。現場は池袋三丁目にある公園――」

「すぐに行きます」

待っていた電話ではあったが、内心では動揺した。

腹を括る。遼一は立ち上がった。結局、ベーコンエッグは残してしまった。

「事件が起きた。行ってくる」

「また……？　行ってらっしゃい。気をつけてね」

恵理子は優雅にコーヒーを啜りながら、片手を小さく上げた。夫と娘が重大な犯罪に手を染めてしまったとは露ほども思っていないだろう。


急ぎ足で駅に向かい、西武池袋線に乗り込む。電車に揺られている間、遼一は頭の中で何度もこれから起こりうる事態に備えて考えていた。現場到着早々に逮捕されたりしないだろうか。そんな妄想が頭をよぎる。目撃者はいなかったはずだが、気づかなかっただけかもしれない。防犯カメラがどこかにあったかもしれない。そんな不安に圧倒される。

足取り重く、池袋駅から現場までの道のりを行く。公園の入り口には規制線が張られ、複数の私服捜査員たちが集まっていた。その中に上司の竹野内の姿を見つけた。

心臓が大きく鼓動を打つ。第一声は何だろうか？

いつもどおり「お疲れ様です」と言おうとしたが、口中が乾いて言葉が出てこなかった。代わりに、黙ったまま頭を下げる。背中を冷たい汗が伝い落ちた。

竹野内課長は深刻な表情で遼一を見つめた。

「聖掃者だ」

その言葉を聞いて、そっと安堵の息を吐く。

「たぶん」

付け加えられた一言に、思わず聞き返した。

「たぶん？」

「まあ、早く見てこいよ」

園内を見やると、あちこちで濃紺の作業着を着た鑑識課員が証拠品の採証活動を行っている。

「あ、はい」

昨晩見た大きな欅が視界に入る。まわりに何人かの捜査員たちが集まっていた。組対の浜田雄馬と藤井俊介のコンビ、そして、相棒の小田切護の姿もある。部下の谷川栄吉と相馬誠一郎、吉野聡、深田有美もいる。「お疲れ」と短いあいさつを交わし、遼一は内心おびえながら、足元に横たわった遺体を見た。

昨夜見たときと様子に変わりはない。ただ、半開きの目の角膜が混濁し始めていた。額には×印。自分がつけたものだ。

無意識のうちにネクタイの結び目をいじっていた。足がすくむ。急に吐き気に襲われたが、呼吸を整えて我慢した。

浜田が死体を見下ろしながら言った。

「こいつは、ブラックチェリーのメンバーだ。名前は島田祐樹。幹部の一人でリーダーのお気に入りだったはずだ」

小田切が遼一に顔を向けた。

「薬師丸さん、こいつ、昨日会ったやつですよね？」

「ああ、そうだ。島田祐樹と言っていた。名刺を交換している」

「そうみたいだな。トゥモロー・ファイナンス。たぶん闇金だろう」

浜田はビニール袋を掲げた。遼一の渡した名刺が入っている。何だか自分の遺留品を押収されたような嫌な気分だった。名刺を取り上げないで正解だった。自分は上手くやっている。だが、犯人蔵匿および証拠隠滅の罪を犯した意識は拭えない。喉元まで胃の内容物がせり上がってきた。

「腹が痛い。ちょっとトイレに……」

そう言い訳して、遼一は足早にその場から離れ、公園内にある公衆トイレに入った。知り合いの鑑識課員の岡本桔平（おかもときっぺい）巡査部長が水道の蛇口などの指紋を採取している最中だった。男性ながら肩まで長い髪をポニーテールにしている。一度、髪はお湯で流すだけのほうが、髪本来の艶が出るからいいのだと力説していたことがある。以来、髪の話題はしないようにしている。

「よう、お疲れさん」

岡本が声をかけてきたが、遼一はかまわずに個室に入り、嘔吐した。

「おいおい、大丈夫か？　そんなえげつない死体だったたっけ？」

「いや、今朝から調子が悪かったんだ。食あたりかな」

「ええっ、何食べたんだよ？」

「ええっと、ツナサンド……。ツナが腐っていたのかもしれない」

「缶詰のツナだろ？　あれって腐るのか？」

缶詰のツナが腐るかどうかなど知らない。会話を続けていたらもっとぼろが出そうだったので、そこで切り上げて逃げるようにトイレをあとにした。

現場に戻ると、浜田が不審な者でも見るような目つきで、遼一のことを見ていた。

「大丈夫かよ？」

「大丈夫だ。ちょっと腹を壊しただけだ」

谷川が近づいてきて、遺体を見下ろした。

「闇金だって？　三番目に殺された小倉漣のシノギもそうだった。となると、闇金絡みの犯行っていう線が見えてきたな」

浜田が納得いかないというようにうなる。

「それはどうかな。こいつを殺ったのが聖掃者かどうかはまだわからんぞ」

ぎょっとして聞き返す。

「どういうことだ？」

「死体をよく見ろ」

よく見てみたが、別に変わったところがあるようには思えなかった。ないはずだ。聖掃者がやったとおりにしたのだから。

「どうしちまったんだ、今日のおまえは？」

遼一はうろたえた。朝から妻にも言われた言葉だ。そんなにいつもと違うだろうか。

「まず第一に死因だよ。こいつは刺殺じゃない」

思わず「あっ」と声を上げた。死因なら知っている。鉄アレイで殴られて殺されたのだ。昨夜は気が動転していて、そんなことを考えもしなかった。

いまさらどうしようもない。いや、昨夜だって死因を刺殺に変えることは不可能だ。

「それにこいつは靴を履いていない。どこか別の場所で殺されてここに捨てられたみたいじゃないか」

遼一は言葉が出てこなかった。島田の死体が靴を履いていないことには昨夜気づいていた。南大塚のアパートに引き返し、取って戻ってくるべきだったのか。そこまで頭が回らなかった。

相馬が浜田の言葉にうなずく。

「遺体を動かすなんて、これまでは通り魔的な犯行だったのにおかしいっすよ。それに、一昨日にも殺しがあったばかりじゃないっすか。あまりにも間隔が短かすぎます……」

遼一は密かに唾を飲み下した。何も言うべき言葉が見つからない。また、ネクタイをいじっていたので、手を引っ込めた。

小田切が遺体の頭部を指差す。

「薬師丸さん、被害者の頭部を見てください。額の上あたりに大きなあざがあるんです。この被害者は何か鈍器のようなもので殴られて殺されたようなんですよ」

全身から血の気が引いていく。何か言い返さないといけない。

「なるほど……。確かにいままでとはやり方が違う。でも、額の×印は聖掃者の仕業だろう」

浜田が首をかしげる。

「それなんだがな。確かに、捜査関係者には箝口令が敷かれているが、中には口の軽いやつがいて、ブラックチェリーに敵対する組織に情報を流しちまったなんてことだってあるかもしれないだろう」

おとなしくしていた藤井も同意するようにうなずく。

「ありえますすね。情報が外に漏れていたら、額に刻まれた×印だけをもって、これが聖掃者の犯行だとは言い切れません。敵対する組織を洗うべきだと思いますね」

谷川が口を開く。

「ブラックチェリーと敵対する組織といったら〈アグリーズ〉か。あそこは喧嘩自慢の荒っぽいのが多いって噂だからな」

深田が啞然とした表情になって口を開く。

「身内にアグリーズに情報を流している裏切り者がいるってことですか？」

「どこの業界にも腐敗している人間ってのはいるさ」

ありがたいことに、ブラックチェリーに敵対する組織が怪しまれている。

谷川が一同の表情をうかがうように見回す。

「聖掃者にこれまでのやり方と変えなければならない何かがあったのか、それとも、ホントに模倣犯の仕業なのか？」

「模倣犯ですか……」

小田切が困惑を露わにした。

「ただでさえ聖掃者の捜査は行き詰まっているっていうのに、その上、模倣犯まで出てこられたんじゃ、もうお手上げじゃないですか」

深田が反論の声を上げる。

「まだ模倣犯がいると決まったわけじゃありませんよ。わたしには、警察内部に裏切り者がいるなんて信じられません」

浜田が不快げに喉の奥を鳴らす。

「うーん。こりゃ、まだまだ捜査は長引きそうだ」

遼一はまた気分が悪くなってきた。また吐き気がする。

深田が遼一の異変に気づいた。

「薬師丸さん、ホントに大丈夫ですか？　顔色が悪いですよ」

「大丈夫だ」

その言葉を、誰も信じている様子はなかった。

9

そのタワーマンションの一室は、半グレ集団〈ブラックチェリー〉のリーダー、春日凌の自宅兼事務所となっていた。南向きの大きな窓から都心が眺望できる二十畳を超えるリビングルームには、豪華な革張りのソファセットが置かれ、春日の右腕の飯島健吾（いいじまけんご）と七人の幹部メンバーたちが腰を掛け、デリバリーされた三枚のLサイズのピザを取り分けながらコーラを飲んでいた。彼らに給仕する係も数人おり、壁際に目立たないように控えて立っている。午前十時、朝の会議の時間だった。

ブラックチェリーは今年で誕生して八年目になる。春日が二十四歳のころに飯島健吾と二人でつくった組織だ。いまではメンバーは六十人ほどになり、準メンバーを合わせると百人を超える。半グレ集団にしては大きな組織に成長した。春日と飯島は高校時代からの親友で、二人ともラグビー部に所属していたので体格はでかいが、性格は陽と陰の関係にあった。春日が陽で飯島が陰だ。二人はいいコンビだった。
春日と飯島がラグビーをやっていたということもあって、ブラックチェリーには体育会系の気風がある。上位者が言うことは絶対で、下位者は従わなければならない。〝報連相〟は徹底されている。各幹部は専門の〝ビジネス〟を仕切っており、配下のメンバーにはたいてい厳しいノルマが課されている。達成できなかった場合は罰金を払わなければならない。だから、メンバーたちはビジネスに精を出す。〝自己研鑽(じこけんさん)〟をいとわない意識の高い者が多い。メンバーには有名な私立大学の学生もいれば、有名企業を辞めて組織入りした者もいる。〝意識の高い半グレ〟、それがブラックチェリーの特徴でもある。

春日凌はFランクの大学に通っていたころ、こんな生活を続けていては自分の人生はたかが知れていると悟り、大学を中退してからキャバクラなどのスカウトを経て、ブラックチェリーを立ち上げた。とにかくカネを稼ぎたかった。組織を大きくするためにはリーダーの資質が必要だと、人心を掌握するための心理学関連の本をずいぶんと読み漁ったものだ。春日自身も意識の高い男だった。ラガーマンだったころに形作られた大きな体躯(たいく)と巧みな話術、そして、持って生まれたカリスマ性のおかげで、春日のもとには若者が集まり、ブラックチェリーは急成長を遂げた。

幹部の一人の島田祐樹がいなかった。連絡もつかない。とはいえ、二日酔いで遅れてくることもよくあるのでたいして気にしなかった。

各幹部から先週の売り上げの報告を受けていると、春日のスマホが鳴った。無視しようかと思ったが、画面に表示された名前を見て、おもむろに立ち上がると電話に出た。相手は警察内部に飼っているネタ元だった。

「お疲れっす」

話の内容に衝撃を受け、やがて、ふつふつと腹の底から怒りが込み上げてきた。

「それ、間違いないんすか？」

相手は間違いないと請け合った。複数の刑事たちが身元を確認済みだと。

通話を切ると、怒りに任せてスマホを床に叩きつけた。スマホは木っ端微塵（みじん）に砕け散った。

幹部たちがあまりの剣幕に息を呑む。

しんと静まり返った空気の中で、春日は荒い息を吐いて言った。

「ユウキが殺（や）られた」

男たちから驚きの声が漏れた。

飯島が驚きと恐れの混じった表情で春日を見た。同じくらいの背丈があり、いまも筋肉を維持している。無精髭を生やしているので、三十一歳という年齢より年上に見えた。昨年結婚して、今年初め娘が生まれたばかりだ。

「聖掃者ですか？」

「ああ。たぶんな」

島田祐樹はブラックチェリーの設立当初からのメンバーであり、闇金融のビジネスを任せていた幹部だ。少しやんちゃなところはあるが、従順で素直なやつだった。春日のことを男として尊敬していたのが肌を通してよくわかった。だからこそ、特別に目をかけてかわいがっていた。一緒にキャバクラや風俗で豪遊したことや、海でバーベキューをしたり船でマグロ釣りをしたことなどが思い出された。いつも人を楽しませることを忘れない、楽しいやつだった。

まさか祐樹が殺されたとは……。

春日は目元を親指で拭った。幹部たちが息を呑むのがわかる。春日が情に厚い男なのは、幹部ならみんな知っていることだった。

「許せねぇ……」

執務デスクの後ろの黒革張りの椅子にどっかと腰を下ろした。

「警察は容疑者一人挙げられていないらしい。ケンゴ、うちのほうの捜査はどうなってる？」

春日はブラックチェリーのメンバーたちを総動員して、小倉漣を殺した聖掃者を捕まえるよう言い渡してあった。捕まえたメンバーには一千万円の懸賞金を出すとも言い添えている。

飯島は苦々しい顔をした。

「いえ、残念ながらこっちも進展ありません」

「アグリーズはどうなんだ？」

池袋には〈アグリーズ〉というもう一つの半グレ集団がある。規模は小さいが、メンバーには外国人もおり、凶暴な者が少なくなかった。

飯島は首を振った。

「やつらはいま、おとなしくしていますよ。共存共栄がモットーだと公言してます。おれたちを敵に回すような馬鹿はやりません」

「共存共栄ねぇ……」

荒くれ者が多いアグリーズにしては殊勝な心構えだ。それほど、ブラックチェリーにはいま勢いがあるということだろう。

聖掃者がアグリーズではないかという仮説は論理的に考えても違うと思えた。被害者にはヤクザもいる。アグリーズがヤクザを狙う意図がわからない。

春日は給仕係の一人を呼んだ。

「おい、タモツ」

壁際に控えていた男の一人が身体をびくりとさせ、威勢のよい声で返事をした。

「はい！」

黒川保（くろかわたもつ）は毬栗頭をした背の低い男だった。喧嘩は弱そうだし、頭もよさそうには見えないが、祐樹はかわいがり、車の運転などの雑用をさせていた。保の母親はシングルマザーで相当に苦労したらしい。いや、現在も苦労している。祐樹はそんな保の家庭環境を憂いていた。春日はその話を聞いて、祐樹を誇らしく思ったものだ。

「おまえ、ユウキの運転係だったな？」

「はい」

「昨日の夜はずっとユウキと一緒だったか？」

「いえ、ユウキさんが渋谷のクラブを出られたときに別れたっす」

保は直立不動の姿勢のまま答えた。

「別れたとき、ユウキは一人だったか？」

「いえ、女を一人連れていました」

祐樹の女好きは有名だ。毎晩のように渋谷のクラブで女漁りをしていることは耳に入っている。南大塚にあるアパートに連れ込んでいるらしい。ということは、その女とアパートに行ったことになる。

春日は疑問を感じた。ネタ元によれば、祐樹の遺体は池袋で発見されたという。祐樹は女とやったあとに、池袋に戻ってきたというのか。いったい何のために？

「ユウキが女とクラブを出たのは何時だ？」

「ええっと、十一時過ぎだったと思います」

「その女のことは知っているのか？」

「いえ、でも、ムゲンっていうクラブで何度か見たことがある女です」

「名前は？」

「いえ、名前までは知りません」

「その女が何かを知っているかもしれない。タモツ、その女を探し出せるか？」

「はい、やります！」

保の気合の入ったその姿勢を、春日は気に入った。


黒川保はすぐに行動を開始した。憧れの存在であるブラックチェリーのリーダー、春日凌から直接命令を受け、俄然やる気になったのもあるが、何だかツキに恵まれているような気がしたのだ。

保には一つ春日に言っていないことがある。昨夜、祐樹が連れていた女は何度か見たことがあり、確かに名前は知らないのだが、連れの女を知っているのだ。確か、リカとかいう名前だった。

どうして春日にそのことを話さなかったのか。聞かれなかったから話さなかったのだが、心の奥底では他のメンバーのいる前で話して、そいつらに手柄を横取りされたくないという思惑も働いていた。

保は喧嘩も弱いし、学歴もコネもなく、女もいなかった。普通に就職できるかどうかも怪しい。アルバイトでさえ、いままで一カ月と続いたことがない。そんな自分を拾ってくれたのが、島田祐樹であり、ブラックチェリーだった。

祐樹が殺されたと聞いてショックだった。いままでの恩義に報いるためにも、自分の力で犯人を捕まえてやると嘘偽りなく思った。

リカのことを思い浮かべる。いつも露出の多い服を着て、イケメンにだけ色目を使っていた女だ。

ムゲンのバーテンダーのダイスケならリカの連絡先を知っているかもしれない。保は連絡を入れてみたが、案の定、応答はなかった。いまは朝の十時半だ。まだ寝ているのかもしれないが、相手が保だから出ないという可能性もある。なめられているのだ。

「何だよ、緊急だってのに……」

保はスマホを手にしたまま歯軋りした。

10

遼一と小田切、浜田雄馬とその相棒の藤井俊介は、警察車両のトヨタのクラウンに乗って、島田祐樹の運転免許証に記された南大塚三丁目にある住居へ向かった。運転は一番年下の小田切が担当した。

昨夜行ったばかりの場所だ。もちろん、そんなことはおくびにも出さない。

死体が出なければ、昨日手に入れた闇金融の顧客リストを手に、顧客を一人ひとり訪ねる予定だったのだが、新たな犠牲者の現場周辺の聞き込みを優先するよう、竹野内課長に言い渡された。

島田のアパートに到着すると、先に到着していた鑑識課員の白い日産のキャラバンが駐まっていた。所轄である巣鴨署の捜査員たちがすでに現場を封鎖し、近隣に聞き込みに散っているはずだった。

一番年配の浜田を先頭に、アパートの外階段を上がる。遼一はまた心臓の鼓動が早まるのを感じた。頭の中では昨夜の行動を振り返っていた。何か落とし物をしたりはしていないだろうか。どうか、何もミスをしていませんように……。

浜田、遼一、藤井、小田切の順番で二〇三号室に入る。浜田が足元を見るよう顎で示した。靴脱ぎ場に島田のものだろう脱ぎ捨てられた革靴があった。もちろん、それが昨日履いていた靴だと決まったわけではない。玄関の近くにキッチンと洗面所があり、廊下の先に八畳ほどの部屋のある、ありふれたワンルームだ。濃紺の作業着を着た数人の鑑識課員が遺留品の採証作業の真っ最中だった。

リビングに鑑識の岡本桔平がいた。遼一は思わず聞かずにはいられなかった。

「何か見つかったか？」

岡本は天気を聞かれたかのような軽い調子で答えた。

「いいや、いまのところこれといった目ぼしいものは何もないね。ただ、女性のものと思われる長い毛髪がいっぱい落ちてたよ。まあ、おれみたいに長い髪の男もいるけどね。どっちにしろご盛んなこった。うらやましい限りだ」

毛髪は知らぬ間に落ちるものだ。佳奈の毛髪もここで落ちなかったとは言い切れない。佳奈がこの場所にいたのは数分から十数分のことだろう。

聖掃者でさえ、最初の犯行時には被害者に引っかかれて、皮膚片を被害者の爪の間に残すという失態を犯した。捜査のプロとはいえ、初めて罪を犯した遼一とてミスをしていないとは限らない。

ずっと冷たくじっとりとした汗を掻いている。早くこの場所から逃げ出したかった。

床に置かれた鉄アレイをぼんやりと見つめる。レイプされそうになり、抵抗する佳奈がそれで島田を殴る場面が目に浮かんだ。

「鉄アレイですか」

小田切が遼一の視線の先を追った。

「五キロですね。これで人の頭を思い切り殴れば、一撃で殺せるかもしれませんよ」

遼一は何か反応しなければと思った。

「殺害現場がここだったとでも言うのか？」

浜田がしゃがみ込み、触らずに気をつけながら、鉄アレイを観察した。

「肉眼じゃ何も付着しているようには見えないが……。これが凶器という線はありうる。島田の遺体はどこかから運んできたみたいだったじゃないか。靴脱ぎ場に靴もあったろう」

「殺害時に履いていたのは別の靴かもしれないじゃないか」

「まあ、そうだが。たとえばの話だ。でも、筋が通らない。聖掃者がここで殺害したとして、何だって池袋に遺体を運んだ？」

「それをおれに聞かれてもな」

「自問自答してるんだ。気にしないでくれ」

浜田は鷹揚に手を振る。

狭い室内に見なれない二人の捜査員が入ってきた。おそらく所轄の刑事で、近隣の聞き込みから戻ってきたのだろう。

年嵩のほうの男が口を開いた。

「巣鴨署の河合です。近所の住人が昨夜十一時半ごろに、被害者の島田祐樹がレクサスで帰宅したのを見たと証言しています」

浜田が応じた。

「いまそのレクサスはどこにあるんだ？」

「ここから三十メートルくらい離れた月極駐車場にありました。被害者は夜な夜な女を部屋に連れ込んでいたようですよ。そのたんびにレクサスをアパートの前に一時的に駐めるんだとか。近所の評判はよくありませんね」

島田はおそらくレイプドラッグの常習犯だ。ふらふらの状態の女を店から連れ出し、車に乗せ、女を部屋まで運ぶために、いったんアパートの前に駐めるのだ。女を部屋に置いてから、通報されないようにレクサスを駐車場に移動する。そして、部屋に戻って、女を犯すのだ。

河合が「それから」と付け加える。

「レクサスの後部座席に吐瀉物の痕跡がありました。昨晩も誰かを乗せていたのかもしれません。科捜研に回してＤＮＡを採取してもらいます」

遼一は思わず顔をしかめた。佳奈が嘔吐したのだろう。警視庁の科学捜査研究所（通称、科捜研）は、吐瀉物からでもＤＮＡを採取できる。とはいえ、佳奈のＤＮＡは警察のデータベースに存在しないため、昨晩レクサスに乗っていたのが佳奈だとはわからない。

ふと思う。佳奈がもし嘔吐していなかったら、クスリの作用で眠ったまま島田にレイプされていたはずだ。そのあとは、どこかに捨てられていただろう。想像するだけで虫唾が走るが、そうなっていたら、佳奈が罪を犯すことはなかった。嘔吐さえしていなければ……。

小田切が河合に尋ねた。

「周辺に防犯カメラはありましたか？」

河合は残念そうにかぶりを振った。

「いえ、それがこの近辺に防犯カメラはなさそうですね」

遼一は密かに安堵の息を吐いた。佳奈とおれは運に恵まれている。佳奈はドラッグを盛られレイプされそうになったのだ。その正当防衛で半グレのクズをうっかり死なせてしまっても罪にはなるまい。その遺体を連続殺人鬼の仕業に見せかけたとしても、同様にさしたる罪にはなるまい。遼一は自分を納得させるように、心の中でつぶやいた。

「おかしいな。うん、やっぱりおかしい」

浜田がまた大きな独り言を言った。

興味を惹かれて尋ねる。他人の言動に逐一過剰反応してしまう自分を愚かしく感じる。

「何がだ?」

「だって、おかしいだろう。レクサスを駐車場に置いたままにして、どうやって島田は池袋に行ったんだ?」

「それは……、部屋で酒を飲んだりして、電車で行ったのかもしれない」

浜田は呆れたように片方の眉を上げた。

「本気で言ってるのか? 飲酒運転を気にするような輩かよ? 島田はここで殺されたんだ。だから、レクサスは駐車場に駐められたままなんだ。島田を殺した犯人が遺体を池袋に運んだんだ」

小田切と藤井が納得したようにうなずいている。

「なるほど、その見立ては正しいように思いますね」

「ええ、わたしもそう思います」

反論しようにも、浜田の言っていることは理路整然としていた。そして、それは正しい。

島田の車の存在に気づくべきだった。車の鍵なら島田のポケットにあったのに……。だが、昨日の夜はパニックになっていて、そこまで考えが及ばなかった。だいたい島田が車を駐車した場所も知らなかった。いまさら悔やんでも仕方のないことだ。

遼一が黙っていると、浜田は藤井と小田切に言った。

「もしも、昨日の夜も島田が女を連れ込んでいたら、その女が何かを知っているかもしれない。島田の直前の足取りを早く洗ったほうがよさそうだな」

「そうしましょう」

小田切と藤井が応じる。

島田の足跡が明らかになれば、佳奈の存在が浮かび上がるだろう。捜査の手が佳奈に届かないようにと祈るしかなかった。


竹野内からついでに帝都大学へ寄るよう命じられた。監察医から死体検案書をもらってくるためだ。事件の可能性のある遺体は、通常、大学病院で検案及び解剖が行われ、死因が究明される。警視庁がよく使わせてもらうのが帝都大学の医学部だった。司法解剖には警察官が立ち会う決まりだが、死体検案書の作成は時間がかかるので、遼一たちに役目が回ってきたようだ。

帝都大学に到着後、一時間ほど経ってから地下の解剖室への入室を許された。消毒液の臭いと腐臭の入り交じった部屋に入ると、銀色に輝く解剖台の傍らに長身の白衣を着た女性が立っていた。三十代前半といったところか。監察医の柴山美佳（しばやまみか）である。変わり者で名の通った人物で、それは見てくれからもよくわかる。金色の髪はサイドをツーブロックにしており、両耳にはシルバーのピアスがいくつも光っていた。白衣の下には目の覚めるような真っ赤なワンピースを着ている。

解剖台の上には、全裸になった島田祐樹の遺体が横たわっていた。島田は頭を剃髪されており、胸の前にYの字に切開された生々しい痕が残っている。

不快感が込み上げ、息苦しさを感じた。遼一は思わずネクタイを緩めた。

一同が礼儀正しく一礼すると、柴山は静かに口を開いた。

「解剖は終わりました。何か聞かれたいことありますか？」

浜田が応じた。

「いくつか教えてください。まず死亡推定時刻は何時ごろですか？」

柴山は遺体を見下ろしながら答えた。

「角膜の混濁具合と直腸温の測定結果から言って、昨晩の十時と午前一時の間くらいでしょうか。死因は鈍器で殴られたことによる頭部の外傷です」

小田切が勢い込んで言った。

「やっぱり鈍器ですか」

柴山は壁に設置されたシャウカステンを示した。それには頭部をX線撮影したものが掲げられている。それから、本物の遺体の頭部を指で示す。

「ほら、ここ。前頭部が陥没骨折しているでしょう。これが直接的な死因です」

小田切が解剖台に近づいて、遺体の頭部を覗き込む。

「石とかですか？」

「うーん。頭皮の挫滅（ざめつ）具合から判断するに、重みがあって表面がなめらかな物だと思いますね」

「たとえば、鉄アレイとか」

浜田の言葉に、柴山は大きくうなずいた。

「鉄アレイが一番しっくりくるかもしれません」

「やっぱり殺害現場は自宅だな」

浜田が遼一に向かって笑みを浮かべた。

「あ、それともう一つ気になった点が」

柴山は遺体の額に刻まれた×印を指差した。

「この切創ですが、いままでより浅いんです。傷つけるのに躊躇（ちゅうちょ）したようにも見えますね」

浜田が関心を示したように「ほう」と応じた。

遼一は静かに唾を呑み込んだ。背中に嫌な汗を掻いている。

浜田は腕組みをして、遺体をにらんだ。

「いよいよ模倣犯説が強くなってきたな」

「え、模倣犯説なんてあるんですか？」

柴山の驚いた声に、浜田が笑いながら答える。

「いまさっきできたんです。殺し方も違うでしょう。それに、いままでは通り魔的な犯行だったんですが、この遺体はたぶん自宅で殺されてから発見場所に移されたようなんです」

「へえ、犯人は危険を冒しましたね」

「そう、まさにそのとおり。聖掃者ならそんな危険は冒さない。だから、模倣犯じゃないかってね」

遼一は反論したいところだったが、ぐっとこらえた。下手なことを言えば、怪しまれる恐れがある。

柴山が怪訝な顔をつくる。

「でも、額の×印は聖掃者と捜査員しか知らないはずですよね」

小田切が苦笑いを浮かべて口を開いた。

「だから、捜査本部の情報が外部に漏れているんじゃないかって……。これだけ捜査員がいますからね。中には口の軽いやつだっているかもしれませんから」

遼一はこのときだとばかりに口を挟んだ。

「だとすると、犯人はアグリーズだ。ブラックチェリーと敵対している」

浜田がかぶりを振る。

「それはどうだろうな。おれがアグリーズのメンバーなら、そんな見え透いたことはやらない」

「調べてみなければわからないじゃないか？」

「いや、アグリーズはないと思いますね」

小田切も浜田の意見に賛同した。

「島田が殺されたのは自宅アパートだと思いますが、アグリーズが島田の自宅を襲って、鉄アレイで殺したとは思えません。そんな面倒なことしなくても、聖掃者と同じように通りで刺せばいいんです」

「となると、やっぱり女だ」

浜田が決めつけるように言う。

「島田が連れ込んだっていう女が怪しい。問題は、なぜその女が聖掃者が残す額の×印のことを知っていたのか、だ。アグリーズの可能性も含めて、あとは上層部がどう判断するか。それによって、捜査の方針も変わるだろう」

アグリーズの捜査に重点が置かれるようになればいい、そう願った。

帝都大学を出ると、竹野内課長に報告を入れた。遼一たち四人はそのまま南大塚の現場周辺で聞き込みをすることになった。さすがに今日は自宅に帰れそうにない。佳奈のことが心配だった。

## 11

黒川保は千川（せんかわ）にある自宅に戻ると、テレビをつけてニュース番組を観た。いつもはテレビには見向きもしないが、島田祐樹が殺害された事件の報道を知りたかった。アナウンサーの口から知り合いの名前が呼ばれるのは不思議な気分だった。あらためて島田祐樹は死んでもうこの世にいないのだと思い知らされる。保は悲しくなった。祐樹は非道な遊び人だったが、先輩としてはやさしいところもあった。何もわからない保に組織のことをいろいろ教えてくれた。仕事を与えてくれ、お小遣いもくれた。慈悲に近いものだったかもしれない。保は本当に何の取り柄もなかったからだ。それでもかわいがってくれたという恩を感じる。

番組の解説者によると、祐樹の遺体が発見されたのは池袋三丁目の公園だという。なぜに祐樹は池袋に舞い戻ってきたのだろうか。考えてもわからなかった。

保は夜の活動に備えてベッドで眠った。

午後二時を過ぎて、ようやくムゲンのバーテンをやっているダイスケからＬＩＮＥにメッセージが来た。

すかさずＬＩＮＥで電話をかけると、機嫌の悪い声が言った。

「何だよ、朝っぱらから」

ダイスケは保よりも一回りほど年上で、ブラックチェリーのメンバーではない。しかし、島田祐樹をはじめ何人かのメンバーとは顔見知りで、鎌倉の海辺でやったバーベキューに一緒に参加したこともある。

「ダイスケさん、もう昼ですよ。二時です」

「おれにとっちゃ朝だよ。で、何だよ？」

ダイスケは祐樹には敬語を使うが、下っ端の保には当然タメロだ。

「ちょっと聞きたいことがあるんです。昨日の夜、ユウキさんが女の子をお持ち帰りしたじゃないですか？　あの女の子ってどこの誰だか知らないですよね？」

「さあ、知らないな。最近たまに見かける子だけど」

話の調子からして、ダイスケはまだ祐樹が殺されたことを知らないようだ。

「あの子といつも一緒に店に来てる女を知りませんか？」

「ああ、知ってる。リカだろ。トイレでエクスタシーをやってる子。あいつ、まだ十代だけど、受付やってるサトルと親しいんで、アルコール飲ませてやってるんだよ。たぶんサトルとやったんだろうな」

「リカの連絡先とか知らないっすか？」

「いや、知らないけど、何で？」

疑い深い声で聞かれた。保は話の行きがかり上、素直に話すことにした。昨夜、島田祐樹が聖掃者に殺されたこと、祐樹が直前に会っていた女が何かを見聞きしているかもしれないので探していることを。

ダイスケは祐樹の死に驚いていた。

「メンバーが殺されるのって二人目だろ。春日さん、聖掃者の首に懸賞金懸けてるって言ってたな。それで、おまえが調べてるのか？」

「そうっす。おれ、一千万欲しいっす」

ダイスケが低い声で笑った。

「そら、誰だってほしいわな」

「おれ、親孝行したいんすよ。うちシングルマザーで、いままでさんざん迷惑かけてきたから、母ちゃんに銀座の寿司食べさせてやりたいんす」

「一千万なんかなくとも、銀座の寿司ぐらい食わせてやれるだろ」

「いや、毎日食べさせてやりたいんすよ。寿司だけじゃなく、天ぷらとか鉄板焼きとか」

ダイスケは鼻で笑った。

「おまえ変わってるな。とにかく、おれはリカの連絡先は知らん。まあ、頑張れよ」

そこで通話が切れた。

親孝行をしたいという話は嘘ではなかった。真面目に働いたことのない保はいまも親の脛を齧っていた。いつか恩返しをしたい、楽をさせてやりたい、そう思いながら生きてきたのだ。

その足がかりが半グレ集団の下っ端というのが情けないのだが。

リカは今夜もまたムゲンに来るだろうか。店が開くまで保はテレビで続報を追いながら、時間をつぶすことにした。

夕方五時ごろ、スマホの着信音が鳴った。画面を見ると、矢代創輝(やしろそうき)だった。ブラックチェリーの幹部の一人だが、保は矢代を好きではなかった。パワハラの気質があり、何かにつけて保を「馬鹿」呼ばわりする。

電話に出ると、横柄な声が言った。

「おい、何かわかったか?」

「いえ、まだ何も……」

嘘ではない。島田祐樹が昨夜一緒に店を出た女の身元はまだわかっていない。

「まったく使えねぇな、おまえは」

「すいません」

「わかってんのか、おまえが一番一千万に近いところにいるんだぞ?」

「どういうことっすか?」

「馬鹿、わかんねぇのか」

矢代はもはや怒鳴っていた。保は通話口を耳から遠ざけたかったが、一千万円に一番近いところにいるとはどういうことか興味を惹かれた。

「あのな、リョウさんは、女が怪しいって言っている」

「女……ですか?」

「昨晩、ユウキと一緒だった女だよ。おまえ、いまその女を探してるんじゃねぇのか？」

「そうっす。でも、ユウキさんを殺したのは聖掃者じゃないんすか？」

「それがな、殺し方がいままでと違うらしい。いままではナイフだったが、ユウキは鈍器で殴られたらしい。それも、ユウキのアパートで殺された可能性が高い。だから、警察は模倣犯の線も視野に入れて捜査しているんだとよ。タモツ、死亡推定時刻って知ってるか？」

「死んだかもしれない時間ですよね」

「それが昨夜の十時から午前一時までの間なんだとよ。おまえの話じゃ、十一時過ぎにはユウキを見てるんだよな？」

「はい」

「なら、ユウキが殺されたのは十一時から午前一時までの間だろう。で、その間に、ユウキは誰とも連絡を取ってないんだとよ。寝ている時間以外はＬＩＮＥばっかやっていたＬＩＮＥ中毒がだぞ。だから、女がユウキを殺した可能性は高いかもな」

「いや、でも……、それはありえないっす」

「何で？」

保は逡巡したが正直に言った。

「ユウキさんは女にクスリを盛ったと思います」

「あいつ、レイプドラッグなんてやってんのかよ」

「たまに……」

「くそだな、あいつは。あのな、クスリの効きは人によってまちまちだから、女が途中で目を覚ましたかもしれないだろうが」

「確かに……」

「おまえの低能な頭で考えてものを言うなよ、この野郎。こっちは警察の情報に基づいて考えてるんだぞ」

「すいません」

「とにかく、女を見つけ出せ。身元がわかり次第、おれに知らせろ。いいな？」

「わ、わかりました」

「一千万を独り占めしようなんて思うなよ。おれが協力しなけりゃ、一銭もおまえには入らねぇんだからな」

「わかりました」

通話が切れた。矢代に対する怒りが込み上げてきた。また馬鹿と言いやがった。低能な頭だとも。

だが、冷静になるときだ。いま交わした会話を思い返し、保は背中に鳥肌が広がるのを感じた。祐樹はアパートで殺された可能性があるという。

ならば、女が祐樹を殺したかもしれない？

保が一番一千万円に近いところにいる？

保は昨夜ムゲンから祐樹が一緒に出た女の顔を思い出そうとした。女はクスリのためにもうろうとしていて、うつむき加減だったので顔は見えなかった。あの女が祐樹を殺したというのか？

矢代の言うように、クスリがちゃんと効かなかったのかもしれない。確かに、自分は学歴も経験もない馬鹿だ。だから、自分の頭で考えないことだ。尊敬するリーダーの春日が、女が犯人かもしれないと言っているのだから、その可能性はあるのだろう。

保は想像してみた。祐樹の家に連れられていった女が、目を覚まして反撃し、何らかの方法で祐樹を殺害した。それを聖掃者の仕業に見せかけるために、池袋まで運んで公園に捨てた……。なるほど、ありうるかもしれない、そう保は思い始めていた。

夜の八時になり、ムゲンがオープンすると、保はまだ客が一人もいない店に入った。この数日はほぼ毎日リカを見ている。今日も来るはずだ。連れの女も来るだろうか?

カウンターに向かうと、にやついた表情のダイスケがいた。

「タモツ、一千万入ったら、オメガの腕時計買ってくれよ」

保は苦笑いを浮かべ、あいまいにうなずいた。なぜ自分がこの男にそんな高価な腕時計を買ってやらなくてはならないのか。ジントニックを頼んで、じりじりする思いで時間が過ぎるのを待つ。

夜九時を回ると、少しずつ人が増えてきて、店の中が騒がしくなった。まだリカは現れない。リカは昨夜友人の女が島田祐樹にお持ち帰りされたことを知っているのだろうか。そして、その祐樹が聖掃者に殺されたことを知っているのか。知っていたら、恐れをなして店には近づかないということもありうる。だが、リカは島田祐樹の名前を知らないはずだと思った。

保はジントニックを三回注文した。お酒には強い。いくら飲んでも酔わなかった。それだけが保の誰にも負けない取り柄かもしれない。

　時刻は十時を過ぎた。時間はいっぱいある。保は一晩中でも待つつもりだった。十時半を過ぎたころ、エントランスのほうからやけに胸元の開いた服を着た女が現れた。女は一直線にカウンターにやってくると、ブラッディマリーを注文した。

　リカだ。リカはスマホを取り出すと、何やら素早いタッチで打ち始めた。いつもよりも機嫌が悪そうに見える。

　保は怪しまれないように近づくにはどうしたらいいかと考えたが、怪しまれない方法はないと思い直した。リカにとっていまの保ほど出会ってはいけない人物もいないだろう。

　隣の席に移動して、気軽な感じで声をかけた。

「あれ、今日は一人なんだ？」

　リカはじろりと保を一瞥（いちべつ）した。ほんの一瞬でその価値を測り終えたというように、手元のスマホに視線を戻す。

「いま忙しいんで」

　冷たさと強さを感じさせるそっけない声だった。いつもの保なら尻尾を巻いて逃げ出していたところだが、今日の保には強固な目的があった。

「リカっていうんだよね？」

　答えは返ってこない。

「昨日の夜、友達がどこへ行ったか教えてあげようか？」

　リカはさっと保を見た。顔色が明らかに変わっていた。無言で話の続きを促してくる。

話に乗ってきたことに、保はしめしめと思った。

「おれの先輩にお持ち帰りされたんだぜ」

「カナが？　ありえない」

「カナっていうんだ。なかなかスタイルがよかったな」

リカはおびえたように目を見開いた。

「まさか、無理矢理とかじゃないよね」

今度は保が質問に答えなかった。

「カナについて教えてもらいたいことがあるんだよね」

保はぐいと半身を乗り出した。リカは強張った表情のままだ。

「カナはいまどこにいる？」

「何でそんなことあんたに答えなきゃならないのよ」

「ちょっと連絡を取りたいんだよね」

そこで、リカは保を小馬鹿にするような顔つきになった。

「あんたが誰だか知らないけど、カナのこと探るなんて、やめておいたほうがいいよ。カナの父親、刑事だから」

「刑事？　刑事って警察の？」

「他に何があるの？」

警察官と聞いて、保はひるんだが、強がりを続けた。

「で、カナはいまどこにいる？」

「だから、あんたに関係ないって言ってるの」

保はキレそうになった。それを抑えつつ、声にすごみを利かせて言う。

「関係あるかどうかはおれが決める。おまえ、エクスタシーやってるだろ」

「やってません」

近くで聞いていたダイスケも加勢にやってきた。

「おまえやってるよな？　トイレの個室の中でさ」

保は声を荒らげた。

「それこそ刑事にチクったっていいんだぞ。今日も持ってるんだろう？　警察呼んでやろうか？」

効果はてきめんだった。リカは明らかにうろたえていた。

「そもそもおまえ二十歳になってないだろ？」

「二十歳です」

「じゃあ、身分証出せよ」

「どうして……」

「警察呼ぶぞ。出せ！」

すごんでみせたら、あっけなくリカはシャネルのショルダーバッグから身分証を取り出した。大学の学生証だ。生年月日から計算すると、十九歳ということになる。

「思いっ切り二十歳以下じゃねぇか」

リカはうつむいて黙りこくった。

「カナに昨日の夜のことでちょっと聞きたいことがあるんだよ。連絡先を教えろよ」

「連絡先はＬＩＮＥしか知らないし」

リカに強要してカナとＬＩＮＥをつなげることはできるだろう。だが、見知らぬ男からメッセージを送られて、カナが快く応じるとは思えない。直接会って話す必要があった。

「住所は？」

「練馬だって言ってたけど、詳しい場所とかは知らない」

保はいらいらした。ようやく島田祐樹と昨夜一緒だった女にたどり着いたのだ。カナに直接会うにはどうしたらいいのか？

「父親が警察官だって言ったな？」

「刑事だよ。いま池袋で起きてる連続殺人事件の捜査をしてるって。カナから聞いた」

「聖掃者の事件のことか？」

「そうだと思う」

その刑事は島田祐樹の捜査をしているのだろうか？　保は不思議な縁を感じずにはいられなかった。その刑事は自分の娘が島田祐樹と昨夜一緒にいたことを知っているのだろうか？　知るはずがない、と思った。カナが父親に男と昨夜一緒だったことなど話すはずがない。佳奈は父親に内緒でクラブ通いをしているはずだ。

「カナのフルネームは？」

「薬師丸佳奈」

保はダイスケからボールペンを借りて、ナプキンに名前を書かせた。リカは素直に従った。

「で、佳奈はいまどこにいる？」

リカの顔色が曇った。

「わたしのほうが知りたいよ。昨日の夜から連絡が取れないでいるんだから。ＬＩＮＥも既読がつかないし、心配してるんだ。今日ここに来れば会えるかもしれないと思って……」

リカからはもうこれ以上ネタは搾り取れないだろう。

ダイスケが何かを聞きたそうに、ちらちらとこちらをうかがってきた。加勢したのだからオメガの腕時計をよろしくとでも考えているのだろう。保は無視して店を出た。

アドレナリンが保の身体中を駆け巡っていた。重要なネタをつかんだという手応えをひしひしと感じていた。


保は近くのマックに入ると、ハンバーガーを一つ注文して、空腹を満たした。そして、これまで得た情報について考えてみることにした。

警察の話では、昨夜、島田祐樹は夜の十時から午前一時までの間に殺されたという。遺体は池袋で見つかった。保は十一時過ぎにクラブから出ていく祐樹を見ているし、南大塚に女を連れ込んだのだから、祐樹は昨夜十一時半ごろから午前一時までの間に殺されたのだと思う。

たった一時間半の間に何が起こったのか？

保は矢代創輝から受けた電話の内容を思い出した。春日は、女が島田祐樹を殺したかもしれないと言っている。聖掃者とは殺し方が異なるので、祐樹はアパートで殺されたかもしれず、警察は模倣犯の線も考えていると。レイプドラッグは人によって効き方が違う。女は目を覚まし、レイプされそうになったので、祐樹を殺したのかもしれない。

考えてみれば、十分にありうることだ。リカによれば、佳奈とはいま連絡が取れないという。LINEも既読にならないと。佳奈に何かあったと見ていいだろう。では、何があったのか？本人に会って口を割らせるのが一番だが、連絡先も住所もわからない。わかっているのは、父親が刑事でおそらく池袋署におり、聖掃者の捜査をしているらしいということだけだ。そして、おそらくその父親は娘が聖掃者の被害者と目されている人物と昨夜一緒にいたことを知らない。娘が島田祐樹を殺害した可能性についてなど考えもしないだろう。

保はずる賢く考えた。これはカネになるかもしれない。佳奈と会えないのなら、父親の刑事に会えばいい。

そして、強請(ゆす)るのだ。

矢代に報告すれば、一千万円の懸賞金は半額ももらえないだろう。春日から直接命令を受けたとはいえ、矢代に懸賞金のほとんどを取られるのは気に食わない。

保ははやる心を抑え、スマホを手にした。

12

昨日の深夜に帰宅してからというもの、佳奈は自室に引きこもり、電気を消して真っ暗にして、まんじりともせずに過ごした。ベッドの毛布の中に潜り込み、何とか眠ろうとするが、眠れない。

人を殺してしまった——。

その事実が鉛のように重くのしかかってくる。いまもこの手にはっきりと、鉄アレイでユウキの頭を殴りつけた感触が残っている。

わたしは人を殺したのだ。人殺しだ！

いや、ちょっと待て、と言う自分がいる。ユウキは自分をレイプしようとしたではないか、と。

そうだ。あのとき鉄アレイで殴りつけていなければ、間違いなくレイプされていた。父親が言うようにあれは正当防衛だったのだ。つまり、自分に罪はない。

過去に犯したことは取り返しがつかない。これでよかったのだと思おう。それしかない。

それでも、人を殺したという事実は変わらない。

わたしは人殺しだ——！

佳奈はずっとその思考の無限ループにとらわれていた。

朝方、父親に電話を入れたが、仕事中なのか出なかった。じりじりする思いで待っていると、一時間くらいして、父から電話がかかってきた。

飛びつくようにして電話に出る。

「お父さん……！」

「佳奈、大丈夫か？」

父の声を聞いた途端、佳奈はまた泣き出した。

「お父さん、わたし、どうしよう……」

父は厳しい口調で言う。

「どうしようもない。とにかく忘れるようにしなさい。時間が経てば、必ず気分もよくなる。またいままでのように戻れる。だから、忘れなさい」

「でも、わたし、人を殺しちゃった……」

「正当防衛じゃないか！」

父はさえぎるように怒った。

「おまえは何も間違ったことはしていない。あいつは死んで当然のクズだった。もう二度とそのせりふを口にしたら駄目だ。いいな？」

「わかった……」

佳奈は少しだけ気分がよくなった。そうだ、あれは正当防衛だった。やらなければ、わたしはレイプされていた。あるいは、殺されていたかもしれない。あいつは死んで当然の男だったのだ。

父の声がいつもの調子に戻った。

「いくつか聞きたいことがある。昨夜、おまえが友達に連れられて行ったクラブは、どこの何ていう店だ？」

「渋谷の道玄坂にあるムゲン」

「人で混み合っていたか？」

「うん」

「誰かと話したか？」

佳奈は昨夜のことを思い出そうとした。

「死んだあいつだけ……。あ、バーテンに注文はしたけど」

「その友達以外、おまえの名前を知っている者はいるのか？」

「いない」

「間違いないな？」

「うん。間違いない」

「わかった。今日は帰れないかもしれないが、また連絡する」

通話が切れた。

父親の質問の意図はわかる。昨夜、佳奈がユウキと一緒にいるところを誰かに見られていないかどうかを確認したのだ。警察はユウキが直前まで一緒にいた人間が誰かを調べるだろう。佳奈とユウキがクラブを一緒に出たことを知る者はいないはずだ。店を出たときの記憶がないので絶対とは言い切れないが、佳奈のことを知る者は梨花を除いて店にはいなかった。その梨花でさえ、佳奈がユウキに連れ去られたことを知らない。

昼過ぎ、毛布から抜け出した。二階のトイレで用を足し終えると、恐る恐るスマホでニュースサイトを見た。すぐに「聖掃者の五人目の被害者」の文字が目に入り、被害者の「島田祐樹」という名前が飛び込んできた。

本当に自分は人を殺したのだ、とあらためて愕然とした。

また無限ループが始まった。嫌な現実を忘れてしまいたかった。佳奈は母親が眠れないときに睡眠薬を飲んでいたのを思い出した。母親の部屋に行って、鏡台の引き出しから睡眠薬のシートを一つくすねた。

　将太は部屋の壁から耳を離した。

「相手は誰だろう……」

　そう独り言ちた。やっぱり何を話しているのかは聞き取れなかった。

　昨日の夜から姉の様子がおかしいことは、自室にこもっている将太でさえ気づいていた。いまは春休みだから学校はない上に、不規則な生活を送っているので、夜中、家族が何かをしているとよくその音が聞こえる。姉は午前一時過ぎに帰ってきて、階段を駆け上がり、自室に閉じこもると、声を上げて泣き始めた。めったにないことなので、将太はびっくりした。何があったのかと、しばらく壁に耳を当てていたが、わからなかった。この家の各部屋は防音がしっかりしており、隣の部屋の音があまり聞こえない。それでも聞こえたのだから、よっぽどである。

　あんな自信満々で前途洋々な姉が泣くとはめずらしい。何かよくないことが起きたのだろう。そう思うと、自然と顔がほころんだ。いい気味だと思う。

　将太は姉の佳奈を好ましく思っていない。いや、それどころか、憎んでいると言っていい。

　姉は自分の夢に向かって着々と歩を進めていた。両親から、そして祖父母からの寵愛も受けている。子供だって馬鹿ではない。大人がどちらをかわいがっているかくらい感づく。姉は小さいころから学業も優秀で明るいタイプだった。同じ小学校、中学校に通っていたころは、よく姉弟で比較された。

「おまえ、ホントにあの薬師丸佳奈の弟なの？　片親が違うんじゃない？」

「太陽と月みたいな関係だな。おまえは月でも裏側のほうな」

そんな心ない言葉をよく浴びせられた。

あいつさえいなければ……。何度そう思ったかわからない。

そして、いつのころからか姉は将太を遠ざけるようになった。口に出されなくてもわかる。蔑（さげす）まれていることは。以来、姉は将太の敵になった。

将太は両親から半ば強制的に進学塾に通わされたが、学校の成績はいまいち伸びなかった。暇やる気がないのだから伸びるわけがない。代わりに、将太は絵を描くことに夢中になった。自分にはさえあれば、人気アニメのキャラクターを描いてばかりいた。自分には絵を描く才能があると思っていたが、父も母も将太が絵の道に進むことを反対した。姉がバレリーナになる夢には賛成し協力的なのに、自分の夢のほうは否定されたのだ。だから、父と母のことも憎んでいる。

将太のこれまでの人生は挫折の道のりだった。高二の一学期からは学校へ行っていない。きっかけは同級生からの無視だ。いじめとは言いたくない。将太にもプライドがある。なぜ無視に遭ったのかといえば、理由はたわいもないことだ。一番仲のよい友達と好きなアニメのキャラクターをめぐって口論になり、その友人が将太の悪口をまわりに広めて、次の日にはクラス全員から無視されるようになったのだ。その友達だったやつは、将太が同人誌に漫画を描いているという秘密を知っていたので、将太のことをオタクだと言いふらした。以来、学校へ行くのをやめた。

不登校をめぐっては、ずいぶん両親に責められたが、頑として行かないと主張すると、やがて何も言われなくなった。でも、三年に上がればまた何か言われるかもしれないと、身構えていた。いつまでも引きこもり生活を送っていていいわけがないことはわかっている。だけど、絵を描く以外にやりたいことが見つからなかった。そして、インターネットでいくらでも検索ができるこの世の中において、自分よりも絵が上手い人間がゴマンといるということを嫌というほど思い知らされていた。

将太は人生に絶望しかかっていた。そんなときに、自分を蔑んでいる姉に何か問題が起こったようなのである。他人の不幸は蜜の味。メシウマではないか。

昨日の朝、姉が朝帰りしてきたことは知っている。将太がベッドに横たわって間もなくのことだ。そのときはまだ何もなかった。何かあったのはその夜だ。一人で帰ってきて部屋に閉じこもり、ずっと泣いていた。

かなり深刻な何かが姉の身に起きたのだ。母親にも話せない何かで、電話で誰かと相談している。将太は気になって仕方がなかった。

ふといいことを思いついて指を鳴らした。それは最高のアイデアのように思えたが、佳奈にとっては最悪のアイデアになるものだった。

## 13

その日、捜査本部の捜査員たちは、島田祐樹のアパート周辺の聞き込みに一日を費やした。

遼一は小田切と近隣住人を訪ねて回った。目撃情報はないかと聞きながら、どうかありませんようにと祈った。祈りが通じたのか、少なくとも聞き込みに応じた住人からは有益な情報は得られなかった。

五時ごろ、大塚駅近くにある中華料理屋に入った。たまには定食以外のものを食べようと、豆苗炒め、焼き餃子、回鍋肉(ホイコーロー)、五目炒飯、酸辣湯麵(スーラータンメン)を頼み、二人で分け合って食べた。

小田切が麵を啜ると感心した様子で言った。

「おれ、この酸辣湯麵って初めて食べました。旨いですね」

「一度家でつくったことがある。そういや、家族も喜んでたな。普段はしゃべらない将太が〝旨い、旨い〟と言って、お代わりをしていた」

「いいですねぇ、家族って。おれはもう家族がいないんでうらやましいですよ」

しみじみとした口調で言う。

「ご両親は？」

「母はもう他界しました。おれが高校のころです。精神を悪くしました」

「そうか……」

自殺ということだろう。深くは聞かないことにした。

「父はおれが警察官になってから、家を出ました。以来、連絡がありません。父はもともと会社を経営していたんですが、いわゆる乗っ取りに遭ったんです。相手は反社です。まったく許せませんよ……」

小田切は深刻にならないよう、おどけたような口調になって続ける。

「それまではけっこう裕福な暮らしをしていたんですが、乗っ取りに遭ってからは極貧になりました。警察官になってなかったら、どうなってたでしょうね。それこそ、反社になっていたかも……」

そう言って笑う。無理をしているとわかる。そんな笑い方だった。三十歳の顔がより年を経たように見えた。

「そうか、それは大変だったな」

「いや、すいません。暗い話しちゃって……。他の人にこんな話したことないってのに」

小田切のことをぐっと身近に感じて、何か温かい言葉をかけてやりたくなった。

「いや、いいんだ。どこの家庭も人に言えない苦悩を抱えているもんだよ」

「そんなもんですか。薬師丸さんのご家庭は幸せそうに見えますけど？」

遼一は苦い気分になった。

「表向きだけだ。知ってのとおり父親は認知症だし、息子は引きこもりで高校に行っていない。将来どうなるのか心配しかないよ」

「そうですか……」

それだけではない。娘は誤って人を殺し、自分もまた取り返しのつかない罪を犯してしまった。これほどまでの問題を抱えた家庭はそうあるものではないだろう。

会話が途切れると、自然と捜査の話になる。

「島田祐樹の件、薬師丸さんはホントにアグリーズの犯行だと思ってるんですか？」

「うん？　どうだろうなぁ」

何と答えたらいいかと迷っていると、小田切が続けて聞いてくる。

「あれはやっぱり模倣犯の犯行ですよね？」

「さあ、どうだろう。模倣犯がいるとはまだ決まったわけじゃないだろう」

「でも、どう考えてもおかしいですよ。殺し方が違うし、遺体を池袋まで運んでいるのもおかしい。聖掃者の犯行に見せかけたとしか思えません」

「そうだなぁ……」

「でも、やったのはアグリーズじゃありませんよ。だって、島田を殺すなら、他の場所でもっと簡単な方法でできたはずですからね」

決めつけるように言う。小田切がまっすぐ遼一を見据える。まるで心のうちを見透かすかのようだ。

「それはもっともだな。じゃあ、誰がやったんだろう」

「女ですよ。島田が部屋に連れ込んだ女の犯行だと思いますね。でも、女だけだと無理なんです。島田の遺体を運ばなくちゃなりませんから。遺体を背負ってあのアパートの外階段を下りるのは普通の女じゃ無理です」

「そうかもしれない。ということは……？」

「女は男に頼んだと思いますね。恋人か、あるいは、父親とか」

「な、なるほど……」

鋭いところを突いてくる。小田切の視線は相変わらず遼一にまっすぐ向けられていた。もちろん、微塵も疑っているはずもないが、居心地悪く感じる。

「それじゃ、その恋人か父親は捜査関係者ってことになるな」

小田切ははっとして手を頭にやる。

「あ、そうでした。ずいぶん想像が飛躍しましたね」

そう言って今度は自然な笑いを浮かべた。スイーツ好きの小田切はその後、杏仁豆腐まで頼んで完食していた。

八時半、夜の捜査会議に出席するため講堂に向かう。結果はこれまでどおりのものだ。島田祐樹の自宅周辺の聞き込みの成果はゼロ。目撃情報なし。ブラックチェリーのメンバーたちからも情報は取れず、島田がよく遊び歩いていたという渋谷の繁華街を回った捜査員たちの口からも「成果なし」の報告が上がった。

快哉を叫びたい気分だった。万事うまくいっている。島田のアパート周辺から防犯カメラの映像が回収できなかったのが一番ありがたかった。佳奈が話していた渋谷にあるムゲンという店を訪ねた捜査員はまだいないようだ。遅かれ早かれ誰かがムゲンにたどり着き、バーテンや店員から事情を聞くに違いない。島田が女と一緒にいたと証言する者は出るかもしれないが、それでも、その女が佳奈だとは誰もわからないはずだ。

もう少しの辛抱だ。数日やり過ごせば、永遠に悪事が露呈することはない。

遼一の番になると、実りのない成果の報告とともに、島田祐樹が闇金融の運営者である点を指摘した。小倉漣を含め二人、闇金融の関係者が殺されたことになる。竹野内課長は俄然興味を示し、返済を巡って顧客とトラブルはなかったか捜査を進めるよう命じた。

所轄に泊まる捜査員たちが道場に寝床をつくり始めた。遼一は佳奈のことが心配だったので、帰宅しようかとも思ったが、さすがに連続で殺しが起きたのに、自分だけ帰るわけにもいかない。大半の捜査員たちは所轄に宿泊するのだ。

佳奈にＬＩＮＥでメッセージを送った。今日は帰れない、何も心配することはない、万事うまくいく、だから忘れるように、と。すぐに返信が来た。待っていたのだろう。メッセージには、ありがとう、と書かれていた。

谷川と相馬がふらりとやってきた。

「連日の泊まりか。薬丸さんの豪邸が恋しいよ。また、あのパスタが食べたい」

「あのペペロンチーノは旨かったっすね。いいっすね、料理ができる男っていうのは」

二人とも嬉しいことを言ってくれる。

「豪邸ってほどじゃありませんが。あれはつくるの簡単です。また、来てください。今度はまた別のパスタをつくりますよ」

洗面所で顔を洗おうと廊下に出たところで、「ちょっといいですか」と、警務課の警察官に呼び止められた。

「薬師丸さん、一般の方からお電話がありました。情報提供の件だそうです」

そう言って、電話番号の記されたメモを手渡される。

怪訝に思った。一般市民から情報提供を持ちかけられることはよくある。だが、なぜ遼一を指名してくるのか。名刺を配ることはあり、スマホの番号を記すこともあるが、それならば遼一のスマホに直接電話をかけてくればいい話だ。

警察官が去るのを見届けて、受け取ったメモに記された番号に電話をかける。

「もしもし。刑事課の薬師丸です。情報提供があるということですが？」

数瞬の間があってのち、緊張を帯びた声が言った。

「そうなんすよ。ちょっとお知らせしたいことがあるんす」

若者の声だ。ずいぶん砕けたしゃべり方である。どこかこちらを見くびったような感じがある。

この若者はただの情報提供者ではない。頭の中でアラームが鳴った。慎重に切り出す。

「どういったことでしょうか？」

「いま池袋で起きている聖掃者の事件の捜査をしてますよね？」

「聖掃者に関する情報提供ですか？」

「そうっす」

「どういったことでしょう？」

「刑事さん、娘さんいますよね？」

思ってもみなかった問いに面食らい、すぐには答えられなかった。

「薬師丸佳奈さんって娘さんっすよね？」

遼一は声に警戒をにじませて言った。

「あなたはどちらの方ですか？」

若者はその問いには答えなかった。

「殺された島田祐樹さんと佳奈さんが昨晩一緒にいたのはご存じですか？」

心臓の鼓動が一つ跳ね上がった。これは情報提供などではない。ここは平静を装わなくてはならない。遼一は結び目の内側に指を差し入れ、ネクタイを少し緩めた。

「その情報をどこでつかんだんですか？」

「知らないんですね？」

遼一は口をつぐんだ。ここは相手の出方をうかがおう。

「島田祐樹さんは自宅のアパートで殺されたんですよね。これがどういうことかわかりますよね？」

「さあ、どういうことなんでしょう」

「佳奈さんが島田祐樹を殺したんじゃないかってことです」

「ふざけたことを言うな。事実無根だ」

遼一は声を荒らげた。声が震えていた。身体も震えている。

素早く周囲に誰もいないか首をめぐらせる。誰も遼一には目をくれていない。こちらの心のうちを推し量るような時間があった。

「このネタを他の刑事さんたちにバラしたら、どうなるでしょうね？」

「どうにもならない。娘がそんな馬鹿げたことをしたという証拠はない」

「そうっすか。じゃあ、バラします」

通話がそこで切れた。

遼一はパニックに陥っていた。何も考える間もなく、リダイアルした。

「もしもし？　ちょっと待て。待ってくれ……。きみは何か勘違いをしているようだ。会って話をしないか」

「いや、おれは勘違いはしてないっす。娘さんが島田と死ぬ直前まで一緒にいたことは事実なんですよ。これは立派な情報提供だと思うんで、おじさんがまともに取り合わないんなら、他の刑事さんにこのネタをバラすだけっす」

「わかった。娘に確認を取ってみるから――」

「一千万ください」

切り込むように声が言った。

遼一はごくりと唾を呑み込んだ。強請られているのだ。刑事であるこのおれが。

「そんな大金あるわけないだろう」

「明日の夕方五時まで待ちます。一千万円、おれの口座に振り込んでください。そうしたら、このことは黙っておきます。警察にも、ブラックチェリーにも」

「ブラックチェリーにも？」

「おじさん、刑事なのに知らないんすか？　島田祐樹を殺したやつの首には懸賞金が懸けられてるんすよ。おれがこのこと幹部にチクったら、佳奈さんは間違いなく殺されるっす」

冷たい手で背中をなでられたようにぞっとした。この若者が言っていることの可能性を考えたが、すぐにそれはありうるとの結論が出た。素直に認めるしかない。

「……わかった。どうすればいい」

「だから、一千万振り込んでください」

遼一は声を殺しながら、怒気を込めて言った。

「一千万を振り込んだら、また強請る気だろう？」

「娘さんを殺人犯にしないためには、おれを信じて一千万振り込むしかないんじゃないっすかね。ショートメールでおれの口座番号送りますんで、明日の夕方五時までに振込みお願いします」

あわてて言う。

「ちょっと待ってくれ。すぐになんて無理だ。銀行の口座に一千万円なんてない。投資信託に預けてある分を現金化するしかない。それには二、三日はかかる。それまで待ってくれ」

相手が考えているような間があった。

「じゃあ、明後日まで待ちますよ。明後日の五時までに振込みがなかったら、警察にチクります」

そこで、通話は切れた。

額の汗がスマホの画面に滴り落ちた。身体中から冷や汗が噴き出している。

すぐにショートメールが届き、見ると、銀行名と支店名、口座番号、そして、「クロカワタモツ」という名前が記されていた。

「クロカワ……」

名前に聞き覚えがあった。小倉漣が殺されたあと、ブラックチェリーのメンバーたちから事情を聞くためにメンバーが経営するという池袋駅北口にあるバーを訪ねたとき、島田祐樹もいたあのバーで顔を見ているのだ。毬栗頭をした背の低い男だったはずだ。向こうは覚えていないかもしれないが、組織に入ったばかりの新米で、遼一が警察だと名乗ると、ビビっていた。あいつは確か黒川といった。

遼一はふらふらとした足取りでトイレに向かった。何だか自分の足で歩いているような感じではなかった。個室に入ると鍵を締め、便座の蓋の上に腰を下ろした。

佳奈は島田とクラブを出たところを黒川に見られていたのだ。黒川は当て推量で佳奈が島田を殺したと言っているに違いない。決定的な場面を見たわけではないはずだ。

それでも、黒川が他の刑事に昨晩佳奈が島田と一緒に店を出たことを言えば、佳奈はすぐさま殺人の容疑者と目されるだろう。捜査員たちは島田祐樹殺害の一件については聖掃者の犯行ではないのではと疑念を向けているからだ。

非常に困ったことになった。一千万円ものカネを要求された。一度応じれば、次また次と金銭を要求されるのは目に見えている。

遼一は両手で頭を抱え込んだ。どうしたらいいのかさっぱりわからなかった。

## 14

眠れない。道場に敷かれた布団の上で、遼一は仰向けになったまま、ずっと考えごとをしていた。

一千万円を支払うしかないのか。一度応じたら、強請りは繰り返されるだろう。それでも、支払う以外に選択肢はない。

妻にさえ教えていないが、投資信託に三千万円ほどの資産がある。二十代のころからこつこつと貯めてきたカネで、何の趣味も持たない遼一の唯一の生き甲斐といってもいい。何かあったときのために貯めてきたというわけではない。ただ増えていくのが楽しくて、また心理的な安心をもたらしてくれるから投資してきたのだった。

　一千万円ならば払えなくはない。身を切られるほどにつらいことだが、娘の人生がかかっているのなら仕方がない。いや、遼一の人生だってすでにかかっている。

　家族の運命もかかっているのか？　佳奈が人を殺したことが明るみに出れば、遼一がその罪を隠匿したことが明るみに出れば、家族はどうなるだろう。恵理子は職を失うだろう。それだけならまだいい。娘が人を殺したことを知った妻は正気を失うかもしれない。将太だって、実姉が人殺しだと周囲に知られたら、まともな人生は送れなくなるだろう。

　自分の両肩に家族の運命が重くのしかかっていることをあらためて思い知る。

　一千万円は払おう。そして、黒川にはそれで満足してもらうのだ。それ以上は、支払えないと告げる。

　そっと寝床から起き出すと、暗闇の中を気をつけて歩き、音を立てずに廊下に出た。深夜の二時を回っていたが、迷うことなく黒川に電話をかけた。

「何だ？」

　相手はすぐに出た。寝ているふうでもなかった。黒川も興奮して眠れずにいるのかもしれない。

「遅い時間に申し訳ない。頼むから会って話さないか」

「話なら電話でもできるだろ。それに、迂闊に会って、口封じに殺されるなんてことだってありうるからな」

「おれは警察官だぞ」

震える声で言ったが、すぐに口をつぐむ。警察官でありながらも、取り返しのつかない罪をすでに犯している。

「それじゃ、一つだけ聞かせてほしい。島田祐樹とうちの娘が昨晩一緒にいたことは、きみ以外の人間は知らないんだな？」

「ああ、おれ以外は知らない」

「どうしてそう言い切れる？」

「殺されたのはおれの先輩だ。先輩とあんたの娘が一緒にクラブから出てくるのを見たのはおれしかいない」

やはり、黒川は島田と佳奈がクラブから出てくるのを目撃しただけで、佳奈が島田を殺したことは推測のようだ。

いま一度、言いくるめられないかと、遼一は思った。

「まず信じてくれ。うちの娘は何もしていない。島田祐樹を殺ったのは聖掃者だ」

「警察は模倣犯の仕業だと疑ってるって聞いたぞ」

「誰からそんなことを……」

「誰だっていいだろ。ユウキさんが殺されたのは南大塚にある自宅アパートだと聞いた。鉄アレイで殴られて殺されたってな。鉄アレイはユウキさんの部屋にあった。つまりこういうことだ。あんたの娘は目を覚ますと、ユウキさんを鉄アレイで殴り殺した」

反論できなかった。警察の捜査情報がブラックチェリーに漏れている。いまはそんなことはどうでもいい。黒川は馬鹿じゃない。遼一は言いくるめるのは無理だと観念した。

「わかった。二日後に、一千万円振り込む。だが、これっきりにしてくれ。もう支払えるカネはないんだ」

「知ったことか。とにかく、明後日の五時までに振り込めよ」

通話が切れると、荒いため息を吐いた。黒川はおそらく一千万円で納得はしまい。

黒川を何とかしなければ……。

そんなふうに考えてはっとした。

何とかする？　それはどういう意味だ？

黒川は口封じを恐れている。遼一が自分を殺しかねないというのだ。口封じのために黒川を殺す気がほんのわずかでもあるというのか？　とても恐ろしい考えだ。そんなことをすれば完全に一線を越えることになる。いや、もうすでに一線を越えてしまっているのか。

「どうしたらいいんだ、おれは……」

声を上げて泣き叫びたかった。二度、三度と拳を壁に叩きつける。

ふと、背中に何者かの視線を感じて、後ろを振り返った。道場の入り口に人影を見たような気がした。


いつの間にか眠っていた。隣で寝ていた捜査員が起き出して、釣られて目を覚ます。腕時計を見ると、朝の七時過ぎだった。

洗面所で顔を洗って鏡を見ると、目の下にどす黒いクマがある。見知らぬ男の顔があった。愕然とした。強度のストレスにさらされたせいだ。たったの一日でこんなに人相が変わってしまうとは……。遼一はネクタイを解くと締め直した。最後に結び目がまっすぐであることを確認する。

　講堂に向かうと、鉢合わせた小田切もまた驚いた顔をした。

「薬師丸さん、どうしたんですか？　ずいぶん顔色が悪いですよ」

　両頰をさする。

「ちょっと疲れが溜まっているのかもな」

　遼一は今日一日捜査に従事する気力も体力もないと感じた。黒川に一千万円を振り込まなくてはならない。大きな問題にぶち当たり、頭がいっぱいだった。

「ちょっと休んだほうがいいんじゃないですか。刑事は身体が資本ですよ。身体を壊しちゃったら元も子もないですからね」

「……そうだな。実はあんまり体調がよくないんだ。父親の件もあるし、半日休ませてもらおうかな」

「半日と言わず今日一日ゆっくりしてください。おれが言うのもなんですが、親は大切にしたほうがいいですよ。闇金の顧客リストを手に入れたおかげで、おれたちは他の刑事たちより一歩リードしてますから。一日くらい遅れたってどうってことありません。おれは聞き込みの手伝いでもしてますから」

　小田切のやさしさが心に沁みる。

　朝の捜査会議に出るのをやめた。礼を言って所轄をあとにすると、捜査中の同僚に出くわさないように、池袋駅から西武池袋線に乗って自宅のある最寄り駅までやってきた。

初めて入る喫茶店で少し時間をつぶしてから、スナック〈さおり〉へ足を向ける。午前十一時から昼営業も行っている。だが、遼一はふと足を止めた。

沙織ママに合わす顔がないと思ったのだ。おれは犯罪に手を染めてしまった。沙織ママが知っている日本の治安のために身を粉にする警察官ではなくなっている。

長い間迷っていたが、遼一は顔を両手でこすり、ぱんぱんと頬を張ると、引力に引き付けられるように店に入った。

気まずさを感じたが、沙織ママの笑顔を見た途端、そんな感情は吹き飛んでしまった。

「いらっしゃいませ」

カウンターの奥から沙織ママが顔を出した。

「あら、遼一さん？」

怪訝な顔つきでそんなことを言う。

「誰だと思ったの？」

「いえ、ちょっと雰囲気が違っていたものだから」

「そう？　近くに寄ったんで、来ちゃった」

「遼一さんならいつでも大歓迎よ。オムライス食べる？」

「いや、腹が減ってないんだ。ブレンドコーヒーでも飲むよ」

沙織ママはカウンターから出てくると、遼一を間近から見つめて、心配そうな口調で言う。

「遼一さん、大丈夫？　すごく疲れているみたいだけど？」

よほど表情に苦悩が表れているのか。

「いや、父親の件でいろいろあってね。それで疲れてるんだ。でも、大丈夫だよ」

「そう。親が年を取ると、何かと大変よね。うちもいつまで元気かわからないし。いまお客さんもいないから、寝ててもいいよ」

「ありがとう。そうさせてもらうよ」

隅っこのテーブル席に腰を下ろした。この店ならば、誰にも邪魔をされずにいられる。ブレンドコーヒーが来ると、一口飲んで一息つく。

私用のスマホを取り出して、資産を預けている証券会社のホームページを閲覧する。こつこつ積み立てた三千万円には利息がつき、三千五百万円を超えていた。ようやくここまで貯めてきた。

娘のため、家族のため、そして、自分のためだと言い聞かせ、一千万円分の投資信託を売却しようとした。

そのとき、公用のほうのスマホが鳴った。画面を見ると、見知らぬ電話番号からだ。黒川が違うスマホから電話をかけてきたのかと思った。

警戒しながら電話に出た。

「もしもし？」

「おれは聖掃者だ」

ボイスチェンジャーで変えられた低く不気味な声が言った。

「薬師丸遼一だな？」

こいつはいま何と言った？　遼一は十分に聞き取れたが、聞き返した。

「何者だ？」

「おれは聖掃者だ」

不気味な声は再び言う。

悪戯だろうか？　聖掃者がなぜ自分に電話をかけてくるのか。

「本物だという証拠は？」

「おれが殺した被害者には罪人だという意味を込めて、額に×の印をサバイバルナイフで刻んである」

「罪人だという意味を込めて……」

あの額の×印の意味は警察関係者の間でも噂になっていた。そんな意味があったのか。また、凶器がサバイバルナイフというのも信憑性が高い。

刑事としての直感がこいつは本物に違いないと告げていた。

声が続けた。

「まず最初に言っておく。おれが使っているスマホは飛ばし携帯だ。電話会社に問い合わせたところで無駄だ。わかったか？」

飛ばし携帯とは、架空の名義で契約された携帯電話のことだ。電話会社に情報開示請求をしても、持ち主にたどり着くことはまず不可能だ。

「わかった」

ここではまずい。遼一は席を立って、いったん店の外に出た。

「聖掃者がおれに何の用だ？」

「おまえはブラックチェリーから押収した闇金融の顧客リストを持っているな？」

遼一は衝撃を受けた。

「なぜおまえがそれを知っている？」

聖掃者は答えなかった。ブラックチェリーの黒川も警察内部の捜査情報を知っていた。どうやら身内にはおしゃべりがいるらしい。

「その顧客リストのデータを消去しろ」

遼一は耳を疑った。こいつは何を言っているのか。

「おれを誰だと思っているんだ。警察官だぞ」

低くくぐもった笑い声が聞こえた。

「おまえは自分の立場をわかっていない」

「どういうことだ？」

「おまえの娘は島田祐樹を殺した」

断罪するような口調で声が言った。臓腑（ぞうふ）が震え、喉が詰まり、声が出せない。

「おれの要求に応えれば、黙っておいてやる」

こいつは黒川だろうかとも思った。そんな馬鹿なことはない。こんな悪戯をする理由が見つからない。あいつ以外にも佳奈が島田と店を出る場面を目撃した人間がいる。

本物の聖掃者が見ていたのだ。

遼一は自分が置かれた状況をよく理解した。

万事休すだ。

「どうした？　応えろ」

身体が震え出すのを止めることができない。声まで震えてしまわないように気をつけながら答える。

「……証拠品の消去なんてできるはずがない」

「やれ。おまえに残された道はそれしかない。さもなくば、おまえが島田の遺体をアパートから運び出す場面を撮影した映像を公開する」

文字どおり目の前が真っ暗になった。そんな映像が存在するのか。公になれば、遼一は、家族はすべてを失うだろう。

「消去したら、おれの番号にショートメールを送れ」

通話を切りそうだったので、遼一はあわてて口を挟んだ。頭が目まぐるしく回転する。

「ちょっと待ってくれ」

「何だ？」

「おまえの要求に従う。何とかしよう。だが、いまおれは危うい立場にいる」

「おれには関係がない」

「いや、関係はある。おれに何かあれば、おまえの要求に従うことはできない」

「話せ」

「困ったことが一つある。娘の犯行を見ていたやつが他にもいる」

電話の向こうが沈黙した。長い時間が流れた。その場にいないのではないかと恐れたほどだ。

「頼む。そいつをどうにかしないといけない。おれはおまえの言うとおりに何でもしてやる。

だから、頼む。助けてくれ」

「おれにそいつを消せと言っているのか」

心臓に楔(くさび)を打ち込まれたような衝撃を受けた。

「そ、それは……」

「そういうことだろう」

ごくりと生唾を呑み込む。

おれはいったい何という取引を持ち掛けようとしているのか。警察官として、いや、人間としての倫理観を失ってしまったとしか思えない。

何か言い返そうと思うのだが、否定の言葉を続けることができない。まったくそのとおりだからだ。

ネクタイの大剣をいじっていた。黙ったままでいると、不気味な声があざ笑うように言った。

「……警察官が地に落ちたな。そいつは何者だ?」

遼一は口を開いた。

「ブラックチェリーのメンバーで、黒川保という名前だ。池袋駅北口にある〈ベラドンナ〉というバーにいたのを見たことがある。毬栗頭の背の低いやつだ」

言葉が溢れるように出た。

「わかった。おれたちはいいコンビになれる」

聖掃者は低く笑うと、そこで通話が切れた。

空を仰いだ。雲一つない晴天が広がっている。こんなにもおれが苦しんでいても、世界は何一つ変わることはないことがなぜか悲しかった。

いま交わしたばかりの会話を反芻する。

聖掃者と悪魔の契約を交わしたのだった。聖掃者は何のためかわからないが、ブラックチェリーから押収した闇金融の顧客リストのデータを消去することを願っていた。

一方で、遼一の願いは聞き届けられるのだろうか。

15

うとうととしていた。心身の疲労が溜まっていたのだろう。どのくらい眠っていたのか。いつの間にか店内には客が増えていた。腕時計を見ると、三時を過ぎている。小一時間ほど意識がなかったことになる。ずいぶん疲れが取れた気がする。

聖掃者との約束を思い出した。

顧客リストのデータを消去しなければ……。実行したなら、聖掃者は黒川を消してくれるかもしれない……。

本当にそれでいいのか?

そんな心の声が聞こえる。理性が訴えかけてくる。

仕方がないのだと、遼一は心の中で叫んだ。黒川はいまや非常に危険な存在である。あいつを自分の手で殺(あや)めることができないのなら、聖掃者に消してもらうしかない。最悪だが最良の選択ではないか。

公用のスマホを確認する。誰からの連絡もない。小田切は池袋の繁華街を聞き込みに回っているころだろうか。この時間、所轄はほとんど捜査員が出払っているはずだ。顧客リストの入ったＵＳＢメモリーを消去するならばいましかない。

遼一は沙織ママを呼んで、レジで会計を済ませた。

「ずいぶん顔色がよくなったみたい」

沙織ママが微笑む。見る者の心をほっとさせる笑顔だ。

「おかげで、元気になったよ。また来る」

「うん、気をつけて」

ママに見送られて店を出ると、足早に駅に向かった。西武池袋線に乗り、池袋へ。

ＵＳＢメモリーは自分のデスクの引き出しに仕舞ったままだ。データをプリントアウトしてから、証拠保管倉庫に預けるつもりだった。当然のことながら、証拠物件は犯罪の立証のための重要な資料なので、滅失、毀損(きそん)、変質、変形、混合、散逸することのないよう、その保管は厳重になされなければいけない。個人保管も禁止されており、保管倉庫に預けるしきたりである。保管倉庫にまだ入れていなかった。

とはいえ、ＵＳＢメモリーを消去するといってもどうしたらいいのか。顧客リストのデータを開く際は、小田切も立ち会うだろう。ＵＳＢメモリーを紛失したという言い訳は通らない。中身のデータを削除するのもダメだろう。別のリストとすり替えるのは？　それはいけるかもしれないが、適当なリストがあったとしても、それぞれの顧客に聞き込みすれば、リストがでたらめであることが露呈してしまう。では、どうしたらいいのか。

ＵＳＢメモリー内部の基板を破壊すればいい。遼一はすぐに解決策を思いついた。物理的な損傷を与えてはバレるので、電子レンジを使って高周波により内部のみ破壊する。そうすれば、元々壊れていたのだと主張できる。

池袋で電車を降りると、所轄に急いだ。刑事課と同じ階に給湯室がある。簡単なキッチンがついていて、電子レンジも置かれている。大部屋を覗くと、捜査員たちはほぼ出払っていた。自席の引き出しからＵＳＢメモリーを取り出し、ズボンのポケットに仕舞う。自分が何をしているのかちゃんと理解していた。証拠品を隠滅しようとしているのだ。警察官としてあるまじき行為であり、人としても道を踏み外している。それでもやるしかなかった。

廊下を見渡し、誰もいないことを確認すると、給湯室へ行き、電子レンジの中にＵＳＢメモリーを入れた。二分間の設定にしてスイッチを押す。ものの数秒でコネクタから火花が散り、さらに数秒後には本体が緑色に光った。これで内部の基板が焼けたはずだ。レンジの扉を開くと、独特な匂いが鼻を突いた。

ＵＳＢメモリーを取り出して、何食わぬ顔を装って刑事部屋へ戻り、自席の引き出しに仕舞った。誰にも見られていない。安堵のため息を吐く。

約束は果たした。次は、聖掃者の番だ。そう思ってから、はたしてこれは約束と言えるだろうかと考えた。これは命令だった。聖掃者が遼一の願いを聞き入れなければならない義理はない。

かぶりを振る。いや、違う。聖掃者はどうしてもブラックチェリーが運営する闇金融の顧客リストを隠滅したがっていた。そのためには、遼一が必要なはずだ。

先ほどの番号にショートメールで、「消去した」と送った。あとは相手がどう反応するか待つだけだ。

「薬師丸さん、帰ってたんですか？」

突然呼びかけられて、危うく悲鳴を上げそうになった。

背後に小田切が立っていた。遼一の驚きように目を丸くしている。その手にはコンビニで買ったらしきシュークリームが握られていた。あわててスマホを懐に仕舞う。

小田切は呑気にシュークリームを頰張りながら聞いてくる。

「大丈夫ですか？　具合のほうはどうです？」

呼吸を整えながら応じる。

「ああ、だいぶよくなった。心配かけたな。それより、聞き込みのほうはどうだった？」

小田切は肩をすくめた。

「ぜんぜんですよ。繁華街からブラックチェリーの姿が消えました。昼間だってこともあるかもしれません。仲間を二人も殺されましたからね。でも、ビビってるわけじゃないでしょう。聖掃者の首に一千万円の懸賞金を懸けているくらいですから。いまごろ組織のメンバーを総動員して聖掃者の情報を集めているはずですよ」

警察でさえ情報を集められずにいるのだ。半グレ集団に何ができるというのか。だが、侮れないと思った。警察内部に半グレどもに捜査情報を流している者もいる。

小田切が思い出したというように手を打った。

「それじゃ、闇金融のリストにある顧客を当たりましょうか？　その中に、返済を巡ってトラブルになっている客がいるかもしれませんからね」

「そ、そうだな……」

遼一はさっき閉めたばかりの引き出しを開いた。手がかすかに震えている。気づかれないように注意しながら、USBメモリーを取り出して、デスクの上のノートパソコンに接続する。どうかちゃんと壊れていますように……。

パソコンの画面に、ファイルが破損しているために開くことができない、と表示された。

「えっ、どういうことです？」

小田切が混乱した声を上げた。

「おや？　おかしいな」

そんなことを言いながら、遼一はUSBメモリーを外してもう一度接続してみた。結果は同じだ。

「ダメだ。壊れてる」

小田切は何がなんだかわからないというようにしばし言葉を失った。

「えっ、それってヤバいじゃないですか……」

「くそっ。最初から壊れていたんだ。そうに違いない」

「あいつら、なめやがって……。はなから顧客データを寄越す気なんてなかったんだ。アジトに行って絞り上げてやりましょう」

小田切の剣幕に押されるようにして、サンシャインシティ近くのアジトへ向かった。捜査車両の助手席で、遼一は黙ったまま考え込んでいた。

聖掃者は顧客データを見られることを望んでいない。やつにとって都合が悪い何かがあるのだろう。再びデータを入手したら、次にまたUSBメモリーを破壊することは容易ではない。できなかったら、聖掃者は命令に背いたと思うだろう。遼一が島田の遺体をアパートから運び出す場面を撮影した動画が公にされてしまう。どう切り抜けたらよいかと考えるも、すぐには思いつかない。

打つ手はないかと思われたが、杞憂だった。一昨日訪ねたマンションの部屋はもぬけの殻になっていた。

小田切は狐につままれたような顔をしていた。

「どういうことですか……?」

「ここは秘密のアジトだったんだろう。だから、場所をよそに移したんだ」

そう応じながら、遼一は内心ほっとしていた。

当然、小田切は不機嫌だった。闇金融の顧客データを押収したということで、幹部たちに褒められたのだから当然だ。

悔しげに言う。

「まんまとやられましたね。おれたち幸運の星をつかみ損ねたんですよ。チャンスを逃したんだ」

「ああ、そうだな」

小田切がいぶかしげに見てきた。遼一のあっさりとした反応に違和感を抱いているのかもしれない。

本当なら遼一もリストの顧客に当たることで成果を上げ、本庁の捜査一課へと引き上げられるはずだった。だがしかし、この事案においては成果を上げてはならない――。聖掃者が捕まれば、遼一もただでは済まない。

とはいえ、まだ夢をあきらめたわけではない。来月の昇任試験は受けるつもりだし、絶対にパスするつもりだ。そして、いつの日か、本庁の捜査一課に引き抜かれる日が来るはずだ。そう願っていた。そのために、大変な危険を冒したのだ。

おれは正しい道を歩んでいる――。

ふと、心の奥に痛みにも似た引っかかるものを感じた。おれは正気だろうかといぶかしむ。もちろん、正気だ。頭は冴え渡っている、そのはずだ。

小田切は成果を失って、意気消沈した様子だった。

「薬師丸さん、夜までちょっと休みませんか？」

思えば、遼一は、父親の見舞いだ、体調が悪いだのと、嘘の言い訳で休ませてもらっていたが、小田切のほうはずっと働きづめだった。仮眠室で二、三時間眠りたいというので承諾した。

日が傾き、肌寒くなった。早春とはいえ、朝晩はまだ寒い。五時を過ぎると、陽の勢いは弱まり、繁華街にはネオンの明かりがちらほらと灯った。

一人でやるべきことが一つある。十五日の夜、佳奈が行った渋谷のムゲンというクラブを訪ねることだ。ＪＲ山手線に乗り、渋谷駅で下りた。道玄坂沿いにある雑居ビルの地下一階に入る。階段を下りると、エントランスのドアの前に、首にタトゥーの入った若い男がいて、遼一を怪訝な表情でにらんだ。

警察手帳を見せる。

「警察の者ですが、ここ数日、警察が訪ねてきたことは？」

男はむっつりとした表情のまま、「ないっす」と答えた。

警察はまだ島田の遊び場を特定できていないようだ。

「島田祐樹という男を知りませんか？」

「知らない」

「店の方にもお聞きしたいので、入らせてもらいますよ」

薄暗い店内に入る。まだ人はいなかったが、大音量のＢＧＭが流れている。狭い通路を抜けると大きなフロアーがあり、右手にバーカウンターがある。佳奈は電話で言っていた。バーテンダーにドリンクを注文したと。バーテンダーは佳奈の顔を見ているはずだ。

遼一はカウンターに近づいた。三十絡みのバーテンダーが何事かという顔を向けた。

警察手帳を取り出して見せ、ＢＧＭに負けない大声で言った。

「警察の者です。島田祐樹を知っているな？」

「はい？」

聞こえているはずだ。遼一は再び言った。

「島田祐樹。ブラックチェリーのメンバー」

「いや、知らないっす」

苛立たしい答えだが、今日は腹が立たなかった。この男は口が堅い。もしも、佳奈を見ていたとしても、警察には口を割らないだろう。警察には。

「一昨日の晩、島田がこのカウンターで女と話をしていたはずだ。見なかったか？」

「いや、知らないっす。島田って人を知らないんで」

「女の顔も見ていないのか？」

「さあ、よくわからないっす」

この男がブラックチェリーに事情を聞かれたとき、何と答えるのか案じたが知りようもない。大丈夫なはずだ。

一番頭の痛い問題が残っている。佳奈をクラブに誘った女友達の口を塞がなくてはならない。その女から佳奈の名前が漏れたら大変なことになる。

店の外に出ると、佳奈に連絡を入れた。いつもどおり、すぐに電話に出た。

「お父さん……」

「佳奈、おまえをクラブに誘った友達は誰だ？」

「バイト先の先輩。望月梨花っていう子」

「本業は何をしている？」

「大学生だよ」

聞けば、一流の私立大学である。優等生がとんでもない世界に佳奈を引き込んだものだ。

「その子が一昨日の夜おまえとムゲンにいたと誰かにしゃべったら大変なことになる。事件を追っているのは警察だけじゃない。仲間が殺されているブラックチェリーという半グレ集団もまた事件の捜査をしているらしい。わかるだろう？　おまえはあの夜ムゲンにいなかったことにしないといけない」

佳奈は必死な様子で言った。

「うん、わかるよ」

「だから、その子には口をつぐんでいてもらわないといけない。そこで、聞くが、何かその子の弱みを知らないか？」

「弱み……」

佳奈はすぐに思い当たったようだった。

「梨花はドラッグをやってる。エクスタシーってやつ。いっつも財布の中に入ってるよ」

「でかした。それはいいネタになる」

まだ運に見放されていないようだ。

「その子といますぐに会う必要がある。ＬＩＮＥでメッセージを送って、渋谷のハチ公前に呼び出せ」

「わたしが行くように見せかけて、お父さんが会うっていうの？」

「そういうことだ。顔が知りたい。ＬＩＮＥで写真を送ってくれ」

「わかった」

「うまく呼び出すんだぞ。いますぐにだ」

一分と経たないうちに、望月梨花の写真が送られてきた。ちょっと太めながら、色気のある顔つきをしており、大きく胸元の開いたVネックのニットを着ていた。この外見なら見間違うはずがない。

それから三十分が経過した。佳奈からは、話し合いたい重要なことがあるから、いますぐに会いたい、というメッセージを送ったと知らされた。あまり上手い誘い方ではないが、梨花はＯＫだと答えたという。

ハチ公前で人混みに紛れて待っていると、梨花らしき女性を見つけた。スマホを取り出して、何やら打ち込んでいる。いま着いた、とでも打っているのだろう。

遼一は梨花に近づくと、にっこりと微笑んだ。梨花のほうは不審者を見る目付きで、おびえた顔つきになった。

「望月梨花さんですね？」

「は、はい」

「佳奈の父です。娘がいつもお世話になっているね」

梨花はびっくりして損したというように息を吐いた。

「いえ、こちらこそ……。あの、佳奈は？」

「佳奈は来ません。わたしがきみに用があったんだ。ちょっとこっちに」

人混みから離れたところへ梨花を連れて行く。

まっすぐに目を見つめて尋ねた。

「きみはエクスタシーをやっているね？」

梨花は衝撃を受けた顔をした。

「いえ、やっていません」

「所持品検査をしようか。ちょっと署まで来てもらおうかな？」

「いえ、困ります」

「こっちだって困る。さあ、バッグの中を見せてもらおうか？　断れば、逮捕状を取って、家の中まで捜索させてもらうぞ」

「わ、わかりました」

梨花は観念したようにおとなしくなり、ポーチの中を見せた。財布を取り出し、中身を検める。すぐに小さなビニール袋に入ったピンク色の錠剤が出てきた。

「これは何かな？　自分の口で言いなさい」

梨花はおずおずと言う。

「エクスタシーです」

「これが違法薬物であることは知っているね？　ご両親はこのことを知っているのかな？」

「いえ、知りません。あの、両親には内緒にしていてくれませんか？」

「ダメだ。学校にも通報させてもらう」

「困ります。ごめんなさい！　もう二度とやりませんから、親と学校には内緒にしてください！　学校に知られたら退学になっちゃいます」

梨花は顔を歪めて泣き出してしまった。

佳奈をとんでもない状況に引きずり込んだ梨花を憎んだ。

「内緒にしておいてもいい。ただし、条件がある」

梨花が顔を上げた。

「一昨日の夜、佳奈と一緒にムゲンに行ったね？　そのことを黙っていてほしいんだ。あの晩、佳奈はムゲンには行っていないことにしてほしい。誰に聞かれても佳奈はいなかったと答えてほしい。できるかな？」

　その顔に困惑の表情が広がる。

「あの……、わたし、そのことを話した人がいます」

「話しただって？」

「一人だけです。一人だけ……」

「どこの誰だ？」

「名前は知らないんですけど、ブラックチェリーの人です。背が低くて、頭を短く刈ってる人」

「ああ、あいつか……」

　黒川保は梨花から佳奈の話を聞き、遼一にたどり着いたというわけだ。

「そいつのことはいい。だから、もう誰にも話さないと約束してほしい」

　梨花は勢いよくうなずく。

「わかりました。内緒にします」

「それともう二度とムゲンには行かないこと」

「わかりました。もう二度とムゲンには行きません」

「よし、決まりだ。これはきみとおじさんとの約束だ。破ったら、違法ドラッグをやっていたことをきみの両親と学校に通報する。いいね？」

　遼一は彼女の小さな肩にやさしく手を置いた。

　黒川保――。あいつはやはり厄介な存在だ。

小田切からの連絡はなかった。まだ寝ているとは思えないので、単独で捜査をしているのかもしれない。時刻は夜九時を回っていた。遼一は捜査会議には出席せず、ブラックチェリーのメンバーを探すことにした。成果のないまま時間だけが過ぎていく。小田切より先に闇金融にかかわった者たちに接触し、顧客データを消去するのだ。

十時を過ぎた。捜査会議はもう終わっている。今日も道場で寝ようと、所轄に足を向けたときだった。公用のスマホが鳴った。竹野内課長からだ。にわかに心拍数が上がった。

「薬師丸、また死人が出た」

心臓が一つ跳ね上がる。まさかという思いと期待を込めて尋ねた。

「被害者は誰ですか？」

「ブラックチェリーの黒川保という男だ」

「黒川……」

思わずその名をつぶやく。

聖掃者は遼一の頼みを聞き入れたのだ。

身体から力が抜けるようだった。それが安堵だと知り、罪悪感を覚える。

言葉を失ったまま、スマホを握りしめた。

「どうした？　黒川を知っているのか？」

「いえ……、いや、一度聴取したことがあります」

「そうか。まだ組織に所属して半年も経っていない下っ端だ。現場は池袋二丁目のトキワ通り沿いだ。詳細な地図を送る。ただちに現場へ急行して、周辺の聞き込みを行ってくれ」

池袋二丁目のトキワ通り沿い……。その近くにブラックチェリーメンバーが経営するバー〈ベラドンナ〉がある。聖掃者はベラドンナから出てきた黒川保を狙ったのだ。

通話を切ると、現場へは向かわず、遼一はあてどなく街を歩いた。一人きりになりたかった。

人の死を願うことは卑しいとわかっている。だが、遼一は自分の心が軽くなったのを感じていた。黒川は佳奈が島田祐樹を殺したことと結び付け、強請ってきた。非常に危険な男だった。消えてもらう以外になかった。

ぶらぶらと街を歩きながら何度も安堵の息を漏らした。二十分ほど時間をつぶしてから、ようやく現場へタクシーで向かう。すっかり気が抜けてしまった。本事案では手柄を挙げることはもうない。いや、挙げてはならない。聖掃者を追い詰めてはならない。逮捕などしたら、聖掃者は遼一との「契約」について話すだろう。あとは適当に捜査をして、迷宮入りすることを待つのだ。

現着すると、そこは雑居ビルの建ち並ぶ一角で、歩道の植込みのそばに一人の男が仰臥していた。すでに谷川と相馬がおり、それから、吉野聡と深田有美の姿もあった。一同は遼一を認めると、ほっと一息ついた表情になった。

「薬丸さんを待ってたんだ。遺体をさっさとどかさなきゃいけないから」

谷川が代表して言った。

「すいません。ついさっき施設から連絡があって、看護師と話し込んでたんです」

嘘がすらすらと口を衝いて出る。自分でも驚くほどだ。

「親父さん、大丈夫か？」

「いや……。何とも言えません」

「そうか、うちも他人事じゃないからなぁ。お互い大変だよな」

谷川は同情を示すように眉根にしわを寄せた。

遺体に近づく。ブラックチェリーの準メンバーだという黒川保は、あらためて見ると、驚くほど少年っぽさの残る面立ちをしていた。佳奈とそれほど変わらないのではないか。

自分がこの男を殺すよう聖掃者に頼んだのだ――。

遼一は思わず黒川の顔から視線をそらした。そわそわとしてネクタイをいじくる。

谷川は遺体のそばにしゃがみ込むと、その首筋に手で触れた。

「まだ温かい。出来立てのホヤホヤだ」

ふと思いついて尋ねる。

「所持品は？」

「いや、ない。スマホも所持していない。犯人が持ち去ったんだろう」

「そうですか……」

内心ほっとする。スマホには黒川が遼一に送ったショートメールの痕跡がある。

相馬が遼一に向かって言った。

「機捜が周辺に散ってますよ。聖掃者もそう遠くには行っていないと思うんですけどね。何しろここは繁華街ですから、人混みに紛れたら追い切れません」

機動捜査隊（通称、機捜）は、初動捜査時に現場周辺の聞き込み捜査に奔走する。

谷川が立ち上がり、周囲をうかがう。

「防犯カメラがあるといいんだがなぁ」

おそらく防犯カメラはあるまい。いつものようには、黒川を監視する時間はなかっただろうが、カメラは事前にチェックしたはずだ。そのようなミスを犯すタイプではない。遼一は早くこの場から立ち去りたかった。黒川の死体から離れたかったのだ。自分が殺害を頼んだ死体から……。

深田が怪訝な表情で誰にともなく尋ねる。

「でも、これ、聖掃者の犯行でしょうかね？」

谷川が深田のほうを向く。

「じゃなかったら何なんだ？　また模倣犯か？」

「また？」

遼一は動揺した。島田祐樹の殺害は模倣犯と決まったわけではない。捜査本部は聖掃者の犯行だと判断しているはずだ。なのに、現場の捜査員たちは模倣犯説を信じ始めているのだろうか。

深田は遺体をじっと見つめながら言った。

「さっきまで組対の浜田さんがいたんですが、浜田さんが言うには、この被害者はブラックチェリーのメンバーの下っ端なんだそうです。聖掃者がこれまでに狙ってきたのは反社か元反社ですが、黒川保は反社というには日が浅すぎるかと思うんですけど」

「なるほど、そういう考え方もあるな」

深田は困惑げに眉を曇らせる。

「考えたくないですが、捜査情報が漏れている可能性を真剣に考えるべきなのかもしれません」

遼一は黒川が捜査情報を知っていたことを思い出した。聖掃者でさえ捜査情報をつかんでいる。確かに、箝口令を破っている裏切り者がいる。

「アグリーズのほうの捜査はどうなっている？」

模倣犯説を信じるのなら、アグリーズによる犯行だという印象を与えたい。

相馬が応じる。

「さっきの捜査会議で報告がありましたが、アグリーズにそういった動きはないそうですよ。少なくとも、組対は把握してないそうっす」

「……そうか」

この場に小田切がいないことをありがたく思う。小田切は島田を殺したのは女で、女が恋人か父親に偽装を依頼したと考えている。

「それこそ、島田と小倉のビジネスは闇金でしたよね。そこでトラブルを抱えていたのかも。薬師丸さん、捜査担当ですよね。どうでした？」

「いま捜査中だ。話せるようなことはない」

遼一ははぐらかした。顧客リストのデータは自ら削除した。罪悪感の針が胸を刺す。

適当に会話を切り上げた。捜査員たちは夜の十一時を過ぎるまで、周囲の聞き込みを行った。

竹野内課長から電話がかかってきて、今夜は撤収してもよいと告げられるまで。

所轄に戻ると、遼一はシャワーを浴びた。身体の汚れなら洗い流せるが、罪の意識は一生こびりついて離れまい。それから、道場の寝床で横になり、すぐに泥のように深い眠りについた。


翌朝、六時半に目を覚ました。危機は去ったはずなのに、なぜか気分は晴れなかった。黒川保の死体を見たからかもしれない。

竹野内課長と小田切に断りを入れ、親の病状が悪化していて、死期が近いなど嘘を交え、様子を見に訪ねたいので半日時間を欲しいと申し出た。竹野内は不服そうだったが文句は言わなかった。

小田切はやさしくこんなことを言った。

「この仕事をしていると親の死に目に会えないなんて話をよく聞きますが、いまは仕事を優先してプライバシーを犠牲にする時代じゃないと思いますよ。薬師丸さん、どうぞお父上に付き添ってあげてください。おれにはそうしたくても父親がいませんからね」

西武池袋線に乗り、石神井公園へ向かう。老人介護施設〈ひまわり〉に着くと、受付で通行パスをもらい、三階にある父の個室を訪ねた。和夫は朝食を取り終えたばかりで、女性介護士が片づけているところだった。一見したところ、父の機嫌はよさそうだ。だが、介護士の声掛けには反応していない。

介護士に礼を言い、父を車椅子に乗せる。庭に出るのだとわかると、父は嬉しそうに微笑んだ。

春先の冷たい風が吹いていた。咲き誇る春の花々がみなモノトーンに見える。心が死んでしまったようだ。

周囲に人がいないことを確認すると、遼一はベンチに腰を下ろし、和夫と正対して、ぼんやりとした父を見つめた。

「聞いてくれ、親父……」

三日前の夜から始まった一連の出来事を順を追って話した。娘の犯した罪、その罪を覆い隠すため、自分が犯した罪、聖掃者と交わした「約束」を赤裸々に告白した。

「おれは佳奈のために正しいことをしたのかな？」

遼一は父の顔をまっすぐに見つめた。

「おれはこれからどうしたらいいんだ……？」

和夫は何も答えない。遼一の顔を見つめ返し、微笑んだままだ。

春の風が父の白髪をはやさしくなでた。乱れた髪を整えてやるが、父は何も言わず、なされるがままでいる。遼一のことを認識しているかも怪しい。

目頭が熱を帯び、頰を涙が伝う。

「親父、おれはもうどうしたらいいのかわからないよ」

遼一は父の前にひざまずくと、声を殺してむせぶように泣いた。

# 第二章

## 1

三寒四温のせいだろうか、昨日とは打って変わって冷え冷えとした朝だった。

換気のため窓の開いた講堂は寒い。後方にあるいつもの席に座ると、薬師丸遼一は前方の雛壇をうかがった。百人を超える捜査員たちを前に、柳沢登志夫捜査一課長は陰鬱な表情を浮かべている。眠れていないのか、目の下に浅黒いクマができている。この数日の間、立て続けに犠牲者を出したにもかかわらず、捜査に何ら進展が見られないからだ。他の幹部たちの顔色も同様に冴えない。口数も減っているようだ。

ホワイトボードを見やる。被害者の数は六人に増えている。

2／21　伊藤裕也（56）　須藤組
3／2　戸田慎介（57）　宮本組　元組員
3／10　小倉　漣（28）　ブラックチェリー

3／14　岸谷彰吾（53）　天宮興業
3／15　島田祐樹（28）　ブラックチェリー
3／17　黒川　保（20）　ブラックチェリー

聖掃者は狡猾だ。最初の一人目は手間取ったが、二人目以降は一撃で仕留めている。目撃者も出ておらず、防犯カメラにも撮られていない。入念な下調べを行い、街の死角をわかっている。

マスコミはこぞって警察を無能だとこき下ろしているが、聖掃者が一枚も二枚も上手なのだ。各種SNSでは、聖掃者を賞賛する投稿が続いており、模倣犯が本当に出かねない空気感が醸成されている。一部の捜査員の間では、すでに模倣犯は出ているとの見方もある。ブラックチェリーのメンバー、島田祐樹に関しては、他の犠牲者との殺し方の違いなどから模倣犯による犯行ではないかと考えられるのだ。遼一にとっては不都合な見立てである。

出席している捜査員たちもまた、幹部たち同様に暗い表情をしている。ただでさえ難航している事案に、別件の模倣犯の事案まで加わったら、捜査本部は大混乱に陥ること必至だろう。

柳沢一課長自ら発言した。

「二月二十一日以降、管内で六人の反社会的勢力の関係者が殺害されているが、残念ながらこれまでに目ぼしい成果を上げられていない。六人中三人がブラックチェリーのメンバーであることから、同組織に敵対する半グレ集団〈アグリーズ〉の犯行も考えられたが、いまのところアグリーズの犯行を示唆する証拠はない。とはいえ、引き続きアグリーズの動向を追うこととする。捜査の長期化が懸念される。池袋署だけでなく、近隣する所轄にも応援を要請して、人員の確保に努めるとともに、諸君らには積極的に休養を取り入れてもらいたいと思っている。わたしからは以上だ」

講堂内がざわついた。その理由には察しがつく。柳沢一課長の口から模倣犯の話が出なかったからだ。

組対の浜田雄馬警部補が一同の気持ちを代弁するように尋ねた。

「五人目の被害者の島田祐樹ですが、模倣犯の可能性は考えていないんですか？　犯行の手口も違うし、殺害現場も自宅アパートかと思われます。他の五人とは明らかに違うんですが」

柳沢一課長はわずかに眉間にしわを寄せた。

「現段階では模倣犯の可能性は考えていない。額に刻まれた印については厳しい箝口令を敷いている。捜査関係者以外は関知していないはずだ」

柳沢一課長はそう言い切ると、もう言うことはないというように、椅子の背にもたれた。捜査本部から情報が漏れることなど微塵も考えていないかのような言い草であるが、おそらく現場に混乱が生じないよう配慮してのことだろう。

密かにほっと息を吐き出す。模倣犯がいるという見立てでの捜査方針を恐れていたからだ。一課長が言うように、被害者の額に刻まれた印を知る者は捜査関係者以外にいてはならない。模倣犯がいるならば、捜査関係者が外部の誰かに情報を漏らし、その誰かが犯行に及んだ可能性を考えるだろう。あるいは、その捜査関係者自身が犯行に及んだ可能性を——。いずれにせよ、身内の裏切り者狩りが始まってしまう。遼一はそれを恐れていた。

今日は朝から身体に力が入らない。気が萎えてしまったようだ。

娘の犯した罪を隠蔽し、聖掃者に覆い被せたこと、真相に近づいた黒川保の殺害を聖掃者に依頼したこと……。犯した罪は深く重い。

島田祐樹の遺体を遺棄し、聖掃者の犯行に見せかけるまでは、まだよかった。娘のためにやったことだ。娘のため、家族のため、そして、自分自身のためにやるしかなかった。

だが、自分は、聖掃者に黒川保を消してくれと頼んだ。殺された黒川の遺体は目に焼き付いている。まだあどけない顔をしていた。佳奈とさほど年も変わらない。

罪の意識に心がむしばまれ、遼一は活力を失いつつあった。慰めを求めて、父を訪ねたが、いつものように意識がはっきりせず、遼一の話も通じていない。苦しみと悲しみが胸に募る。

次は捜査員からの報告となった。実りのない報告が続く中、同じ係の深田有美巡査の番になった。男たちの視線が彼女に集中する。

「三月十五日の夜十時ごろ、島田祐樹は渋谷区道玄坂二丁目にあるムゲンというダンスクラブにいたとの目撃情報を得ました。カウンターで女性と一緒だったという情報もあります。島田が何時にクラブを出たのか、また、その後の足取りなどはわかっていません」

ぞくりとさせられる。気の抜けた身体に活を入れられたようだ。いつかは捜査の手がムゲンに伸びることは覚悟していた。だが、そこまでだ。佳奈の友達の望月梨花の口は封じている。黒川亡きいま、島田が一緒だった女が佳奈だとは誰もつかめないはずだ……。胸の鼓動が早まった。

司会進行役の竹野内義則課長が尋ねる。今日もスーツがよれよれでだらしがなく、とても幹部には見えない。

「クラブで一緒だった女性の身元は？」

深田は苦い表情を見せた。

「クラブの黒服やバーテンは島田の知り合いで、おそらくいろいろ見ているかと思うんですが、警察相手に口を割らないんです。ブラックチェリーに忖度しているんじゃないかと思われます。彼らは独自の捜査をしているようですから」

「口を割らせるのが刑事の腕の見せどころだろう」

誰かのそんな声が上がった。

「割らないものは仕方がないですよ。拷問にでもかけろって言うんですか？」

深田も疲れた声で言い返す。

続いて、吉野聡巡査が起立した。人前で話すのは苦手なようで、少しおどおどとしている。

黒川保の鑑取り捜査を任されている。

「黒川保は島田祐樹の運転係だったようです。島田同様、ムゲンにはよく出入りしていたとの目撃情報があります。生前の足取りはまだつかめていません」

竹野内の顔が険しくなる。

「殺された小倉漣と島田祐樹、黒川保は同じ闇金に関与していたグループだな。となると、ブラックチェリーのほうは闇金絡みで犯人と揉めた線が考えられる。違うか？」

吉野がごもっともというようにうなずく。

「はい、わたしもそのように考えました」

竹野内が遼一に顔を向ける。

「薬師丸、闇金絡みのトラブルは見つかったか？」

遼一はネクタイの結び目をまっすぐに直すと、ぎこちなく立ち上がった。期待されていただけに、できれば、この報告はしたくなかった。だが、しないわけにはいかない。

「まだ見つかっていません。実は……、先日、ブラックチェリーのアジトから入手した闇金融の顧客リストなんですが、ＵＳＢメモリーが破損しており、リストを閲覧することができず、捜査が滞っています」

雛壇の幹部たちの鋭い視線を感じた。無言の非難を感じる。

竹野内がいらついた声で言う。

「また同じアジトを訪ねたらいいじゃないか？」

「それが、そのアジトが引き払われていたんです。目下、ブラックチェリーで闇金融にかかわっているメンバーを探しています」

「馬鹿もん、何ですぐにリストを確認しなかった？」

竹野内の叱責が飛ぶ。

「すみません。確認するべきでした。その後、すぐに島田の死体が上がり、そっちの捜査にかかりきりになってしまったもので……」

講堂内に落胆のため息が広がった。遼一はうつむいた。雛壇のほうを見ることができなかった。

竹野内の怒りはおさまらない。

「闇金に絡んだ犯行の線も十分考えられるんだから、何がなんでも顧客リストを手に入れろ。わかったな？」

「わかりました」

遼一は冷や汗を掻いて着席した。

わかってなどいない。聖掃者により顧客リストの隠滅を命じられたのだ。二度とリストを手に入れるわけにはいかない。手に入れたとしても、また隠滅しなければ……。

捜査員らの報告が終わると、竹野内は柳沢一課長のほうをうかがった。柳沢は沈思黙考している。沈黙に引き付けられるように、捜査員たちが一課長の次の発言に耳を傾けるのがわかる。

柳沢が口を開いた。

「池袋署管内はもはや安全とは言い切れない。市井の人々の不安は日に日に増大していっている。街を巡回する制服警察官を増員すること。また、今後の捜査は危険を伴うかもしれず、諸君らには拳銃の携行を許可する。以上」


会議が終わるや、百名を超える捜査員たちがぞろぞろと講堂を出ていく。

隣にいた谷川が「よっこらしょ」と重たげに腰を上げた。

「まさか拳銃を携行して捜査をする羽目になるとは……。世も末だな」

相馬はすっかり興奮した様子だ。今日もソフトリーゼントが似合っている。

「なんだか血が騒ぎますよ。でも、よっぽどのことがない限り、撃ったらあとが大変ですからね、日本の警察官は」

拳銃の取り扱いについては法律や規則によって厳格に定められ、司法警察職員として御しがたい犯罪行為に対してのみ行使が許される。発砲がやむを得ないと判断されなかった場合には、裁判にかけられることもありうる。

小田切がやってきた。

「薬師丸さん、拳銃、借りますよね？」

「ああ、そうだな」

聖掃者は「契約」を交わした遼一を襲ったりはしまい。拳銃の携行は強制ではないはずだが、大半の捜査員が従うようなので、倣わないわけにもいかない。

警務課へ行くと、係員から拳銃を貸与された。〈シグ・ザウエル〉というオートマチックで、十二発弾が装塡されている。ショルダーホルスターを装着して、脇の下のあたりに仕舞う。上着を着ていれば、外から拳銃が見えることはない。

「なんだか身が引き締まる感じがしますね。撃つことにならなければいいですが」

そう言って、小田切は笑った。

遼一は苦笑いを浮かべることしかできなかった。

エレベーターを待っていると、後ろから声をかけられた。

「おい、ちょっと」

竹野内だ。相変わらずよれよれのスーツを着て、ネクタイも曲がっている。おそらくシャツもずっと取り替えていないのだろう。八王子にある自宅から往復三時間近くかかるとぼやいていた記憶がある。所轄の道場で寝起きしているはずだ。シャワーぐらい浴びていればいいのだが。先ほどの続きで怒られるのかと思ったが違った。

「薬師丸、黒木保の死体検案書をもらってきてくれないか。昨日はみんな忙しくて、誰も行ってないんだ」

「いいですよ、行ってきます」

黒川保の死体と対面するのは胸が痛いが、これは自分への罰だ。いまさら司法解剖の結果を聞いても、何も期待できそうにないと思いながらも、小田切を連れて帝都大学へ向かった。

解剖室で遼一たちを出迎えた監察医の柴山美佳は、相変わらず医師には見えない派手な花柄の黄色いワンピースの上に白衣をまとっていた。

ロッカー式の遺体冷蔵庫の一つを開き、トレイに載った遺体を引き出す。遺体袋のジッパーを下ろすと、白さを増した黒川保が現れた。Y字切開の痕がなまなましい。左脇腹に赤黒いナイフの傷口がある。

遼一は視線をそらした。あいさつもそこそこにさっそく用件を切り出す。

「先生、何か目新しい発見はありましたか？」

柴山医師は白衣のポケットに両手を突っ込んだまま遺体を見下ろした。残念そうに肩をすくめる。

「この被害者に関しては特にありません。でも、いまになってちょっと気になった点が一つあるんですよ」

そう言って、黒川の腹部にできた傷口を示す。

「この被害者の刺創もそうなんですけど、創底までの深さがだいたい十五センチなんです。犯人はサバイバルナイフのようなもので思い切り根元まで突き刺したんだと思います。つまり、そのナイフの刃渡りが十五センチということです。でも、一番最初に殺された被害者、伊藤裕也の場合、創底までの深さは、七、八センチほどだったんです。死体検案書にも書きましたけど」

遼一には特に気になることはないように思えた。

「はあ。それの何が問題なんですか？」

「一番最初の事案は、あまり力のない者の犯行なのかもしれないと思ったんです。つまり、一番最初と二人目以降の犯人は違う人物なのではないかって」

頭が混乱した。

「ちょっと待ってください。聖掃者は二人いるとでも言うんですか？」

柴山も困惑している様子である。

「ええ。一番最初の被害者だけはめった刺しにされていますよね。一撃だけで仕留める力がなかったからじゃないかって思いました」

「思いました……って、それは先生の感想ですよね？　科学的な根拠はないですよね？」

「科学的な根拠はありませんけど、検死ってそもそも推測ですから」

あっけらかんとそんなことを言う。

遼一は小田切と顔を見合わせた。小田切はどう判断したらよいかわからないというあいまいな表情を浮かべている。

「あらためて確認しますが、凶器のナイフはどの被害者の場合も同一のものですね？」

「はい、創口の形状からいっても同一だと思います。これも推測ですけど」

小田切が思い出したように口を挟む。

「そういえば、先生は島田祐樹の遺体に刻まれた×印もいままでとは違うとおっしゃってましたね。島田の場合もまた別の犯人ですか？」

柴山は首をかしげた。

「それはわかりません。確かにあの傷は躊躇したように見受けられましたけども」

島田の額に傷をつけたのは自分だ。当然、躊躇した。

「先生、聖掃者が三人いるなんて言い出さないでくださいよ」

遼一は無理に笑おうとしたがうまくいかなかった。そんな表情には気づかず、柴山は肩をすくめて見せる。

「わたしはただ所見を述べたまでのことです」

確かに模倣犯はいる。この自分だ。しかし、聖掃者が二人いるというのか？　聖掃者とは電話で話したが、もう一人いるかどうかまではわからない。

友人の片瀬勝成に語った自分の推理を思い出す。最初の被害者だけめった刺しだったことから、怨恨説を疑ったのだ。だが、二人目以降の殺し方には違和感を覚えていた。あっさりとしたものだったからだ。なるほど、聖掃者が二人いるという説は納得できる。

「先生のおっしゃることはわかりました。確かに、最初の被害者を殺した犯人と二人目以降の犯人との人物像に隔たりがあるような気がしていました。一応、上司に報告します」

柴山に礼を言って、解剖室をあとにした。医学部の棟を出て、外の清浄な空気に触れると、思わず深呼吸をした。

「困ったことになったな。報告は上げるが、上層部は嫌がるだろうな」

小田切も渋い表情になっている。

「ですよね。聖掃者は二人いるかもしれないわ、模倣犯はいるかもしれないわじゃ、捜査本部は大混乱ですよ」

「まったくだ」

二人は池袋の街へ引き返すことにした。

2

ブラックチェリーのリーダー、春日凌は怒りに震えていた。いまはもう悲しみに暮れている場合ではない。

幹部候補の小倉漣、幹部の島田祐樹に引き続き、準メンバーの黒川保まで殺された。身内を三人も殺されたのだ。ブラックチェリーへの宣戦布告ととらえていい。

問題は誰によるものか、ということだ。

当初、春日は敵対する半グレ集団〈アグリーズ〉の犯行ではないかと疑っていたが、聖掃者の被害者にはヤクザ者もいる。アグリーズがヤクザまで手に掛ける理由がわからない。警察はアグリーズの捜査に乗り出したというが、いまのところアグリーズの犯行を疑うに足る証拠は挙がっていないという。

また、警察内部では、小倉漣と黒川保を殺害したのは聖掃者だが、島田祐樹は模倣犯の犯行ではないか、との見立てがあるらしい。祐樹はナイフではなく鈍器で殴られて殺されており、殺害場所も自宅アパートの可能性が高いという。祐樹の愛車であるレクサスがアパート近くの駐車場に駐められていたが、祐樹の遺体は池袋で見つかっている。何者かが遺体を動かしたわけで、他のケースのように通り魔的ではない。よって、春日も模倣犯説を支持していた。

保の証言から、祐樹が渋谷のムゲンというクラブを女と一緒に出たことがわかっており、春日はその女か、あるいは、女を利用して何者かが、祐樹を殺害したのではないか、と見ていた。いずれにせよ、その女がキーパーソンだ。

目下、組織を挙げて女の行方を捜している。ムゲンのバーテンの証言から、リカという名の女がその女の連れであることがわかっており、十六日の夜には保がリカを脅して女の素性を吐かせたようだ。保は女にあと一歩のところまで迫ったわけだ。そんな矢先に保は殺された。犯人に接触したのだろう。そこで下手を打ったのだ。その夜以降、リカもムゲンに現れなくなったという。そこでブラックチェリーの捜査は行き詰まった。

一つ疑問がある。祐樹を殺した何者かは、聖掃者がその被害者の身体に刻むある印を、祐樹の身体にも刻んだということだ。その印は警察関係者しか知らない。警察内部にいる春日のネタ元も印の詳細を言おうとしない。それほどの箝口令が敷かれているのだ。

なぜ模倣犯はその印を知り得たのか？　答えは一つしかない。警察関係者に教えられたのだ。模倣犯は春日と同じように警察内部にネタ元を持っている。いや、ネタ元の存在を考える必要はないのか。模倣犯が警察関係者という可能性だ。まったくありえない話ではないだろう。

問題は、聖掃者にしろ、模倣犯にしろ、なぜブラックチェリーを狙ったのか、だ。

殺された祐樹と漣には共通項がある。二人とも闇金融のビジネスを運営していた。祐樹は幹部、漣は幹部候補という肩書だったが、二人とも現場に出てカネの回収をしていたはずだ。

二人が殺されたのは偶然ではないのか？

ならば、聖掃者と模倣犯はコンビなのか？

模倣犯の真相に近づいた黒川保を殺したのは聖掃者のようだ。なぜ模倣犯の尻拭いを聖掃者がする？　両者がつながっているからではないのか？

想像の飛躍が過ぎるだろうか？　祐樹と漣が殺された理由は闇金にあるのかもしれない。ならば、聖掃者か模倣犯は闇金の顧客の中にいる。返済を巡って二人と揉めたのだ。

タワーマンションの最上階にあるその部屋のリビングには、春日と右腕の飯島健吾の二人しかいなかった。他の幹部たちはそれぞれ別の場所におり、オンライン会議用のアプリを通してつながっており、いまパソコンの画面上には彼らの顔が並んでいる。警察がブラックチェリーの聞き込みを強化しているため、メンバーたちには自宅待機を命じていた。

春日は七人の幹部たちに自分の見立てを披露した。彼らは感心したようにうなずいている。

飯島健吾が口を開いた。

「聖掃者と模倣犯がコンビだっていう説は面白いですね。どんなやつらなんでしょう」

「たとえば、兄弟かもしれない。弟がカネを借りて、返済で揉めて、兄に泣きついたとか。あるいは、親友だという可能性だってある」

「さすがリョウさん、頭がいいっすね」

矢代創輝があからさまなおべっかを使う。画面越しではわからないが、矢代は大柄な春日に輪をかけて背の高い男だ。一九〇センチはあろうか。ただ、がりがりに痩せていて、運動は得意ではない。部下に対する当たりは厳しいが、反対に目上の人間には平身低頭するタイプだ。

矢代のことは無視して、春日は幹部たちに尋ねた。

「それで、ユウキと一緒にムゲンを出た女の手掛かりはまだつかめてないのか？」

矢代が出しゃばって言う。

「その女の連れのリカって女が消えちまったんですよ。タモツはリカから女の素性を聞いたと思うんですが、消されちまいましたからね。悪いのはタモツですよ。あいつが一千万欲しさに、おれに報告しなかったんすから。あんな野郎は死んで当然っす」

部下をけなされて腹立たしさを覚えた。

「死んで当然なんてことはねえよ。タモツもおれたちの仲間だ。母ちゃんがシングルマザーで、子育てに苦労したからと、タモツはいつも親孝行したいって口癖のように言ってたらしい。だから、ユウキはタモツのことをかわいがってやってたんだ。不謹慎なことを言うな」

「す、すいません……」

一喝すると、矢代は気まずげに頭を掻いた。

「リカはムゲンじゃない他の店に行っているんじゃないのか？　クラブ好きは直らないだろ」

矢代は早くも立ち直り答える。

「渋谷周辺のクラブはみんな当たりました。二店でリカっていう名前の女を知っている黒服がいましたが、やっぱり十五日らへんの夜を境に、現れなくなっちまったみたいです。だいたいリカって名前も本名かどうかわかりませんからね。その呼び名だけじゃなかなか素性はつかめないっす」

春日は喉の奥でうなった。矢代の言うとおりでもある。

「引き続き、女の素性を追え。それと同時に、闇金の顧客の中で返済を巡って揉めていたやつはいないか探し出せ。おい、タケユキ、いま闇金の顧客リストは誰が持ってる？」

清水武幸（しみずたけゆき）は中肉中背で、耳、眉、鼻、唇とあらゆるところにピアスを開けた男だった。闇金融のビジネスを運営するチームの一員である。

「おれが持ってます」

「じゃあ、おまえがやれ。それから、コピーを念のためおれに送っておけ」

「承知しました」

春日はうなずくと、幹部たちに視線を向けた。

「おまえら、レンとユウキ、タモツの死を無駄にするなよ」

「はい」

幹部たちの威勢のよい返事が飛ぶ。幹部たちの顔が画面から次々と消えていった。

3

ブラックチェリーの闇金融運営者たちを捜査するにも、メンバーたちが雲隠れしてしまっている。夜になって街に出てくるのを待つしかない。いや、夜になっても出てくるかどうかわからない。何か作戦を練る必要がある。

　日中はブラックチェリーの捜査がはかどらないということで、遼一と小田切の二人は、黒木の遺体が見つかった現場周辺の聞き込み（地取り）を手伝うことになった。池袋二丁目のトキワ通り沿いを地図上でいくつかの区画に分け、そのうちの一つを二人が受け持つ。オフィスビルや店を一軒一軒訪ねて回る地味な捜査である。

「なんだかいつになく緊張しますね。地域課にいたころはいつも携行していたんですが。それに、やっぱり重いですね」

　小田切はコンビニで買ってきたコッペパンにかぶりついた。拳銃のことを言っている。呑気なやつだと思いつつ、遼一は適当に応じる。

「使用することにならないことを祈る」

　小田切は表情を切り替え、トキワ通りを見渡した。

「ここは効率的に行きませんか？　住民への聞き込みは一人ずつでいいでしょう。相手はカタギですし、危険はないですよ」

「そうだな。手分けして、聞き込みをしよう」

　分かれて一人になると、なんだかほっとした。通りに面した店舗やビルの場合は各店子を一軒一軒訪ねていく。聞き込みをしながら、頭の中ではいろいろなことを考えた。聖掃者はなぜ佳奈が島田を殺したと知っていたのか。なぜ遼一が島田の遺体をアパートから運び出す場面を撮影し得たのか。

　すると、一つの答えに行きつく。聖掃者は次のターゲットとして島田祐樹に狙いを定め、監視下に置いていたのではないか。その過程で、佳奈が島田と一緒にムゲンを出て、南大塚のアパートに行った場面を、そして遼一が島田の遺体をアパートから運び出し、池袋の公園に遺棄した場面を見ていたのではないか。

運命の悪戯か、佳奈がたまたま殺した男がブラックチェリーのメンバーであり、しかも、聖掃者が次に狙っていた標的だったのだ。

犯行の動機が闇金融を巡るトラブルだという説が信憑性を増してきた。聖掃者は手に入れた闇金融の顧客リストを隠滅しろと命じた。これが意味するのは、顧客リストの中に見られてはまずいものがあるわけだ。おそらくは、リストには聖掃者自身の名前が記載されている。聖掃者はブラックチェリーの闇金融からカネを借り、返せなくなったなどのトラブルから二人を殺したのではないか。一方で、聖掃者はヤクザ者も殺している。ヤクザたちともまた別の因縁があるのだろうか。まだ知れない共通項があるのかもしれない。

昼食も取らずに聞き込みを続けた。黒川保の写真を見せながら、この人物を見かけなかったか、不審な人物を見かけなかったか、と尋ねて回った。しかし、誰も黒川を見ておらず、不審な人物も見ていなかった。

午後二時ごろ、見知らぬ番号から電話がかかってきた。冷たい緊張が身体を走る。

「もしもし?」

「おれだ」

聖掃者だ。ボイスチェンジャーによって変えられた低い声が言う。

「顧客データは隠滅したようだな」

ていたものはデータを破壊した。だが、ブラックチェリーはまだ顧客データを持っているはずだ」

「それも隠滅しろ。すべてだ」

怒鳴り返したいのをぐっと堪える。

「簡単に言ってくれるが、データなんていくらでもコピーできるからな。家宅捜索をして根こそぎ押収でもしなければ、すべて隠滅なんてできるわけがない」

「やれ。おまえの残された選択肢はそれ以外にない」

「わかってる。手に入れたらデータは破壊する。何とかうまくやるつもりだ。それと、黒川保の件は……助かった」

低く笑う声がした。

「おれたちは同じ船に乗っていることを忘れるな」

そこで、通話が切れた。

ほんの数分のやり取りだったが、嫌な汗を掻いた。

同じ船に乗っている、か……。それが泥船でないことを祈るばかりだ。

聖掃者が黒木保を殺したのは、遼一を助けるためではない。そんなセンチメンタルな理由ではない。遼一にまだ利用価値があるからだ。次にもまた連絡があると覚悟しなければなるまい。

聞き込み捜査を再開する。こぢんまりとしたマンションがあり、エントランスの風除室の天井付近にドーム型の防犯カメラが設置してあるのを見つけた。内心で舌打ちをする。まずい位置にある。聖掃者がトキワ通りを歩いていたら、映り込んでいる可能性は十分にある。小田切と離れていてよかった。映像データを回収したら、鑑識には回さずに、破棄すればよい。

　マンションに入り、管理人室を覗き込んだ。七十絡みの男がソファに座ってくつろいでいる。警察の者であると話し、近くで殺人事件があったために、防犯カメラの映像をもらいたい旨を伝えた。

　すると、管理人の男は怪訝な顔つきになった。

「防犯カメラの映像なら一昨日の夜来た警察の方にもう渡しましたよ」

　初動で動いた機動捜査隊かもしれない。その場を立ち去ろうと思ったが、なぜか気になったので尋ねた。

「その警察官は腕章をしていましたか？」

「いや、見なかったですね。黒っぽいスーツを着ていましたがね。警察手帳は見せてくれましたよ」

「何時ごろのことですか？」

「ええっと、十時半くらいですかね」

　竹野内課長から黒川保の死体発見の一報が入って間もなくだ。

「その警察官が回収に来たときの映像は残っていますか？」

　そこで、管理人は困惑した表情になった。

「いえ、それが……、その方が〝捜査情報の漏洩につながりかねないので〟ということで、カメラの映像はすべて削除していったんです。だから、映像は何も残っていないんですよ」

「そうでしたか。失礼しました」

遼一は礼を言って店を出た。なんだか胸がぞわぞわとする。

防犯カメラの映像を削除していったのは聖掃者ではないのか。そんな疑念が湧き起こる。やつは警察官になりすまし、聞き込みをしているふうを装って、自分が映り込んでいる可能性のある映像データを押収した。ひょっとしたら、いままでの被害者のケースでも同様の手口で証拠品を隠滅しているのかもしれない。

管理人から人相や風体（ふうてい）を聞くべきだったろうか。警察官であるならばそうするべきだろう。だが、遼一にとってこの事案は解決するべきものではなくなっている。捜査はするが、成果を上げてはいけない。

けして出世をあきらめたわけではない。友人の片瀬勝成が言っていた。薬師丸遼一の名は本部勤務の候補者名簿に載っていると。四月下旬には昇任試験が控えている。合格して警部になり、本庁捜査一課へ配置換えされる夢は捨てていない。

その後も聞き込みを続けたが実りはなく、夜八時、小田切と所轄の近くで合流した。小田切は疲れ切った顔をしている。本事案に従事する捜査員はみんな同様だろうが、遼一は彼ら以上に深刻な顔つきをしているだろう。背負っているものの重さが違い過ぎる。

「ぜんぜんダメですね。成果ゼロです」

小田切がため息交じりに言う。

「こっちもだ」

「一つ気になったんですが、現場から少し離れたコンビニを訪ねたら、防犯カメラの映像がすでに回収されていました。機捜ですかね？」

自分の考えを言おうか言うまいか迷ったが、結局打ち明けることにした。

「実はおれが訪ねたマンションでも同じことがあった。話を聞いてみると、どうも機捜ではないようだ」

「ええっ、じゃあ、いったい誰が……」

そこまで言って、小田切も気づいたらしい。

「聖掃者本人ですか？」

「その可能性はあるかもな。聖掃者といえども、すべての防犯カメラを避けながら犯行には及べなかったんだろう」

「じゃあ、似顔絵の作成をお願いしたほうがいいかもしれませんね」

遼一は内心で自分の失態に毒づきながらも、そんな感情は押し隠して話を合わせる。

「そうだな。きみのほうから鑑識の似顔絵捜査官に話してみてくれないか」

「わかりました。薬師丸さんが訪問したマンションの住所を教えてください。あとで似顔絵捜査官を向かわせますので」

先ほど訪ねたマンションの住所を教えると、小田切は手帳にメモをした。

私用のスマホがＬＩＮＥのメッセージを受信した。誰だろうと見ると、片瀬勝成からだった。

ため息交じりに言う。

「また、監察係長からだ」

「薬師丸さん、ホントに何にも悪いことしてないんですか？」

小田切が茶化して言ったが、まったく笑えなかった。悪いことならとっくにいくつも犯している。

「すぐに終わるから、きみも一緒に喫茶店に入って、別の席で待っていてくれないか」

「いいですよ」

池袋駅北口前にやってくると、いつもよりも人出が少ないような気がした。制服を着た警察官の姿も目に付く。池袋は危険な街として日本中に認識されてしまったかのようだ。

前にも使った喫茶店で片瀬は待っていた。片瀬はいつもどおりパリッとスーツを着こなしている。みなぎる自信が外面からもわかる。会うたびに若々しくなっていくようだ。

心に嫉妬の炎が灯るのがわかる。こいつは何の悩みも持っていないに違いない。出世コースのど真ん中におり、明るい未来が待っている。子供はいないが、いないからこそ、子供の犯した罪で悩むこともないだろう。

遼一はいつの間にか喫茶店の中央で立ち尽くしていた。一緒に入店した小田切は、入り口脇の二人掛けの席に収まっている。

片瀬が顔を上げ、遼一に気づく。

「よう、忙しいときに悪いな」

ネクタイの緩みを直して、対面の席に腰を下ろす。

「本気でおれを調べているんじゃないだろうな」

怒りを隠して言ったつもりだが、不機嫌が言葉ににじんでいた。

「いやいや、そんなことはないから安心しろ。おまえは真面目なだけが取り柄のような男だからな」

「何だ、それ」

「褒めてるんだ」

「褒められているように感じないのは何でだろうな」

ブレンドコーヒーを注文する。店員が去ると、片瀬は険しい表情になった。

「それより、大変なことになっているじゃないか。これで六人目だろう。打つ手なしか？」

自然と眉間にしわが寄るのがわかる。

「捜査はしている」

その話はしたくない。いますぐにこの場を立ち去りたかった。会いたくなんてなかった。ここへ来るべきではなかったのだ。

「それはそうだろうが、あまりにも事件が大きくなりすぎているよな」

ふと、片瀬の左脇の下あたりに膨らみがあるのに気づいた。

「おまえ、拳銃を携行しているのか？」

驚いて尋ねると、片瀬は渋い顔でうなずいた。

「ちょいと危険な事案に首を突っ込んでいてな。今日会ってもらったのもその件なんだ」

はっとして思い至った。

「もしや、おまえ、池袋署の捜査員を捜査しているのか？」

そうなのだ。前に会ったときに感じた探るような眼差しは、こちらが何かを隠していないか疑っていたのだ。

片瀬はカップからコーヒーを一口啜った。

「実は二週間前、匿名のタレコミがあった。聖掃者の事案の捜査情報が反社に流れているんじゃないかと。ブラックチェリーが聖掃者の首に懸賞金を懸けているのは、おれも知っている。やつらは自分たちの手で聖掃者を捕まえ、制裁を加えようとしている。それに加担しているやつが警察内部にいるらしい」

「おまえは係長だろ。現場の捜査もするのか？」

「もちろん、動いているのはおれ一人じゃない。おれはいま手が空いているし、この事案には興味があるんでね」

片瀬は真剣な表情で続ける。

「おれは、組対の誰かじゃないかとにらんでいる」

「組対の刑事はヤクザや半グレとときには腹を割って話さなきゃならないこともあるだろうしな」

刑事によっては距離を詰められて、相手に懐柔されてしまうこともままあるという。

「昔はよくある話だったが、いまは時代が違う。捜査情報の漏洩は地方公務員法の守秘義務違反で厳しく罰せられる」

遼一は密かに唾を呑み込んだ。親友としてではなく、片瀬の警察官としての厳しい一面を見た思いだった。片瀬は真面目さにおいても遼一を上回る。片瀬の父親は警察官だったという。生まれついての警察官であると言っていい。

遼一が犯した罪を知ったら、どう思うだろう。同情なんて一つもしてくれないはずだ。驚き呆れ、軽蔑するだけだろう。高校時代からの親友だろうと、私情を挟むことはあるまい。

「心当たりはないだろうな？」

あわてて首を振る。

たとえ、あったとしても「ない」と答える。同僚を売ることになるからだ。警察官にしてみれば、監察の人間は敵以外の何者でもない。

「ない」

片瀬は少し切ないような顔つきになった。二人の間に溝を感じたのかもしれない。

「そうか。それともう一つ気になることがある。聖掃者の模倣犯の存在だ。島田祐樹は模倣犯に殺されたという見立てがあるようだな」

遼一はうんざりした。

「その話か。まだ模倣犯がいると決まったわけでは――」

「いや、模倣犯はおそらくいる」

片瀬は意外に思うほど自信を持ってそう言い切った。

「何だって……？」

片瀬の目がじっと遼一を射る。

「捜査関係者じゃないかとにらんでいる。被害者の遺体にはいずれも特徴的な印が刻まれていたんだろう。その印についてはおれも聞いていない。それを知っているのは捜査関係者だけだ」

「捜査関係者が外部に漏らしたのかもしれない。そう考えている捜査員も多い。ブラックチェリーに敵対するアグリーズの犯行かもしれない」

「捜査してもアグリーズにそのような動向は見つからなかったそうじゃないか」

「それはそうだが……」

片瀬は本事案の捜査本部の人間ではない。勝手な推理をしているが、先を聞かずにはいられなかった。

「だいたい捜査関係者がなぜ人を殺す？」

「島田祐樹と個人的な因縁があったとしか思えない。島田と一緒にムゲンを出たという女が何かを知っている可能性がある。捜査関係者はその女を利用したのかもしれない。あるいは、女が何らかの理由から島田を殺し、捜査関係者に助けを求めた末、聖掃者の犯行に見せかけたか」

全身の毛穴からわっと汗が噴き出すのを感じる。さすがに優秀な男である。恐ろしいほどの推理力だ。

「どちらも想像の域を出ないな」

なんとかそう返すと、片瀬は気まずそうに頭を掻いた。

「まあな……」

「おまえの話によれば、警察内部には反グレに情報を漏らしているやつはいるわ、聖掃者の模倣犯はいるわ。とんでもない捜査本部じゃないか。柳沢一課長の首が飛ぶ」

実際、とんでもない捜査本部なのはよくわかっている。

「そのくらいならまだいいほうだ」

片瀬はそこで真剣な顔つきになった。

「情報漏洩者に心当たりがあったら教えてほしい」

「いや、ない」

「これから何か気づくこともあるかもしれない。そのときは頼む」

「……わかった」

遼一は口だけでそう答えた。

4

片瀬はしゃべりすぎたことを後悔していた。自分は本事案の専従捜査員ではない。薬師丸は腹の底では笑っているだろう。部外者が何を推理しているのかと。

日本中がこの事件の動向を見守っている。警察官であればなおのこと興味を惹かれずにはいられまい。片瀬は同じ警察官として、遅々とした捜査の進展を歯がゆく思っていた。だから、自分なりに推理してみたのだ。

島田祐樹の殺人を模倣犯によるものだと感じた理由は、殺害方法が鈍器による殴打であり、また、遺体に動かされた形跡が見られることだ。身体には聖掃者の犯行を意味する刻印がされていたようだが、本事案に従事する警察官の数は多い。そのうちの誰かが模倣犯に漏らしたか、その誰か自身が模倣犯だと考えれば説明がつく。

柳沢登志夫捜査一課長がどんな捜査方針を打ち出すのか動向をうかがっていたが、被害者たちに明確な共通項がなく、通り魔的な犯行との見方から、被害者らの交友関係を洗うよりも、現場周辺の聞き込みを重点的に行うという方針は変わっていないらしい。

聖掃者の事案についてあれこれ考えを巡らせている自分を戒めた。憂慮すべき事案を他にも抱えているというのに。


捜査本部内部にブラックチェリーに情報を流している者がいる。二週間前、本庁警務部人事課に公衆電話から匿名の電話がかかってきた。池袋で立ち上がっている事案において、ブラックチェリーに捜査本部の情報が流れており、同組織はその情報をもとに、独自に捜査を行い、聖掃者を捕まえようとしていると。監察を管掌する人事一課に直接通報があったことから、告発者はおそらく警察関係者と思われた。捜査本部内部の者だろう。告発者は情報漏洩者が誰かまではつかんでいないようだった。

推測するに、所轄の組対に所属する刑事ではないか。本庁の捜査員より所轄のほうが地域に密着している。カネで反社に取り込まれ、ネタ元になっているのだ。

捜査本部に従事する所轄の組対捜査員は二係分で、課長までを含めて、十六人いる。そのうちの誰かだろうと推理される。

片瀬の手元には全員の身上調査票がある。暴力団や半グレと距離が近い人物として三人の名が挙がっていた。ひとまずその三人を行動確認（行動などを監視すること）中だが、なかなか尻尾を出さない。情報のやり取りは携帯電話だとしても、カネのやり取りがあるとすれば直接のはずだ。銀行を使えば履歴が残る。

薬師丸にもっと突っ込んで事情を聞きたかった。所轄内でささやかれる悪い噂が何かあるはずだ。ひょっとしたらブラックチェリーに捜査情報を流している人物に心当たりがあるかもしれない。仲間を売ることになるからと、警察官は監察に口を開こうとしない。高校時代からの友達である薬師丸にもまた、監察に対する敵対心を感じた。残念なことだ。

片瀬は悲しげにため息をついた。

ふと、先ほどの薬師丸の印象を思い出す。四日前に会ったときには感じなかったものだ。一目見て、何かが違うと思った。

片瀬はこれまでに何人もの非違行為を犯した警察官らと接してきた。薬師丸に彼らと同じ違和感を覚えた。

それこそ刑事の勘だった。もちろん勘が狂うこともある。

馬鹿馬鹿しいと、かぶりを振る。薬師丸に限ってそれはありえない。真面目なだけが取り柄の男なのだ。妻は商社のキャリアウーマンで、夫よりも年収がある。薬師丸はカネに困っていないはずだ。

片瀬はそこで思考を止めた。疑うことが職業だとしても、友人を疑うとはどうかしている、と。


仕事を終え退庁すると、片瀬は行きつけである四谷三丁目のビアバーに向かい、テーブル席に腰を下ろして、お勧めのスコットランドのビールを飲んだ。イギリス料理を出すめずらしい店で、この店のひき肉とマッシュポテトのパイはお気に入りだった。カウンターに二組のカップル、五つあるテーブル席のうち三席がビジネスマン風の男性客の一団と二組の若い女性客たちで埋まっていた。待ち合わせ時間を十五分過ぎたころ、待ち人が現れた。

片瀬彩香(あやか)――。勝成の妹だ。警視庁捜査一課に所属する警察官でもある。片瀬とは年が離れており、彩香は今年で三十二歳になる。

彩香は長い髪をすっきりとポニーテールにして、ベージュのトレンチコートにネイビーのパンツスーツというシックな装いだった。

彩香は臙脂色のマフラーを外すと、向かいの席に腰を下ろした。兄と同じビールを注文する。久々に再会した妹を真正面から見つめた。

「彼氏とはうまく行ってるのか?」

「開口一番の話題がそれ?」

彩香は呆れている。付き合って一年以上は経つ同僚の彼氏がいることは知っている。杉本(すぎもと)樹(いつき)という同じ年の青年で、警視庁生活安全部にあるサイバー犯罪対策課に所属している。まだ紹介されたことはない。

「おまえだってそろそろ結婚しないといけない年だろう」

「それってセクハラだからね」

「兄妹の間でセクハラなんてあるか」

「あります」

「なかなか優秀そうなやつだな」

「まさか職権を利用して調べたりなんてしてないよね?」

「するわけないだろ。噂で聞いたんだよ、噂で」

「どうだか……」

たわいもない会話をしていると彩香のビールが届き、二人は乾杯した。

彩香は一口飲むと破顔する。

「兄妹で飲むなんて久しぶりだね。わたしが警察学校を卒業したのをお祝いしてくれたとき以来？」

「確かそうだったか……。なあ、おまえ、いま忙しいのか？」

話を合わせようとしなかったので、彩香はむっとした表情になった。

「いまはどこの帳場にも入ってないからそんなじゃないかな。書類仕事には追われてるけど」

「池袋で起きている事案絡みなんだが、ちょっと頼まれてもらいたいことがあるんだ。おまえにしか頼めないことなんだよ」

片瀬は自分が考えている見立てを話した。聖掃者の五番目の被害者と思われている島田祐樹は、殺害の手口がこれまでの被害者と異なり、鈍器で殴られて殺され、遺体も本人のアパートから池袋の公園に動かされた形跡があることから、聖掃者の模倣犯の犯行である可能性が考えられること。

彩香は興味を惹かれたようだった。じっと聞き入っている。

「現場の捜査員の間でも島田祐樹の事案は模倣犯によるものとの考えが主流だと聞いている。十五日の夜、島田は渋谷のムゲンというクラブで女といるところを目撃されている。その後、島田は女と一緒に店を出てそれっきりだ」

「女の素性は？」

「わかっていない。島田は殺される直前までその女と一緒だったらしい」

「じゃあ、その女が島田を殺したということ？」

「それはありうる。だがな、詳細はおれも知らないが、聖掃者は犠牲者にある刻印を残すんだそうだ。島田の遺体にもその刻印があったらしい。重要なのは、その刻印のことは捜査関係者しか知らないという点だ」

そこで、声を低く落として言った。

「島田を殺した何者かは捜査関係者かもしれない」

ビールに口をつけていた彩香はむせた。

「ちょっと、それ本気で言ってるの？」

「ああ、本気だ。そいつは女をだしに使って島田を殺したか、あるいは、女が殺してしまったため、そいつが聖掃者の犯行に見せかけたか。いずれにせよ、島田の殺しに捜査関係者がかかわっている可能性は高いと思う」

妹の顔を正面から見据える。

「そこで、おまえに捜査を頼みたいんだよ」

「捜査って何の？」

「模倣犯を捕まえるんだ」

「えっ、何でわたしが？」

「さすがに部下を管掌外の任務に使うわけにはいかないだろ」

片瀬は懐から封筒を取り出した。彩香が受け取り、中身を検める。目が輝いた。十万円が入っている。

「捜査費用だ。好きに使えよ。空いた時間を使って調べてくれ。もちろん危ないことはしなくていい。何かあったら連絡をくれ」

彩香は兄を見て、にやりと笑う。

「いいよ。面白そうだしやってあげる。捜査費用が足りなくなったら言うから」

「わかった」

片瀬は苦笑いを浮かべると、ビールをぐっと飲み干した。

「それじゃ、さっそく動いてくれないか。今夜から」

腕時計を掲げて見る。夜の十時を回ったところだ。

「いまからがちょうどいい時間帯だ」


夜の渋谷は久しぶりだった。彩香は多くの人たちの行き交うスクランブル交差点を前に立ち尽くした。やはりここは若者の街だ。十代二十代の若者ばかりが目に付く。クラブともなれば、学生時代に数回行ったきりだ。別に踊りたかったわけではないし、ナンパされるために行ったのでもない。ただの社会見学である。警察官になるためには、夜の世界を知っておく必要がある。彩香は真面目にそう考えた。

兄の話したことはどのくらいありうるのか？　捜査関係者に模倣犯がいるというのは。

十分に納得したわけではないが、この事件には非常に興味を持ってもいた。その捜査に変則的な形であれかかわることができるのは楽しい。自分の力が及ぶ限りやってみたいという思いがある。

道玄坂を上っていくと中腹にムゲンの入るビルはあった。地下一階に下りていく。入り口で入場料を払い、店内に足を踏み入れると、耳を聾するダンスミュージックに圧倒された。煙草と香水の入り交じったような匂いが鼻をかすめる。まだまだ若いつもりだが、客はみな二十代ばかりだろう。若さをうらやましく思いながら店内を進んで、バーカウンターに向かった。

三十絡みのバーテンダーにビールを注文する。グラスが前に置かれると、彩香は声を大きくして尋ねた。

「警察の者です。前にも警察からは聞かれていますか？」

バーテンは苦虫を嚙みつぶしたような表情になった。

「何度も聞かれたよ。正直もう何も言うことはないね」

「すみませんが、島田祐樹を知っていますよね？」

バーテンは勘弁してくれという顔つきになった。

「いや、おれは知らない」

「十五日の夜、島田祐樹がここに来ました。そのとき一緒だった女性を知りませんか？」

「いや、だから、おれは知らない」

「謝礼は払います。三万円でどうですか？」

バーテンはちょっと驚いた顔になった。警察が謝礼を口にしたからだろう。

それから、渋い表情に変化する。その意味はすぐわかった。額が小さいのだ。この男はそれなりの額を払えば、口を割ると見た。

懐から兄からもらった封筒を取り出し、カウンターの上に置く。

「わかりました。十万円払います」

バーテンがじっと封筒を見入る。心を動かされたようだ。

数瞬ののち残念そうにかぶりを振り、あらたまった口調で言った。

「いや……、ホントにおれ知らないんですよ」

この男がどのくらい正直者か試してみよう。彩香はダンスフロアーのほうをじっとうかがった。

「この店は未成年者の入店を許可していますね？」

「は？　そんなわけないだろ」

「じゃあ、一人ずつ身分証明書を提示してもらいましょうか」

封筒を取り上げて立ち上がると、バーテンがあわてて彩香の腕をつかんだ。

「いやいや、ちょっと待てよ。あんた、正気かよ」

「正気です。職務質問は警察官職務執行法により認められた行為ですから」

「どうかしてるよ、ホントに……。おれがユウキさんと一緒だった女を知らないっていうのはホントだ」

「ユウキさん……。やっぱり島田祐樹を知ってるんですね？」

「ああ、知ってるよ」

バーテンは渋々認めた。

「島田祐樹と一緒だった女は本当に知らないんですか？」

「知らない。でも、その女の連れの女なら名前だけは知ってる」

「名前は？」

「十万、くれるのか？」

彩香は封筒を手渡した。バーテンは中身を確かめもせず、それを二つに折ると、ズボンのポケットにねじ込んだ。

「リカだ、リカ。店のトイレでいつもエクスタシーをやってた。うちの常連だったんだけど、十六日の夜を境に店には来なくなった。おれが知ってるのはそのぐらいだ」

「ありがとう」

彩香はスツールから立ち上がった。

バーテンがあわてて声をかけてくる。

「今度はさ、プライベートで来なよ。お姉さんならドリンクフリーにするからさ」

誘いを無視して店を出ると、彩香は大きく息を吸った。やはりクラブは自分の肌には合わない。あの独特な匂いが好きになれなかった。

島田と一緒にいた女の連れがリカという名前だとは知れたが、本名かどうかもわからない。それでも唯一の取っ掛かりだ。クラブ好きなら、周辺の店には顔を出しているかもしれない。

彩香はリカを探し求めて、渋谷の街を歩き回った。その夜は七軒のクラブを訪ね、そのうちの一軒の店でリカを知っているという黒服を見つけたが、そこから先の情報は得られなかった。

## 5

今日は日曜日だったので、薬師丸恵理子は朝のうちに洗濯物と掃除を済ませた。午後からは毎週通っている陶芸教室へ行こうか迷ったが、結局行かないことに決めた。

陶芸は習い始めて三年目になる。電動ろくろはうまく回せるようになったが、それでも自分の思いどおりに成形するのは難しい。教室の先生曰く、一人前になるには毎日練習して十年かかるということだ。とうてい到達できる境地ではないが、そこまで至らなくとも、恵理子は作陶を楽しんでいた。出来上がった器は自宅で使ったり、友人にプレゼントしたりする。習い事は楽しい。将太が大学に無事合格したら、趣味をもう一つ増やそうかと思っている。そのくらいの経済的な余裕はある。だが、将太が大学へ合格するかどうかはもちろん、進学するかも怪しい。高二の春ごろから学校へ行かなくなり、自室に引きこもり、何をしているかわからない。大きな悩みの種である。

恵理子は大手総合商社に勤務している。営業部の課長で、給料はいい。管理職になってからは落ち着いたが、営業部は年がら年中日本や海外を飛び回っている。よく「ラーメンからロケットまで」と言われるが、海外からあらゆる商品やサービスを買い上げて、日本で売るのが仕事である。

管理職になり飛び回ることが少なくなったのと、在宅での勤務が増えたことで、最近は比較的時間に余裕が出来るようになった。

毎週欠かさなかった教室に今日は行かなかった理由は、娘の佳奈のことが気になっていたからだ。気分が乗らなければ作品づくりに没頭できない。

この数日、佳奈の様子がおかしい。食事もろくに取らず、部屋に閉じこもっている。バレエ教室も休んでいるようだ。せっかく難関のロンドンにあるバレエ学校に合格したというのに。思春期に悩みはつきものとはいえ、バレエの練習をサボるのは看過できない。

昨日の夕食は佳奈の大好きな餃子にした。休みだったので冷凍餃子ではなく、ちゃんと具材からこしらえた。それでも、佳奈は二つ三つ口にしただけで、席を立とうとした。

さすがに我慢できなかった。

「佳奈、何かあったの？　ぜんぜん食べてないじゃないの。悩み事があるんなら、お母さんに相談しなさい」

「何にもない。心配しないで。わたしなら大丈夫だから」

それだけ言い残すと、二階に上がっていった。

何もないわけがない。こちらは十八年もそばで育ててきたのだ。勘でしかないが、遊び友達との間に何かよからぬことが起こったのではないか。

それもかなり重大な何かが。

佳奈が夜遊びをしていることには前々から気づいている。恵理子も帰りが遅くなることがあるので、その旨をＬＩＮＥで娘に伝えることにしている。佳奈はそういうときを見計らって、夜遊びに出かけていたらしい。恵理子が遅くに帰宅しても、佳奈の靴が見当たらないことがたびたびあった。こっそりと朝帰りしてくることも二度あったのを覚えている。年頃だから仕方がないと文句は言わなかった。

問題の多い将太とは違い、佳奈は反抗期もなく、手のかからない子だった。バレリーナになる夢に向かって血のにじむような努力を重ね、大きな一歩を踏み出したばかりだ。少しぐらい脇道に逸れる程度なら大目に見よう。でも、少しぐらいなら、だ。

午後三時ごろ、隣に住む父と母が訪ねてきた。駅前の商店街で買ってきた鯛焼きを持ってきた。父と母は毎週末お菓子や手料理を持参してくれる。特に父は孫を見るのを楽しみにしている。もう先が長くないからだ。半年前、父は肺にがんが見つかった。詳細な検査の末、他臓器への転移が見られ、医師に余命一年と宣告された。もはや西洋医学では手の施しようがない。少しでもよくなればと、本人は民間療法に頼り、科学的なエビデンスの怪しい高価な市販薬を飲んだりしている。そんな父の唯一ともいっていい楽しみが孫たちと会うことなのだ。

祖父母に懐いている将太は一階に下りてきて、二言三言あいさつを交わし、鯛焼きを持って自室に戻ったが、佳奈は顔を見せなかった。ドア越しに声をかけても、「誰とも会いたくない」の一点張りだ。父と母はがっかりしていたし、何かあったのかと心配していた。

二人が帰ったあと、今日こそ話し合わなければと、恵理子は娘の部屋を訪ねた。ノックをして、「入るわよ」と断り、ドアを開ける。佳奈はベッドの上に寝ころんでいた。起き上がろうともしない。

「何があったの？　お祖父さんもお祖母さんも心配してたわよ。バレエの教室も休んでるなんて普通じゃないでしょう。話しなさい。お母さんが相談に乗るから」

「何でもないって言ってるでしょう。出てってよ！」

佳奈は涙声になって叫んだ。

「何でもないわけないでしょう！」

恵理子も怒鳴り返す。

しばらく戸口に立ちにらみつけていたが、佳奈は毛布に潜り込んで、頑として応じようとしない。恵理子は立ち去るしかなかった。

リビングに戻ってきて、ソファに腰を下ろすと、長いため息を吐く。今夜、夫は帰ってくるだろうか。ＬＩＮＥで「今日は帰るの？」とメッセージを送った。緊急に話し合わなければいけなかった。


誰とも会いたくない。食欲もぜんぜん湧かない。

佳奈は部屋に閉じこもったまま、父親以外との連絡を絶っていた。梨花から何度かＬＩＮＥのメッセージが届いていたが、読んでもいない。早く父に会いたかった。「大丈夫だ」と言ってもらいたかった。「心配はいらないから」と……。

いまもあの男を鉄アレイで殴りつけた感触が手に残っている。父親は時間が経てば忘れると言っていたが、とてもではないが忘れられない。人を殺してしまったという罪悪感と自分の罪が明るみに出て捕まるのではないかという恐怖感で押しつぶされそうだった。

いつもどおりになんて振舞えるわけがない。バレエ教室にだって行けていない。そのせいで母には異変に気づかれてしまった。

あの夜以来、母の睡眠薬の助けを借りて部屋で眠り続け、起きているときには、部屋のテレビやネットで聖掃者関連のニュースを観たり読んだりしている。本当はニュースなんて観たくなかったし、何もかも忘れたかったのだが、どうしても気になってしまう。報道によれば、聖掃者の事件ではまだ容疑者が一人も浮かび上がっていないようだ。

島田祐樹についての詳細も出ていた。島田は半グレ集団〈ブラックチェリー〉の幹部だったという。島田の友人を名乗る人物が顔をモザイク処理されて、インタビューに答えていた。何の仕事をしていたかわからないが、毎晩のように飲み歩いていた、夜遊びの達人だった、と語っていた。

テレビでは、島田祐樹の死はこれまでの聖掃者の手口とは違い、鈍器で頭を殴られたことによるもので、殺された場所も本人のアパートのようだと話していた。事実はまったくそのとおりである。ひやりとさせられるが、それでも島田の事件もまた聖掃者の仕業だと判断され、捜査されているらしい。

うまく処理をしたから大丈夫だ、何も心配することはない、と父は言っていたではないか。はらはらしながらニュースを観ては、警察の手が自分には迫っていないと確信し、ほっと安堵のため息を吐いた。それでも、人を殺したという罪悪感だけはいかんともしがたかった。父が言うように、時が経てば忘れるのだろうか？　いまはとうてい信じられない。またバレエをやれるようになる日が来るだろうか？　不安は募るばかりだった。

あの夜以来、佳奈とは会っていなかった。今日は帰宅できる。遼一は帰路を急いだ。早急に話し合わなければいけない。

仕事柄いままでたくさんの罪人を見てきたからわかるが、犯した罪が大きければ大きいほど、当然ながら抱く罪悪感は大きくなる。並みの神経では耐え難いほどに。根っからの極悪人でもなければ、人を殺して平気ではいられない。罪悪感に苦しんで自ら命を絶つ者さえいるのだ。娘にそんなことがあってはならない。とてつもない犠牲を払って助けたのだ。バレリーナで大成するという夢を実現してもらわなくては……。

人を殺したという罪の意識は一生ついてまわるかもしれない。たとえ、人生で成功をつかんだとしても、苦しむこともあるだろう。だが、時が経てばやがて罪の意識とて和らぐはずだ。生きていればいいことはあると、幸せはあるはずだと、そう信じて生き続けてもらいたい。

玄関を入り、靴を脱いでいると、恵理子がやってきた。すっかり弱り切った顔をしている。

「ねえ、佳奈の様子がおかしいのよ。何かあったみたいなの」

「何かって何が?」

とぼけて見せる。

「それがわからないから心配してるのよ。この数日バレエの教室も休んで、ずっと部屋にこもりっぱなしで……。何があったか聞いても、何でもないって言うのよ」

「じゃあ、何でもないんじゃないか」

恵理子は声を抑えながらも怒り出した。

「何かあったに決まってるでしょう! ずっとバレエを休んでるなんて普通じゃないでしょう」

「それもそうだな……」

「あなたのほうから聞いてみてくれない？」

妻には逆らわないほうがいい。

「わかったよ。聞いてみる」

仕方なくそのまま階段を上がった。二階から見下ろすと、恵理子が上り口から見上げている。大丈夫だ、というようにうなずいて見せると、あとは任せます、というように妻はリビングに隠れた。

佳奈の部屋の前に立つ。ドアを数度軽くノックする。「おれだ」と話しかけると、中から「お父さん？」と声がした。

ドアを開けて部屋に入ると、ベッドに横になっていた佳奈がさっと上体を起こした。

「佳奈、大丈夫か？」

佳奈はベッドの縁に腰をかけると泣き出した。溜まりに溜まった苦しみを一気に放出させるようなすさまじい泣き方だった。

娘の肩を抱き寄せて頭をなでた。子供のころ以来そんなことをするのは久しぶりだった。

「大丈夫だ。大丈夫だから」

佳奈が泣き止むのを待って腕を解いた。

「すべてはうまく行っているから、おまえは何も心配しないでいいんだ。わかったな？」

「本当に？　わたし、捕まらない？」

佳奈がしゃくり上げながら聞く。

「捕まるわけないじゃないか。おれがうまくやっておいたから、絶対に捕まらない。おれは警察官だからな。そのへんは心得ている」

「わたし、苦しいの。死にそうなほど苦しい……」

「言ってるだろう。あいつは死んで当然のやつだって。だから、おまえは罪悪感なんて抱く必要ないんだ」

「でも、わたし、人を殺しちゃった……」

佳奈はまた泣き出した。

「もうそれを言うな。家の中でも言うんじゃない。わかったな？」

「わかった……」

「とにかく、しばらく家でゆっくりしていなさい。バレエは休んでいいから。時間が経てばきっと気分もよくなる」

遼一は娘の肩にやさしく手を置いた。

「それより、お母さんが怪しんでいる。何か適当な話をつくらないと……。そうだ。おまえは親友と喧嘩したことにしよう。理由は……その親友に彼氏を取られた。どうだ？」

「う、うん……。お母さん、信じるかな？」

「わからない。でも、他に話を思いつかない。とにかく、そういうことにしておくぞ」

佳奈はいくぶん気分がよくなったようだった。遼一は何も心配はいらないというように無理に笑って見せた。これからも佳奈を励まし続けなければいけない。それは遼一の役割だ。

佳奈の部屋を出ると、将太の部屋をうかがった。二階はしんとしている。起きているはずだが、人がいる気配すらない。

遼・は気にせず、階段を下りて、リビングに入った。

ソファに座っていた恵理子がすっくと立ち上がった。

「どうだった？」

「うん、まあ……」

「すごい泣き声が聞こえたけど」

恵理子はリビングにいるふりをしながら、階段の下から聞き耳を立てていたのかもしれない。まさか内容までは聞かれていないだろうが。

「友達と喧嘩したんだそうだ」

「友達と喧嘩……？」

恵理子は怪訝な声を出した。

「信じていた親友に彼氏を取られたんだと」

嘘をついたという罪悪感はない。嘘ならいくらついても、もう何も感じないだろう。もっと恐ろしい罪を犯している。

恵理子は眉根に深いしわを寄せた。

「彼氏なんていたの？　わたしにはそんなこと言わなかったけど……」

「そうか？」

「何であなたには話したのよ」

「おれはピンと来てね。彼氏にフラれたんだろうって鎌をかけたからさ。そうしたら、正直に話してくれたよ」

「そう……。そんなことだったのね。わたしはもっと深刻なことじゃないかって思ってた。すごい落ち込みようだったから」

「考え過ぎだろう。佳奈は大丈夫だよ」

遼一は無理をして微笑んだ。

「ならいいけど」

恵理子はじっと遼一を見た。話の真偽を探っていることがありありとわかる目だった。

つらくなって視線をそらす。

「ねえ、あなた、ちょっと疲れてるんじゃないの？」

恵理子の手が伸びてきて頰に触れた。

「なんだか、別人みたいよ……」

「実際、連日歩き回って疲れてるんだ。もう若くないからな。風呂に入ってくるよ」

遼一は逃げるようにリビングをあとにした。


姉の部屋が静かになると、将太は自室の壁から耳を外した。いきなりすさまじい泣き声が聞こえてきたので、気になって盗み聞きしようとしたのだ。

父親が姉の部屋に入り、何やら話し合っていたようだが、話の内容まではわからない。

ただ一言、姉が「つかまらない？」と言う声がうっすらと聞こえた。

どういう意味だろう。「捕まらない？」という意味だろうか？

姉は何か問題を起こしたのか。不可解なのは、姉が母親には内緒にしているのに、父親にはそれを話しているということだ。いつから姉は父親とそんな良好な関係になったのだろう。だいたい年頃の娘というものは父親とは微妙な距離感になるものらしい。そう何かで読んだり観たりしたことがある。

捕まらないかという意味ならば、父親に相談した意味もわかる。父親は警察官だからだ。専門の父に相談を持ち掛けたということか。

間違いなく何かある。怪しい。姉が犯したかもしれない問題というものに、将太は興味を惹かれた。

先日思いついたアイデアを実行に移すときが来たようだ。通販で購入して今日届いた代物をパッケージから取り出す。カード型の盗聴器だ。手のひらに載るほどのサイズであり、薄さは六ミリ。電池式で動作時間は約四十八時間。電池が切れる前にこまめに交換すればいい。痛い出費だったが、姉の秘密を知りたい欲求のほうが勝った。

姉が風呂に入るのを待つ。その夜はなかなか姉が風呂に行かず、いらいらさせられたが、午前零時ごろになってようやく姉の部屋のドアが開いた。トイレかもしれないので、しばらく様子をうかがう。五分経っても戻ってこなかったので、風呂場へ行ったと判断して、姉の部屋に入り込んだ。

もう何年も足を踏み入れたことがないその部屋は、遠い昔に入ったころと比べると、ずいぶんと様子が変わっていた。この家の内装は母親が決めたが、姉の部屋もまた白で統一されていた。勉強机、本棚、箪笥（たんす）、ベッド、カーテン、家具のすべてが色が抜けたような白色だった。小型のテレビだけが黒くて妙に浮いて見える。

視線を四方に走らせた。スマホくらいのサイズがあるので、普段目にする場所に置けば簡単にバレてしまう。

本棚にある本と本の間に挟むという手も考えたが、たまたまその本を読もうとする可能性だってある。絶対に目に触れないような場所を選ばなければならない。もしも見つかったら、親に即刻告げ口をされ、下手をすると家から追い出されかねない。両親が自分より姉のほうをかわいがっているのは十分に理解している。姉には寵愛を受けるだけの実績があり、自分にはないのだ。

簞笥の裏はどうだろう。いいアイデアなような気がした。将太はガムテープを取ってきて、簞笥の裏側に盗聴器を留めた。

部屋に戻り、受信機のスイッチを入れてみる。いまは何も聞こえないが、ちゃんと作動しているはずだ。あとは、姉が誰かと会話をするのを待つだけでいい。将太はそのときが待ち遠しかった。

6

いつもどおり六時半に目を覚まし、洗面と歯磨きを終えると、遼一は朝ご飯の支度に取り掛かった。ちゃんと三人分のベーコンエッグと、食パンをトーストし、ソーセージとレタス、トマトを切って、トマトケチャップとマスタードをかけ、サンドイッチをつくった。三人分のコーヒーを淹れたころには七時になっていた。恵理子が起き出してきて、「おはよう」とあいさつを交わす。妻の視線を感じる。この数日でよほど人相が変わってしまったのか。二階に上がり、娘の部屋をノックする。返事があり、しばらくすると佳奈が一階に下りてきた。

久しぶりに三人がテーブルにそろい、一緒に朝食を取った。恵理子は娘の様子をうかがっているが、佳奈は気づかないふりをしている。今朝は食欲があるようで黙々と食べている。

佳奈には支えが必要だ。一人きりで背負える重荷ではない。遼一がそばで支えてやらなければ……。あらためてそう思う。

沈黙を埋めるようにテレビが聖掃者のニュースを流していた。チャンネルを替えたかったが、どの局も同じ事案を報道している。佳奈はそそくさと食べ終えると、「ごちそうさま」と言って二階に上がった。

恵理子が、何か言うことはないか、というように視線を向けてきたので、遼一は、問題ない、とうなずいた。食事を終えると、すぐに家を出た。ぎくしゃくとした息苦しい時間だった。元のようになるには時間がかかるだろうが、必ず昔のように明るい食卓が戻ってくるといまは信じるしかない。

駅に着き、電車に揺られながらも、ぼんやりとしていた。考えることが多すぎて、逆に何も考えられなくなっていた。過ぎ去っていく窓の外の風景に目をやる。陽射しを受けすべてが輝いて見える。なぜか急な不安に襲われた。人の密集した満員電車の中でじっとしているのがつらくなり、息が吸えずにあえいだ。めまいもする。落ち着いて何とか呼吸を整える。数十秒してようやくもとに戻った。ストレスで身体がおかしくなってしまったのか。

七時半過ぎ、所轄に到着した。朝の捜査会議の前、講堂に顔を出すと、谷川と相馬、吉野、深田の面々が遼一のまわりに集まってきた。

　谷川が勢い込んで口を開く。

「薬丸さん、竹野内さんから聞いたぞ。監察医が聖掃者は二人いるかもしれないって言ってるって？」

　冷静を装って返す。

「あくまで柴山先生の推測ですが――」

　柴山医師が説明していた第一の被害者だけ創底までの深さが浅く、被疑者が非力である可能性を話して聞かせた。

　相馬がなるほどとうなずく。

「最初の被害者だけ犯行に苦戦した上めった刺しで、二人目以降は簡潔に一刺しっすからね。別人の犯行説はさもありなんという感じっすね」

　谷川は腕組みをして首をかしげている。納得していない様子だ。

「でもだぞ、覆せない事実として、一人目も二人目以降も被害者の額にはみんな×印が刻まれてあった。二人目以降は模倣犯だなんて言い出すのはやめてくれよ。そして、島田のときも模倣犯なら、模倣犯が二人いることになっちまうからな」

　そこへ、深田が意外なことを言った。

「聖掃者は二人組っていう説はどうです？」

「何だ、そりゃ？」

「だから、一人目は素人がやって、二人目以降は訓練を受けたプロなんですよ。その素人とプロは友達か何かで、固い絆で結ばれているんです。そうだ、親子っていう関係もありかもしれませんね。素人は最初の犯行に苦戦したから、プロに相談して殺しを頼んだんです」

遼一は聞いていて、娘と自分の関係を思った。佳奈は意図せず島田を殺してしまったために、犯罪捜査のプロであり父でもある自分に助けを求めた。二人一組による犯罪だ。

谷川がうなるように喉を鳴らす。

「深ちんの見立ては、怨恨説に立脚しているんだよなぁ。素人のほうに殺したい相手がいたから、その後はプロに頼んでるわけだろう。通り魔説じゃないんだ」

「わたしはこの事案ははなから怨恨によるものだって考えてます」

「なぜ？」

「だって、最初の伊藤裕也のときだけ、聖掃者は何度も刃物で刺してるじゃないですか」

「それは伊藤裕也が抵抗したからだろう。一撃で殺せなかったから」

「それだけじゃないんです。伊藤裕也の額に残された×印だけ、骨にまで達するほど深く刻まれているんですよ。犯人は抵抗に遭っていて、すぐにでも現場から逃げ出したかったはずです。それなのに、額に力を込めて印を刻んだっていうのは、相当の怨念をわたしは感じます」

谷川はすっかり感心した様子だ。

「深ちん、おまえなかなかにいい見立てをするじゃないか。感心した」

谷川が遼一に顔を戻す。

「その見立てを竹野内さんに話してみるか。気に入るかもしれない」

いつの間にか輪に加わっていた小田切が口を挟む。

「ちょっと待ってくださいよ。聖掃者は二人いる上に、模倣犯までいるっていうんですか？捜査本部は大混乱ですよ」

「まあ、確かになぁ」

相馬が口を開いた。

「いや、そもそも聖掃者が二人いるのか、模倣犯がいるのか、どちらもまだわからないじゃないっすか。深田には悪いけど、おれは怨恨説も信じてないから」

「いいですよ、信じてくれなくても」

遼一は吉野のほうを向いた。

「おまえはどう思う？」

吉野は少しだけ考えるように小首をかしげてから口を開いた。

「ぼくは……、監察医の先生の話や、これまでわかった事実を考え合わせるに、聖掃者は二人いて、模倣犯もいるんじゃないかって思います。あと、怨恨説を支持します」

相馬が吉野をにらみつける。

「何だ、吉野、いつから深田の尻に敷かれるようになった？」

「いや、そんなんじゃありません……」

「おまえらなんか怪しいな」

「そんなんじゃありません……」

「それってセクハラ発言ですよ」

部下たちの会話の応酬が続く。

遼一は途中から耳に入らなくなった。聖掃者が二人組だという説を少しずつ信じ始めていた。

捜査会議の席では、幹部たちの口から聖掃者が二人いる可能性について告げられることはなかった。柴山医師の指摘は推測の域を脱しておらず、捜査を混乱させる恐れがあると判断されたのだろう。もちろん、模倣犯説の話も出ていない。

捜査の方針に変わりはなかった。これまでの被害者たちの鑑取りを行うと同時に、地取りにより多くの人員を割く。ブラックチェリーのメンバーの被害者が続いたが、暴力団関係者の被害者もいるわけで、捜査本部としては被害者の間に明確な共通項はないという判断からだ。通り魔の線で捜査を続ける。

遼一と小田切はあらためてブラックチェリーの闇金融を運営していたメンバーの捜査を任された。五日前、二人は被害者の小倉漣が闇金融ビジネスにかかわっていたことをつかみ、顧客リストのデータを手に入れた。返済を巡って揉めた顧客が小倉を殺したとの見立てが成り立つため、捜査本部は期待していたのだ。しかし、せっかく手に入れた顧客データは破損していた。実際は遼一が破壊した。捜査本部はもう一度顧客リストを手に入れ、返済を巡るトラブルはなかったか調べるよう命じた。

日中、池袋署管内で判明しているブラックチェリーのアジトを回ったが、どこも反応がなかった。アジトを引き払ったのか、居留守を使っているのか。リーダーの春日凌が住む要町にあるタワーマンションにはここのところ幹部たちは集まっていないという。どうやら自宅待機命令が下されているらしい。街でメンバーの姿を見ることもなくなった。

他にも秘密のアジトがあるはずだが、探す手立てがない。捜査は難航しそうだった。

午後三時、遅めの昼食を取るため、東口にある定食屋に入った。遼一はラーメンと餃子のセットを、小田切はラーメンとチャーハンと餃子のセットを頼んだ。

昼間っからビールを飲んでいる客もいた。小田切は横目でちらりと見た。

「世間はいいですよ、気楽で……。この事件が解決した暁には、おれも晴れ晴れとした気分で旨い酒が飲みたいですよ」

「まったくだな」

遼一はネクタイを少し緩めた。

旨い酒を飲める日は来ない。旨い酒も、旨い飯も、よい思い出も、これからは手に入らないのかもしれない。それでも生きていくのだ。死ぬまで生きなければいけない。罪の意識にまみれながらも、人生の光に目を向けることはできるのではないか。

「また薬師丸さんの豪邸で飲みたいですね」

人懐っこい笑みを浮かべてそんなことを言う。

「今度は酸辣湯麵でもつくってみるかな」

「ホントですか。それは楽しみだ」

そんな日は来ない。この事件は迷宮入りするのだから。それでも、小田切や谷川、相馬をまた自宅に呼んで、飲みたいという気持ちが高まった。今度は本格的な料理を振舞いたいと心の底から思う。

小田切はため息をついた。

「もうじき最初の事件発生から一カ月経ちますね。普通の事件の捜査本部ならとっくに規模が縮小されているころです」

通常、捜査本部が設置されて一期と呼ばれる三十日間が過ぎると、徐々に捜査本部は縮小される傾向にある。日々発生する事件に対応しなければならないからだ。

「ホントにそのとおりだな」

「その間、休日なしで働きづめですから疲れますよ」

心なしか顔がやつれたように見える。

「おれはちょくちょく親父の見舞いで休んでるけど、きみは休んでないもんな」

「おれも三十で、若さを売りにする年齢じゃないですからね」

「いやいや、まだ三十は若いだろ。とはいえ、きみは休んでていいよ。どうせ夜にならなければ、ブラックチェリーは街に出てこないだろう」

「ゴキブリと一緒ですね。ちょっと漫画喫茶で仮眠をとっていいですか？」

「いいよ。おれは畠山に会ってこようと思ってる」

ブラックチェリーの元メンバーの畠山拓海には、被害者の小倉漣が闇金融にかかわっていたことや秘密のアジトの場所を教えてもらった経緯がある。

畠山に連絡を入れると、五時過ぎなら時間を取れるとのことで、新宿駅東口にある喫茶店で待ち合わせをした。小田切と別れると、早めに喫茶店に入った。ネットのニュースを読んで時間をつぶす。ネットニュースの掲示板は荒れていた。池袋の街がきれいになるなどと、聖掃者を崇拝する輩が相変わらず過激な書き込みをしている。聖掃者みたいな正義感溢れる勇者がもっと増えれば日本は浄化されると本気で叫んでいる。自分は何もしないくせに他人を煽るような輩である。犯人像のプロファイリング合戦も行われていた。依然として聖掃者は異常な正義感を持ったサイコパスのシリアルキラーだという説が根強い。巷(ちまた)では聖掃者はサイコパス説が多数を占めているようだ。

ボイスチェンジャーで変えられた聖掃者の声を聞いているが、その話しぶりからはサイコパスかどうかはわからない。狂っているようにも思えない。

畠山が店に現れた。店のお勧めであるナポリタンをご馳走して、ブラックチェリーの情報について尋ねる。闇金融を運営するチームは七人おり、リーダーの島田祐樹とサブリーダーの小倉漣が死亡したいまは、誰が仕切っているのかはわからないという。また、サンシャインシティ近くのアジト以外の場所もわからないと。畠山からはこれ以上情報を引き出せそうになかった。捜査のほとんどは無駄骨に終わるものだ。

畠山に礼を言って別れると、あたりはすっかり暗くなっていた。腕時計を見やる。六時を過ぎている。まだ動き出すには早いが、じっとしているわけにもいかない。小田切に連絡を入れたが、まだ寝ているのか応答がなかった。

山手線に乗り、池袋に戻る。ベラドンナに向かおうか。ブラックチェリーのメンバーが池袋北口で経営しているバーだ。店の外で張り込みをしてみるのもいい。出入りする客に片っ端から当たれば、何か有益な情報をつかめるかもしれない。とはいえ、まだ時間が早い。

喫茶店に入って時間をつぶそうかと東口を出たところで、スマホの着信音が鳴った。また登録されていない番号からだった。まわりを気にしながら電話に出る。

すぐには応答がなかった。耳を澄ませると、荒い息遣いが聞こえた。

ボイスチェンジャーで変えられた声が言った。

「もうじきまた死体が出る。場所は南池袋の東通り沿い。詳細はショートメッセージで送る。真っ先に現着したら、遺留品を隠滅しろ」

遼一は泡を食った。

「東通り沿い？　ちょっと待て。そこは目白署の管轄かもしれない」

「知ったことか。とにかくやれ」

「遺留品とは具体的に何だ？」

「もみ合いになった。遺体の手に皮膚片や毛髪が残っていたら隠滅しろ」

言葉を失った。聖掃者の混乱が伝染したように、遼一もまたパニックに陥っていた。

「わかったのか？」

「わ、わかった……」

そう答えるしかない。聖掃者の命令は絶対なのだから。

「それと目撃者が出るかもしれない」

遼一は叫んでいた。

「目撃者をどうすればいいっていうんだ⁉」

「証言を改竄しろ」

「そんなことができるわけ――」

通話が切れた。

「くそっ！」

悪態をつく。

南池袋の東通りまでは歩いて十分とかからない。小走りに現場へ向かう。頭にふと引っかかるものがあった。先ほどの聖掃者との会話に違和感を覚えたのだ。

まず、聖掃者が〝現着〟という言葉を使ったことだ。〝現着〟とは〝現場到着〟の意味で、警察関係者がよく使う言葉だ。一般的にはあまり使われないのではないか。

また一つ疑問が浮かぶ。いまさら聖掃者の皮膚片や毛髪を隠滅したところで意味がない、ということだ。最初の被害者の伊藤裕也の爪の間からすでに聖掃者の皮膚片は見つかっており、DNA鑑定が行われているからだ。警察のデータベースと照合してヒットしなかったのだから、何度遺留品を残したところで同じだ。

なぜ聖掃者は伊藤裕也の記録のほうを消せとは言わなかったのか。これは、たとえ命じられてもできない。皮膚片のDNA鑑定は、科学捜査研究所が行っている。現物は捜査本部ではなく科捜研にあり、鑑定結果を改竄することはできないからだ。警察の人間なら知っている……。だから、聖掃者は最初の被害者から見つかった遺留品の隠滅を要求してこないのか？

聖掃者は警察のことをよくわかっている人物……警察内部の人間ではないか？

聖掃者は遼一がブラックチェリーから闇金融の顧客リストを手に入れたことを知っていた。こちらの捜査状況を把握していたのだ。何者かが情報を漏洩しているわけではない。聖掃者はこの事案にかかわっている捜査員なのだ。

心臓の鼓動が早まる。走っているからだけではない。恐ろしくなってきたのだ。捜査本部に所属する百人余りの捜査員たちの中に聖掃者がいるのか。日々顔を合わせている仲間の中に殺人鬼がいるのか？　そいつは遼一を知っている。遼一の一挙手一投足を見守っている。

そいつは自らは動かず、遼一に証拠の隠滅を命じている。万が一、こちらがしくじっても、聖掃者には及ばないというわけだ。

冷静になれ、という声が聞こえる。捜査本部内部に聖掃者がいると決まったわけではない。想像が飛躍しすぎだと。

明治通りから東通りに折れ、しばらく走ってから、角を左に曲がった。

道に黒っぽいスーツを着た男が仰向けになって倒れていた。周囲に血溜まりができている。通行人が五人おり、一人がスマホでどこかに連絡している。他の四人は茫然としてたたずみ、うち二人がスマホで写真か動画を撮っている。

警察手帳を掲げて叫ぶ。

「警察です。撮影をやめてください！」

倒れている男に駆け寄り、首筋に手をやる。脈はもうない。

振り返ると、まだ一人が写真を撮っていた。

「やめなさい！　見世物じゃない」

写真を撮るのをやめるのを見届けてから、遼一は男の両手を調べた。爪の間まで見たが、皮膚片や毛髪などは見つからない。

「くそ……」

聖掃者は、もみ合いになった、と言った。推測するに、頭髪をつかまれたのだろう。だから、髪の毛が現場に落ちたと恐れたのだ。

男の周囲を見回した。アスファルトの上に落ちた毛髪など、肉眼でそう簡単に見分けられるものではない。おまけに血溜まりが広がっている。

「くそ、どうすりゃいいんだ……」

思わずネクタイの大剣をいじくる。

見物人のほうをちらりと見た。七人に増えている。それぞれスマホを手に持ち何やら操作している。文字を打ち込んでいるようだ。ＳＮＳにでも投稿する気なのだろう。

考えなくては……。この場で自分の毛髪を抜いて、遺体に握らせるか。見物人はありがたいことにスマホに夢中だ。どこかに聖掃者の毛髪が落ちていようとも、鑑識は遺体の手に残されたほうの毛髪を聖掃者のものと判断するだろう。だが、あからさま過ぎないだろうか。長々と考えている時間はない。いますぐに毛髪を抜いて――。

「お疲れさん」

振り返ると、谷川と相馬が駆け付けたところだった。

「薬丸さん、早いな。おれたちもちょうど近くにいたんだ」

頭髪を梳(す)こうとしていた手をそっと下ろす。優柔不断だった。到着するや髪を抜いて遺体に握らせるべきだったのだ。

五分と経たないうちに、パトカーのサイレンが鳴り響き、数人の制服警察官がやってきた。

茫然とする遼一をよそに、谷川が警察手帳を掲げ叫んだ。

「池袋署の谷川巡査部長だ。ただちに現場の保存を行ってくれ」

警察官たちが規制線を張りに周囲に散っていく。

われを取り戻して、遼一は七人の見物人を見渡した。

「犯人の顔を見た方はいますか？」

サラリーマン風のスーツ姿の男性がうなずいた。

どきりとさせられる。

「特徴を教えてください」

スーツの男性はとたんにしどろもどろになった。

「いや、見たといっても、横顔を一瞬見ただけです」

「性別は？」

「男性です」

「いくつぐらいですか？」

「いや、ちょっとわかりません。二十代とか……、三十代くらいかもしれません」

「身長は？」

「さあ、どうだろう。一七五センチはあったと思いますけど……」

「服装などの特徴は？」

「上下黒っぽい服を着ていました。いや、スーツの上に黒いジャケットを羽織っていたんだと思います。あと、黒いキャップもかぶっていました。途中脱げましたけど」

「途中脱げた……。あなたはいつから見ていたんですか？」

「ぼくがここを通りかかったとき、そこに倒れている人と逃げた男がもみ合っていたんです。

それで、逃げた男の帽子が落ちて、その人が男の髪をつかみました。でも、逃げた男が何度かナイフのようなものでその人の腹を刺したんです。それで、その人は倒れました」

「わかりました。ご協力感謝いたします。あなたは重要な目撃者になりますので、ご氏名とご連絡先を教えていただけますか？」

男性から名刺を受け取った。会社員のようだ。そのほかの見物人は帰らせた。

十分ほどで警察車両が続々と到着し、鑑識のキャラバンもやってきた。鑑識課員の中にポニーテールの岡本桔平巡査部長の姿を見つけた。

遼一は岡本に駆け寄った。

「岡本さん、目撃者によれば、被害者は被疑者の毛髪をつかんだそうです。付近に被疑者の毛髪が落ちているかもしれません」

「ああ、わかりました。慎重に採取しますよ」

「いつ科捜研に回しますか？」

勢い込んで尋ねると、何でそんなことを聞かれるのかと思ったのか、岡本は怪訝な顔をしつつも答えた。

「ええっと、今日はもう遅いんで、明日の朝一番に科捜研のほうには回しますよ」

「そうですか、お願いします」

内心でほっとしていた。今日中に科捜研のほうに回されたら、もはや遺留品を回収することはできない。所轄にあるうちであれば、何らかの隙を突くことができるかもしれない。

組対の浜田が藤井を連れて現れた。急いで来たようで二人とも肩で息をしている。あとから、小田切も息せき切ってやってきた。

浜田が遺体を見るなり、鋭い口調で言った。

「こいつは天宮興業の人間だ」

すぐに気づいた。

「天宮興業といえば、四人目の犠牲者、岸谷彰吾も天宮興業でしたね」

浜田は地面に片膝を突き、遺体のスーツを検めた。上着の内ポケットから財布を抜き出し、免許証の氏名を読む。

「名前は馬場豊（ばばゆたか）。五十六歳……。おいおい、こいつ、防弾ベスト着てるじゃねぇか」

シャツの裾をめくると、黒いチョッキが見えた。

「こいつ、警戒していたな」

浜田の言わんとすることはわかった。

「天宮興業は自分たちが狙われていると気づいていたと？」

浜田は立ち上がると、ズボンについた埃を払った。

「久しぶりに天宮に会ってみるか」

天宮興業の事務所は、池袋二丁目のトキワ通りから一本道を入ったところにあった。三階建ての古めかしい建物で、白いモルタル壁にはいたるところ、ひびや雨垂れの跡がある。何の変哲もない外観ながら、正面の出入り口の上方には防犯カメラが設置されてある。浜田によるとビルの丸々一棟が天宮興業の事務所らしい。

小田切が足を止め、しげしげとながめた。その表情はいつになく厳しい。

「どうした？　来たことがあるのか？」

聞くが、小田切は首を振る。

「いえ、ありません。ヤクザの事務所に入るの初めてなもんで」

「おれもだ」

遼一はネクタイの曲がりを直した。

玄関扉脇のインターフォンを押すと、男の低い声で「はい」という応答があった。

浜田が話す。

「池袋署組対の者です。ちょっと話を聞かせてください」

しばらくして扉が開いた。三十歳くらいの体格のいい丸坊主の男が応対に出て、「こちらです」とビルの中を案内する。階段を二階に上がると、男はとっつきの部屋の扉をノックした。

「どうぞ」という声があり、男が扉を開けて、浜田たちを通した。

そこは十五畳ほどの広さの部屋で、奥の窓際に重厚な執務デスクが置かれ、中央に真新しい応接ソファセットがある。右手にはバーカウンターまで備わっている。古びたビルの外観からは想像もつかないほど、内装は新しくカネがかかっていた。すなわち、天宮興業が潤っていることの証左(しょうさ)である。代紋や神棚などは見当たらない。裏社会との関係を想起させるものは何もなかった。

大きな執務デスクの向こう側で、革張りの椅子に座っている男が、天宮興業の組長、天宮悟(ご)朗(ろう)だろう。年齢は六十代前半、浅黒い顔に狐のような釣り目をして、でっぷりと肥え太っている。お世辞にも人相がよいとはいえない。かつて犯した悪徳が沈殿したような面構（つらがま）えである。手前の応接ソファに座っていた男が立ち上がり、近づいてきた。濃紺のスーツを身につけているが、天宮同様にその風貌はビジネスマンには見えない。五十代後半で上背はないが、がっしりとした体格である。おそらく若頭だ。

顔見知りらしい浜田が遼一を「刑事課の薬師丸警部補だ」と紹介した。男は名刺を出してきた。受け取って見ると、「天宮興業副社長」の肩書が記され、「佐伯利光（さえきとしみつ）」とある。

「佐伯と申します。社長は足を悪くしているので、代わりにご挨拶させてください」

佐伯は洗練された丁寧な物言いをした。天宮の名刺も出してくる。和紙で出来ており、「天宮興業社長」の肩書と天宮悟朗の名前だけが記されていた。

「今日はどのようなご用件でしょう？」

営業用の笑みを口元にたたえた佐伯の言葉に、浜田が真顔になって答える。

「先ほど、おたくの社員の馬場豊さんが池袋の路上で刺され死亡が確認された」

佐伯の顔から笑みが消え、天宮のほうを振り向いた。天宮は驚愕とも恐怖ともつかない表情を浮かべた。張り詰めたような沈黙があり、やがて天宮がおもむろに口を開いた。

「犯人は聖掃者ですか？」

「おそらく」

遼一が答えた。

「おたくの会社では先日は岸谷彰吾さんが殺害されていますね。そして、また馬場さんが殺された。何か心当たりはありませんか？」

天宮は落ち着きを取り戻したようで真面目な顔つきになっていた。

「いいや、まったく」

「伊藤裕也と戸田慎介という男をご存じないですか？」

「いいや、誰ですか、それは？」

「馬場はチョッキを着ていた」

浜田が疑念を含んだ口調で言う。

「防弾ベストだ。襲撃を予想していたんだろ。後ろめたいことでもあるんじゃないのか？」

天宮は不服そうに目を細める。

「浜田さん、いま池袋は物騒ですからね。馬場はそれでチョッキを身につけていたんだと思いますよ」

「襲われるような心当たりはないってか？」

「ありませんね。うちはまっとうな商売をしているんです」

「フロント企業だという噂もあるんだがな」

「いいや、とんでもない。裏社会とはとうの昔に縁を切りましたんで」

遼一は尋ねた。

「その昔に何か恨まれるようなことがあったんじゃないですか？」

天宮は椅子の中で肩をすくめた。

「昔のことはもう忘れました。それに、命を獲られるほどの悪事をしたつもりはない。犯人はマスコミが言うように通り魔なんじゃないですか。早く捕まえてください。うちらは被害者ですよ」

「おたくらも防弾ベストを身につけておくんだな。それでも、役に立つかどうかはわからんけどな」

浜田は捨てぜりふを吐いた。天宮と佐伯は無言のままにらみ返す。

「邪魔したな」

浜田が踵（きびす）を返すと、丸坊主の男があわててドアを開いた。そしてまた、黙り込んだまま一同をビルの出入り口まで案内した。四人が外に出ると背後でドアが閉まり、鍵のかかる音がした。

「ヤクザがカタギぶりやがって。頭に来るぜ。しかも、相当儲かってるみたいじゃないか」

浜田がいらいらした口調で言う。

遼一はいまとなれば小さな要塞のように見える三階建てのビルを振り返った。

「被害者の伊藤裕也と戸田慎介の過去を洗ったほうがよさそうですね」

「ああ、もちろんそのつもりだ。昔の池袋の事情に詳しい刑事に当たってみるか」

浜田が四人で夕食でもどうかと誘ってきたが、やんわりと断った。聖掃者から頼まれた、毛髪のすり替えのことがずっと気にかかっていた。

## 7

刑事たちがいなくなると、天宮悟朗はにわかに険しい表情になった。眼光は鋭さを増し、奥歯を嚙み締め、顎を引きつらせる。佐伯利光は、ヤクザを生業（なりわい）としていたころの天宮を見る思いだった。十五年前まで天宮興業は天宮組という看板を掲げた、れっきとしたヤクザだった。指定暴力団極天会系の三次団体である。シノギは主に風俗と金融。風俗と言っても組織売春がメインで、他に金融会社の債権の取り立てを行っていた。

天宮は分厚い手を握りしめ拳骨をつくると、マホガニーのデスクを叩いた。

「聖掃者は天宮組だった者を皆殺しにするつもりらしいな」

聖掃者の最初の被害者、伊藤裕也と二番目の被害者、戸田慎介は元天宮組の組員だ。十五年前、天宮組が表向き足を洗って天宮興業に看板を変えたのち、伊藤は同じ極天会系の須藤組に、戸田もまた同系の宮本組に入った。戸田はその後同組から素行の悪さゆえに破門されている。いずれも十年以上も前のことであり、いまの池袋署にいる組対の刑事たちには当時のことを知る者はいない。組対の刑事たちは管轄する地域の暴力団構成員のデータを作成しているが、ほとんどの場合、刑事は組員たちと直接会い、話し、時には喧嘩をして、五体を通して相手のデータを蓄積していく。十五年前に解散した天宮組の組員のデータはもう存在しないはずだ。

伊藤が殺されたと聞いたときは、ずいぶんと古い名前を聞いたくらいにしか思わなかった。しかし、続いて戸田が殺されたと知ると、天宮は元天宮組組員を狙った復讐ではないかと考えた。三人目の被害者はブラックチェリーのメンバーだったが、それはなぜだかわからない。四番目の被害者として岸谷彰吾が殺されたときは、疑念は確信に変わった。これは天宮組に対する復讐なのだ、と。

元ヤクザである以上、少なくない人間から恨みを買われている。しかし、聖掃者に心当たりはない。それが歯がゆい。

「実際のところ、警察はどこまで聖掃者に迫ってるんだ？」

天宮の問いかけに、佐伯はかぶりを振った。

「残念ながらわかりません。知り合いの刑事に何人か当たりましたが、この事案に関してはみな一様に口が堅いです。いまのところ容疑者はまだ一人も挙がっていないようです」

そして、付け加えるように言った。

「半グレのブラックチェリーが独自に捜査しているようです。被害者の中にブラックチェリーが三人いますから連中も必死です。警察にネタ元がいて、情報を得ているそうですが、やつらも聖掃者には迫れていません」

「ガキどものほうが上手ってか。おれたちはホントにカタギになっちまったんだな」

天宮は長い息を吐き出すと、悲哀のこもった目をした。

「佐伯、このままだとおれたちも殺られる。指をくわえて殺られるのを待っているわけにはいかない」

「おっしゃるとおりで」

「攻撃は最大の防御だ。おれたちも本気で動くしかない。カネならいくら使ってもかまわない。命あってのカネだ。佐伯、聖掃者を見つけ出せ」

「見つけ出す過程で犠牲者が出るかもしれませんよ」

佐伯は天宮の反応をうかがった。

表情のない顔が言う。

「おれたちは警察じゃない。元ヤクザ者しかやれない方法というものがあるだろう。やり方はおまえに任せる。どんな犠牲を払ってでも聖掃者を始末しろ」

佐伯は頭を下げると、事務所をあとにした。


血が沸くような興奮を覚えた。天宮が昔の組長に戻ったように感じられた。

ヤクザの世界はカネを儲けてなんぼという世界ではない。いまでこそカネを儲けるやつが頭角を現すようになっているが、昔はそうではなかった。一九八〇年代後半のバブルのころに、すべての価値観がカネを中心に回るようになってしまったのだ。ヤクザもその波に呑まれた。

ヤクザにとってシノギも大事だが、それ以上に大切なことがある。代紋を守るということだ。若い衆を抱えて食わせてやり、上にカネを納め、トラブルになれば身体を張る。人間としての器の大きさ、侠気(おとこぎ)のある男こそが、ヤクザの世界では真の男と目される。若い日に、佐伯は天宮という男に惚れた。その下で働きたいと思った。それから三十年近い付き合いになる。親父の言うことは絶対だが、男として惚れているからこそ、その命令に従うことができる。どんなに違法なことでもだ。天宮も年を取り、昔の面影はないが、社長と副社長の関係以上に濃厚な親父と若頭の関係は続いている。

佐伯はさっそく動いた。友人を介して知り合ったブラックチェリーの幹部がいる。佐伯の奢りで数回飲んだことがある。女とカネにだらしのない男なので、手なずけるのは簡単だった。

電話をかけると、すぐに折り返しかかってきた。三十分後に赤坂にある行きつけの韓国焼肉料理店で会う段取りをつける。韓国人の女の子も二人呼ぶと伝えると、喜んで向かうと返ってきた。タクシーに乗って移動する。予定より早めに店に着いた。それなりの高級店である。畳の敷かれた個室に入り、男を待つ。女たちには遅れて来るように指示していた。

マッコリを飲んでいると、男は時間より早く現れた。ブラックチェリーの幹部、矢代創輝だ。ひょろりと背が高くだらしない格好をしていたが、髪型だけはワックスでセットしている。個室に佐伯が一人でいることを見てとると、拍子抜けした顔つきになった。

「お疲れ様っす。あれ、女の子は？」

「もうじき来る。まあ、座れ」

佐伯は上座から向かいの席を示した。矢代はおとなしく対面に腰を下ろす。

「今日はちょっと頼みたいことがあるんだ」

「何すか、あらたまって」

「マッコリでいいか？」

「ういっす。マッコリ、カルピスみたいで好きっす」

佐伯は手ずから酒を注いだ。グラスを合わせ乾杯すると、矢代は二口で飲み干した。今度は自分で酒を注ぐ。

「で、何すか、頼みって？」

「おまえのところ、警察から情報もらってるだろう。聖掃者についてどこまでわかってるか、おれにも教えてもらいたくてな」

じろりと表情をうかがってくる。

「何で佐伯さんが捜査情報なんて知りたがってるんすか？」

「そのうちニュースに流れるだろうから教えてやるが、うちの社員がまた聖掃者に殺られた。

社長は心配されている」

　矢代は首筋をぼりぼりと搔いた。

「そうっすか。でも、おれぺらぺらしゃべったら怒られちゃいますからね」

「おまえから聞いたとは言わない。もちろん、謝礼は弾む」

「マジっすか？」

「とりあえず、五十万でどうだ？」

　矢代は顔色一つ変えなかった。

「わかった。百万出そう」

　あわてたように手を振る。

「ちょっと待ってください。おれたちも捜査してるんすけど、聖掃者にはまだたどり着けてないんですよ」

「わかっているところまででいい」

　佐伯はその場でセカンドバッグから百万の束を取り出すと、ぽんとテーブルの上に投げるように置いた。矢代はそれをつかみ、スーツの内ポケットに突っ込む。にやけた笑みが口元に広がる。

「百万円を初めて手で持ちましたよ」

「儲かってるだろう、ブラックチェリーの幹部なら」

「いや、最近は現ナマを持ち歩くってことないっすから。カネも電子ですよ、電子」

「いまどきってやつだな。で、警察の捜査はどこまで行っている？」

矢代は酒を飲みながらぽつりぽつりと話し出した。聖掃者は遺体に特別な印を残すらしいこと、島田祐樹の遺体にも印があったらしいが、聖掃者の模倣犯の犯行である可能性が高いこと、島田は殺される直前まで渋谷のムゲンというクラブで女と一緒だったこと、島田はアパートで殺されたかもしれないこと、よって、女が模倣犯であるかもしれないこと。あるいは、女は模倣犯とグルか。殺された小倉漣と島田祐樹の二人は闇金融を運営していたため、リーダーの春日凌は顧客とトラブルがなかったかを調べさせていること……。

「模倣犯か。ややこしい話だな」

「そうなんすよ」

「で、ブラックチェリーのほうは闇金で顧客と揉めたという線を追っているんだな?」

「そうっす。殺された二人が闇金ビジネスの運営者でしたから。もう一人殺された黒川保ってのは島田の舎弟ですが、黒川はどうやら島田と一緒だった女にたどり着いたみたいなんすよ。それで殺されたんじゃないかとにらんでます」

「ほう。となると、黒川を殺したのも同じ模倣犯だってことになる」

「ただ、黒川のほうは殺しの手口が聖掃者っぽいそうですよ。警察もそっちの線で調べてるみたいっす」

「ほう」

佐伯はじっと考えた。その様子を矢代は黙ったまま酒を飲みながら見ている。

ブラックチェリーは警察以上に聖掃者に迫っているようだ。矢代の話を総合して考えてみると、一つの結論が浮かび上がってくる。

聖掃者と模倣犯はコンビなのではないかということだ。要するに、聖掃者には助っ人がいるわけだ。だが、出来は悪い。島田祐樹の場合も聖掃者が一撃で殺せばよかったところ、出来の悪い助っ人に任せたものだから、模倣犯の存在が浮かび上がることになった。そして、その尻拭いとして聖掃者は真相に迫りつつあった黒川保を殺したというわけだ。

「島田と一緒にいた女の身元はまだ割れていないんだな？」

矢代は首を振った。

「まだっす。女の連れの子のほうはわかってます。ムゲンのバーテンはリカって名前だと言ってたそうっす。エクスタシーをやってるらしいっすね。ムゲンのバーテンにリカが現れたら連絡するよう言ってるんですが、その後、リカは現れてないそうです」

「エクスタシーか。この辺じゃどこで手に入る？」

「渋谷ならイラン人じゃないっすかね」

「いろいろすまんな」

ちょうどよいところに韓国人の女たちが入ってきた。矢代の顔がぱっと明るくなる。あとは彼女らに任せて、佐伯は店をあとにした。

8

タワーマンションのベランダに出ると、春日凌は籐（とう）のチェアに腰を下ろし、葉巻を取り出して火を点けた。最上階の三十階のベランダから都心の夜景を見渡し、葉巻をふかしていると、この世界の王になったような気分になる。

最近、煙草をやめて、葉巻を始めた。好きなハリウッド映画の主人公が吸っていたことに影響を受けたのだ。お気に入りは、親指ほどの太さのあるコイーバで、甘く、麝香（じゃこう）のような香りがする。ヒュミドールから葉巻を一本取り出し、シガーカッターで吸い口をつくり、マッチを擦って火を点ける、その一連の行為がこの上なく好きだった。葉巻をやるときはベランダに出ることにしている。部屋の中で吸うと煙が充満するし、壁がヤニで黄色くなるからだ。

先ほど、警察内部にいるネタ元から連絡があった。また聖掃者による被害者が出たというのだ。ブラックチェリーのメンバー、小倉漣、島田祐樹、黒川保の三人を含めると、これで七人目だ。新しい犠牲者は天宮興業の社員だという。天宮興業は表向き一般企業のような体裁をとっているが、極天会系のフロント企業との噂がある。これまでに殺害されたブラックチェリー以外の四人のうち二人が天宮興業の社員であり、いま警察は残る二人の過去を洗っているのだそうだ。

聖掃者は天宮興業と因縁のある人物かもしれない。なら、なぜ小倉漣と島田祐樹、黒川保は殺されたのか。三人を殺ったのは聖掃者ではないのか。模倣犯の仕業なのか。島田祐樹の場合は殺し方が違った。警察内部でもその一件は模倣犯の仕業ではないかという見方がある。

春日は聖掃者と模倣犯はコンビではないかと考えていた。やつらはブラックチェリーの闇金融を運営する二人、小倉漣と島田祐樹を殺した。また、島田祐樹は模倣犯に殺されたが、島田が一緒にムゲンを出た女に接触しようとした黒川保を殺したのが聖掃者だと思われることからも、二人がコンビである可能性は十分に高い。そして、模倣犯は警察関係者かもしれない。内部の人間しか知り得ない聖掃者が残す刻印を知っているからだ。

殺し屋と警察官のコンビ――。面白いではないか。

聖掃者でも模倣犯でもかまわない。この代償は必ず支払わせてやる。

メンバーの清水武幸から報告があった。運営する闇金融の顧客でトラブルを起こしていた者を探させていた。直近で借り逃げをした顧客が二人おり、行方を追っているという。聖掃者ならばそんな目立った行動は取らないような気がしたが、念のためその顧客を追えと命じた。また、島田と小倉が死んだために、取り立てが滞っているらしい。それは後回しでいい。

飯島健吾がベランダに下りてきて、チェアに腰を下ろした。飯島は煙草も葉巻もやらない。酒を少し嗜(たしな)む程度だ。結婚して子供が出来てからというもの、健康には気を遣っているらしい。

冷たい風が吹いて、飯島がチェアの中で身体を震わせた。

「リョウさん、この場所が好きですね」

「ああ、おれたちが築き上げた富と権力の象徴だからな」

「確かに」

「十年前、おれたち何もなかっただろ」

「ありませんでしたね。家賃五万のアパートに住んで、コンビニのおにぎりとカップラーメンばっかり食ってましたね」

「懐かしいな、あのころ。もう二度と御免だけどな」

「そうっすね……。今日はいい月が出てますよ」

飯島はそう言ってスマホを取り出して写真を撮った。

「次はどこに向かうんです？」

「次？」

春日には少し前から考えていることがあった。途方もない夢だ。

「おれは半グレで終わりたくねぇんだよ。もっと大きなことしてさ、日本をひっくり返してやりたいと思ってるんだよ。だからって、テロとかじゃないぜ。いい意味でさ。でかいことをしてやりてぇんだよ」

飯島は楽しそうに目を細めた。

「いいっすね。リョウさんに一生ついていきますよ」

「ありがとな、ケンゴ。おれたちはまだまだこんなもんじゃないってことを世間に証明してやろうぜ」

スマホを手に取り、何気なくインスタグラムを覗く。島田祐樹の投稿を見る。どこかのクラブで撮ったものらしく、祐樹と他のメンバーが三人並んでポーズを決めている。祐樹は弟のような存在だった。やんちゃなやつだったが、従順ないいやつだった。写真の中の笑顔を見ていると、目頭が熱を帯びるのを感じた。

二日前の葬儀を思い出す。祐樹の両親は春日と目を合わせようとしなかった。自分の息子が半グレ集団に所属していることに気づいていたようだ。香典袋には百万円を入れたが、感謝一つされなかった。そのときだけ、春日の中の自信がわずかに揺らぐのを感じた。築き上げた富と権力に意味があるのかと疑念が浮かんだ。そんなこともあったからか、ただの半グレで終わりたくないと思ったのかもしれない。

嫌な記憶を振り払い、他の投稿写真を見た。祐樹はインスタにハマっていたらしい。あらゆる場所で撮られた写真がアップされていた。おしゃれなカフェやクラブ、キャバクラの店内で撮影された写真もあった。二人の派手なキャバクラ嬢に挟まれ祐樹が満面に笑みを浮かべている。

ふと、あることに気づいた。先ほどのクラブの写真をもう一度見て、キャバクラで撮った写真と見比べる。二枚とも中央に祐樹が写っているが、その背後にキャップを被り、眼鏡にマスクまでした男が写っているのだ。

「こいつは同じ男じゃないか？」

春日は飯島にインスタの写真を見せた。

「……間違いありません。変装してますが、同じ男ですよ」

飯島も顔色を変えた。春日の言わんとすることがわかったのだ。

「こいつが聖掃者かもしれませんよ。あるいは、模倣犯か……。やつらは殺すターゲットを必ず監視しているはずですから」

春日はインスタの写真を保存すると、できる限り拡大してみた。変装しているために人相がわかりづらい。

「ついに尻尾をつかんだ。こいつがユウキを殺した犯人だ。どこのどいつか調べさせろ！」

飯島が幹部たちに島田のインスタの写真をＬＩＮＥで送付した。「どこかのクラブで撮ったユウキの写真だ。ユウキの後ろにキャップを被った男がいる。眼鏡をかけてマスクしてるやつだ。そいつに見覚えないか？」とのメッセージを添えた。

次々と幹部たちから返信のメッセージが届いたが、いずれも「わかりません」とのことだった。

――おれ、ユウキとこの写真の店に行ったことあります。

そう返信をしてきた者が一人いた。矢代創輝だ。

春日は矢代に電話をかけると、勢い込んで尋ねた。

「どこの店だ？」

「池袋のキャバクラかどこかだとは思うんすけど、ちょっと店の名前まではわからないっす」

矢代はろれつが怪しくなっていた。背後でカラオケの声も聞こえる。どこかのクラブで飲んでいるようだ。

「そいつがユウキを殺した野郎だ。メンバーと準メンバーにもその写真を送って、池袋の繁華街に繰り出せ。何がなんでもそいつを見つけ出すんだ」

「はい！」

矢代は目が覚めたように威勢のよい声を上げた。

9

自席で報告書を書くふりをして、遼一は頃合いを見計らっていた。夜の捜査会議は始まり、刑事部屋から捜査員たちがいなくなった。そろそろいいだろう。鑑識が現場から採取した聖掃者の毛髪を自分のものとすり替えなければならない。鑑識の岡本は、明日の朝一番で科捜研のほうに回す、と言っていたので、証拠品はまだ鑑識の部屋にあるはずだ。急ぐことはない。だが、タイミングが重要だった。捜査会議にみなが出席している隙を突くのだ。

刑事部屋を出てトイレの個室に入ると、自分の髪を手で強く梳いた。小さなポリ袋に毛髪を数本入れる。スーツのポケットに仕舞い、鑑識課の部屋へ向かう。そっと覗いてみると誰もいない。捜査会議に出ているのだ。壁際に寄せられたデスクの上に、無造作に証拠品用の封筒が並べられていた。封筒の中には証拠品のポリ袋が入っている。

ほっと息を吐く。自分のツキを感じずにはいられない。すべての遺留品を隠滅できるわけではない。もしも一日の早い時刻に事件が起きていたら、日をまたがずに遺留品は科捜研に送られていただろう。所轄の人間が警視庁にある科捜研に足を運んで遺留品をすり替えることなど不可能だ。

デスクに近づこうとしたとき、後ろから声がかかった。

「あれ、何か用？」

振り返ると、岡本桔平がいた。ハンカチで手を拭っている。お手洗いに行って帰ってきたという態（てい）である。

「あ、いや……」

とっさに言葉が出なかった。思わずネクタイに伸びかけた手を止める。数瞬の間を置いて、何とか言葉をひねり出す。

「時間が経ってすまないんだが、現場に落ちていた毛髪を届けに来た。先に現着したときに遺体に付着していたものなんだ」

岡本は表情も変えずに言う。

「そう。じゃあ、そこのデスクの上に置いといてくれる?」

「わかった」

背後で岡本が動かずにじっとしているのがわかる。このままでは聖掃者のものをすり替えることはできない。デスクの上の証拠品用封筒を取り上げて、何気ないふうを装いながら一つひとつ確認する。

「けっこう遺留品が出たな。聖掃者のものがあるといいんだが」

「そうだね。でも、聖掃者のDNAは警察のデータベースにヒットしなかったから。残念ながら」

「ああ、そうだな……」

「あ、そういえば、聖掃者は二人いるかもしれない説があるんだろう。聞いたよ。最初の事案と二番目以降の事案では犯人が違うかもしれないっていう。その説が正しければ、最初に見つかった遺留品のDNAと今回見つかったDNAとを比べたら違いが見られるかもしれないよ」

そうか、いまになって聖掃者の命令の意味がわかった。聖掃者は実際に二人いるのだ。DNAを調べればそれがわかってしまう。だから、聖掃者は馬場豊の殺害現場に残された遺留品の隠滅を指示してきたのだ。

岡本はめずらしい動物を見るような目で遼一をながめていたが、それで会話は終わったと判断したのか自席に向かって歩き出した。

内心でほっとする。目当てのものはすぐ見つかった。岡田桔平の署名がされた封筒の一つに、毛髪の入ったポリ袋があった。

「じゃあ、この中に入れておくよ」

ポケットから素早くポリ袋を取り出し、手のひらの中に隠しながら封筒の中に入れ、聖掃者の毛髪の入ったポリ袋をポケットに仕舞った。

「邪魔して悪かった」

「いやいや。お疲れさん」

岡本の顔を見られず、手を上げて応じた。足早に部屋をあとにして、捜査会議に向かった。


緊張したためか、ひっきりなしにネクタイをいじっていた。この癖をなんとかしたいと思っているのだが、無意識に手が伸びてしまう。

三十分ほど遅れて会議室に入ると、講堂内が大きくどよめいている。後方のいつもの席に腰を下ろす。隣に座っていた谷川が顔を向けた。

「お、いいところに来たな」

「何かあったんですか？」

前方を見ると、浜田が報告を終え着席したところだった。捜査員がホワイトボードに何やら書き込んでいる。新たな追加情報があったらしい。

谷川が説明してくれた。

「浜田のお手柄だ。十年以上前に池袋署に勤務していた刑事を当たったら、被害者の伊藤裕也と戸田慎介の二人は元天宮組だということがわかったんだとさ。これで、殺された四人のヤクザはみんな元天宮組だったことが明らかになったわけだ。これは復讐ってわけだ。深ちんの勘が当たっちまった」

「でも、被害者にはブラックチェリーのメンバーもいるんですよ」

谷川は顔を寄せ、声をひそめた。

「だから、ブラックチェリーのほうはみんな模倣犯の犯行なんだよ。監察医の先生の言う、聖掃者は二人いる説は間違ってると思うな。聖掃者は一度目のときより二度目以降は殺しの腕を上げたってだけだろ」

遼一は反論せず谷川の話を聞いていた。この事件は複雑だ。模倣犯は確かにいるし、聖掃者はおそらく二人いるのだろう。

小倉漣を殺害したのは聖掃者だろうし、島田祐樹に関しても聖掃者は監視していた疑いが強い。遼一が島田をアパートから運び出した場面を目撃していたのはそういうことだ。島田も遅かれ早かれ聖掃者に殺されていたはずだ。

聖掃者はブラックチェリーが所有する闇金融の顧客リストを隠滅するよう命じた。聖掃者は元天宮組だけでなく、ブラックチェリーとの間にも何がしかの因縁があるのだ。

谷川の声が思考をさえぎる。

「まあ、いずれにせよ大きな進展だ。これまでの通り魔殺人との見方が覆されるわけだからな。元天宮組の交友関係を中心に捜査を進めることになりそうだ」

背中にじとりと嫌な汗を掻いている。捜査が核心に迫ってきている。

いまや聖掃者と遼一は一蓮托生だ。逮捕された聖掃者が遼一との秘密を隠し通してくれるなどという馬鹿なことは考えないことだ。聖掃者が捕まれば、自分もすべてを失う。これ以上、捜査が進展してはいけない。

聖掃者は元天宮組とブラックチェリーに復讐している。しかし、肝心な聖掃者が誰なのかがわからなければ逮捕には至らない。

大丈夫だ。警察は決定的な証拠をつかんだわけではない。聖掃者が早く復讐を終えてくれたら……。

「元天宮組はあと何人残っているんですか？」

「元組長の天宮と元若頭の佐伯の二人だそうだ」

あと二人……。これまでどおりなら難なくやってのけられただろうが、天宮も佐伯も自分たちが狙われているのをわかっている。馬場は防弾ベストを着ていた。二人はそれ以上に守りを固めるに違いない。

そう案じていると、柳沢一課長がさらに事態が難しくなるようなことを話した。

「明日からの一週間、天宮興業の天宮悟朗と佐伯利光の二人を監視下に置くことにする。それぞれ常時二名の捜査員が行確につくように」

行確とは行動確認の略で、対象者（マルタイ）に気づかれぬようあとをつけ、行動を監視することをいう。竹野内課長がその場で捜査員の割り当てを行い、遼一と小田切は天宮悟朗の行確班の一組に選ばれてしまった。

困ったことになった。天宮を行確すれば、聖掃者が復讐を遂げられなくなるばかりか、知らずに近づいて下手をすれば確保されてしまう。

捜査会議が終わると、遼一はトイレの個室に入り、スマホで聖掃者の番号にショートメールを送った。だが、その番号に送信できない。どうやら万が一のことを考えて、聖掃者が飛ばしの携帯を処分したらしい。新しい携帯から連絡があるまで、状況を知らせるすべはなかった。

10

片瀬彩香は腕時計を確認した。夜の十時を回っている。道玄坂の通りの往来も少しおとなしくなっただろうか。

十五日の夜、島田祐樹と一緒にいた女の連れがリカという名で呼ばれていることまではつかんだ。昨晩は渋谷の街を歩き回り、七軒のクラブを訪ねたものの、リカを知る者は一人だけで、それもリカの本名や連絡先を知っているわけではなかった。今晩もまたクラブ巡りをするのにやぶさかでないが、非効率なような気がした。刑事は足を使うのが基本とはいえ、現代ではもっと他にやり方があるのではないか。そんなことを考えていたらいいアイデアを思い付いた。

ムゲンの入ったビルの前までやってきた。朝の五時までやっているクラブだけあって、人の出入りが激しい。これからの時間帯が盛り上がるのだろう。少し離れた街灯の下に立ち、スマホで店に電話をかけ、バーテンを呼び出す。

「昨日会った警察の者ですけど、店の外でちょっとだけ話せませんか？」

勤務中のはずだが、バーテンダーはすんなりと了承した。三分後、店から出てきて、彩香の姿を見つけると、誘われているとでも勘違いしたのか脂下（やにさ）がった顔に馴れ馴れしい口調で迫ってきた。

「おれさ、ダイスケっていうんだよ。お姉さん、名前は?」

彩香は名刺を渡した。支給された名刺で、肩書と名前が書いてあり、所属する警視庁捜査一課の番号は記されているが、個人の携帯電話の番号やメールアドレスのような連絡先はない。

ダイスケは口をすぼめて、面白くなさそうな顔をした。

彩香はかまわずにスマホでインスタを開き、〝渋谷〟、〝クラブ〟、〝ムゲン〟のキーワードを打ち込んで検索した。

「いまから写真を見せるから、その中にリカがいたら教えて」

「何だ、捜査の協力かよ」

「何だと思ったのよ」

「いや、別に……」

「十万円もあげたんだから、もう少しだけ協力してよ」

「わかったよ、わかりましたよ」

インスタの検索結果に無数の投稿写真が表示される。ダイスケはスマホの画面を覗き込み、目を細めて見入った。次々に写真をスクロールしていく。あとは運を天に任せるしかない。

ダイスケがスマホをつかんで、自分で写真を確認し始めた。しばらくすると、何かを発見したように「あっ」と声を上げた。

「ユウキだ」

ダイスケが目を留めた写真に写っていたのは島田祐樹で、ムゲンのフロアーで撮られた一枚のようだった。投稿者を見ると、島田祐樹本人である。

「懐かしいな。あのユウキがもう死んだとはな。女癖は悪かったけどいいやつだったよ」

「そう。悪いけど、リカを探してくれる？」

「すまん」

ダイスケは再び検索に集中した。しばらくして再び何かを見つけたようだ。スマホを突き出してくる。

「リカだ。この子だよ」

ムゲンの店の前で撮った写真で、三人の女性が写っており、右端の女性がリカだという。胸元が大胆に開いたセクシーな黒のワンピースを着ていた。大人びて見えるが、まだ十代だろうか。

投稿者は〈ｓｏｒａ〉というユーザー名だった。プロフィールのページに飛んで、その他の投稿写真を見たが、どうやらｓｏｒａはリカではないようだ。その後もダイスケはリカの写った写真を三枚見つけた。いずれも投稿者はリカではなかったが、そのうちの一人の投稿者〈みその〉は、プロフィールページに飛ぶと、他にもリカと一緒に写っている写真をアップしていた。みそのとリカはリアル友達かもしれない。

「ありがとう。助かったわ」

「今度は捜査じゃなく遊びに来てよ。ドリンクフリーにするからさ」

「ごめんね、わたし彼氏いるから」

「そうなんだ……」

心の底から残念がるダイスケを横目に、彩香は礼を言ってその場を離れた。明日、インスタグラムを運営する会社に連絡を取り、みそののユーザー情報を提供してもらおう。そして、みそのに直接連絡を取れば、リカが何者かつかめるだろう。島田祐樹と一緒にムゲンを出た女にたどり着くまであと一歩のところに迫っていた。

## 11

渋谷の繁華街は三つの暴力団組織が縄張りを分け合っているが、そのうちの一つが極天会系の三次団体〈藤野会〉である。外国人の売人は藤野会にショバ代を払うしきたりになっている。

佐伯は池袋のデパートで手土産を買うと、渋谷区円山町にある藤野会の組事務所を訪ねた。猥雑な雰囲気のあるラブホテル街の近くに建つマンションの十階が事務所になっている。会長の藤野豪とは古くからの顔見知りで、昔何度か飲んだことがあった。

久しぶりに会った藤野は総白髪頭ながら、肌艶がよく若々しく見えた。手土産の紙袋の中に百万円を入れたものを手渡すと、藤野は嬉しそうに微笑んだ。手狭ながら高級な調度品の置かれたセンスのよい応接間である。佐伯と藤野は革張りのソファに向かい合って座った。

「久しぶりだな。何年ぶりだ?」

「十年は経ってますね」

「もうそんなに経つか。お互い年を取るわけだ。最近、池袋のほうは物騒なんだろう?」

「ええ、実はそれ絡みでして」

藤野は電子タバコを吸い込むと、白い煙を吐き出した。相手の心のうちを見通そうとするように目を細める。

「何か頼み事があるみたいだな。おれでできることならいいけど」

佐伯はさっそく切り出した。

「繁華街でドラッグを売っているイラン人の売人を紹介してもらいたいんです。エクスタシーというやつです」

「ああ、一人いる。アランってやつだ」

「客にリカという女がいるらしいんですが、うちのほうで緊急で探してるんです。お力をいただけませんか?」

「うむ、わかった。アランに聞いてみよう。ちょっと待ってくれ」

藤野はその場で電話をかけた。アランはリカを知っているらしい。三十分後、近くのコンビニの前で佐伯と会うようにと命じる。

藤野に礼を言って事務所を辞去すると、会社の部下の岩井(いわい)に電話をかけた。至急、渋谷の円山町に車で来るように命じる。

円山町を一人歩いた。さまざまに意匠を凝らした外観の建物が軒(のき)を連ねるように並んでいる。ほとんどがラブホテルだが、ライブハウスや飲食店、バーなども目に付く。渋谷駅前の表の顔とは雰囲気がだいぶ違う。かつて花街だったというが、数は少ないものの料亭もひっそりとたたずんでいる。

待ち合わせ場所のコンビニにやってくると、中東系の顔立ちをした中肉中背の男が立っていた。ビジネスマンのようにスーツを着てネクタイを締めている。口髭は生やしていない。

「アラン？」

呼びかけると、男は黙ったままうなずいた。近寄ると濃厚な甘いパフュームの匂いが鼻孔を突く。

「客にリカという女がいるそうだな？」

アランはおかしなアクセントの日本語で答えた。

「リカ、いるね。二十歳ぐらいの子。毎回エクスタシーを買ってくね」

「リカを探していてね。呼び出せないか？」

アランは肩をすくめる。

「来週ぐらいにはまた連絡が来ると思うけど」

「いや、いますぐ会う必要がある」

セカンドバッグから百万円の束を取り出して手渡すと、アランは驚きに目を見張った。

「わかった。キャンペーン中で安くするからって言って誘ってみる」

スマホを取り出して、何やら打ち込んで、ＬＩＮＥのメッセージを送る。

「あとは待つだけ。連絡が来たら知らせる」

携帯電話の番号を交わすと、アランはラブホテル街に消えた。

佐伯は近くの喫茶店まで歩き、時間をつぶすことにした。二十分ほどすると、岩井から連絡があり、近くまで来たという。路地裏で目立たないように待つよう命じる。

それから間もなく、アランから電話がかかってきた。リカから連絡があったとのことで、佐伯は再びコンビニの前でアランと落ち合い、ラブホテル街へ移動した。場所柄、防犯カメラがないということで、ドラッグの売買には最適だという。

岩井の黒のミニバン、エルグランドが現れた。佐伯は車に乗り込み、アランから数十メートル離れた路傍で待った。

アランは目印となるラブホテルの看板の前に立った。しばらくすると、襟ぐりの深いセーターを着た若い女が近づいてきた。

アランがこちらに向かってうなずく。

リカだ。

佐伯は岩井に命じた。

「静かに後ろにつけろ」

エルグランドが音もなく徐行する。リカはアランと話し込んでおり気づかない。背後からゆっくりと近づき、リカの真後ろに車をつけると、佐伯と岩井は同時に車から下りた。ドアの開く音に驚いたリカがさっと振り返ると同時に、佐伯はハンカチをその口に強くあてがい、岩井が腰から抱え上げるようにして持ち上げて、エルグランドの後部座席へ放り込んだ。

佐伯は隣に乗り込み、バタフライナイフを取り出し、器用な手つきで刃を出して見せる。

「騒ぐな。騒げば殺す」

恐怖の表情でリカはうなずいた。

佐伯は女の両手と両足をガムテープで乱暴にぐるぐる巻きにした。口にもガムテープを貼る。リカが持っていたショルダーバッグを検めてスマホをつかみ出すと電源をオフにした。これで

ＧＰＳ機能が失われる。スマホは途中にあるコンビニのゴミ箱にでも捨てるつもりだ。

「出せ」

岩井が静かに車を発進させた。リカを拉致するのに一分もかからなかった。

12

恵理子はリビングのソファに座り考えていた。静かで広い空間に一人でいると頭の中がクリアになる。

佳奈に何があったのだろうか？

仕事の帰り道、カステラを買ってきた。佳奈と将太二人の大好物である。夕食時、佳奈がリビングにやってきて、カステラを少しつまんだが、ご飯にはほとんど手をつけず、二階に上がってしまった。食事中の会話もないまま、テレビの音が空しく流れていた。昨日の夜よりは少しはましだったが、佳奈の様子がおかしいことには変わりない。

友達に彼氏を取られた——。佳奈は夫にそう言ったらしい。だから、落ち込んでいるのだと。それはショックを受けて当然だ。しかし、何かしっくりこない。悲しみに暮れているようにも、また怒りに打ち震えているようにも見えない。恵理子の目には、娘は深い後悔に苛まれているように見える。罪の意識に苦しんでいるように見える。

佳奈は何か悪いことをしたのではないか？　たとえば、犯罪を……。

だから、警察官である夫にだけ打ち明けたのではないのか。

そこまで考えて、心配のし過ぎだと打ち消そうとした。でも、容易には打ち消せない。胸のうちに黒々とした疑念が湧き起こる。

佳奈は罪を犯したのだろうか？

テレビではバラエティ番組が流れていたが、恵理子は何も見ていなかった。やはり母親の自分が直接確かめなければいけない。佳奈は簡単には答えてくれないだろうが、今度はもっと粘ってみよう。

リビングを出て階段を上がると、佳奈の部屋のドアが半分開いていた。そっと覗いてみると将太がおり、簞笥の後ろに手を突っ込んでいるところだった。

驚いて思わず声をかけた。

「何をしてるの？」

将太はびくりと身体を震わせた。その拍子に手にしていた何かを落とした。

「やべっ」

しゃがみ込むと簞笥の後ろに落ちた何かを拾い上げた。それを手のひらの中に隠すようにして持つと、恵理子と視線を合わせようともせずに、脇をすり抜けて自室に戻ろうとした。

「ちょっと待ちなさい」

腕をつかんで自分と向かい合わせる。

「その手に隠したのは何？　佳奈の部屋で何をしていたのか言いなさい」

将太は不貞腐(ふてくさ)れたようだったが、ようやく恵理子を見た。目には不吉な色が宿っている。

「どうしたのよ？」

「親父と姉貴の秘密を知りたい？」

将太が手を開くと、黒いカードのようなものが載っていた。それが何かわからずにいると、将太の口から衝撃的な言葉が出た。

「盗聴器」

ショックですぐには口が利けなかった。弟が姉の部屋を盗聴していたとは……。情けなさに怒りが込み上げてきた。

「そんな馬鹿なことをして……！」

将太は悪びれる様子もない。それどころか不敵な冷たい笑みを浮かべている。

「あいつら重大な秘密を隠してるぜ」

「あいつらって……？」

「姉貴と親父だよ」

耳を疑った。その瞬間に心の中から怒りが消える。

佳奈の様子は明らかにおかしいが、夫にもいつもと違う違和感を覚えていた。

将太も姉と父親の異変に気づいていたのだ。それで盗聴器を仕掛けて秘密を知ろうとした。手段は卑劣なものとはいえ、強烈に興味を惹かれる自分がいる。

一階からドアを開閉する音が聞こえてきた。佳奈は風呂に入っていたようだ。

恵理子はとっさに将太の腕を引き、隣の部屋に入ってドアを閉めた。

声を押し殺して、問い詰める。

「何か知ってるの？」

心臓の鼓動が早まっている。問いを発しながら、答えを聞くのが恐ろしい。

「母さんだってわかってるだろ？　最近、姉貴と親父の様子がおかしいこと」

息子をにらみつける。

「二人が何を隠してるっていうの？」

「重大な何かだよ。それが何なのかまではまだわからない。だから、盗聴してるんだろ」

「馬鹿なことはやめなさい」

そう言いながらも、恵理子は遼一と佳奈の二人が何を隠しているのか知りたくて仕方がなかった。それがたとえ盗聴という卑劣な手段であったとしても知りたい。

「佳奈は信頼していた友達に彼氏を取られたそうよ。だから――」

「そんなんじゃないよ。あいつ何かしでかしたんだ。たぶん、犯罪だと思う」

「どうしてそう思うの？」

将太は目を爛々と輝かせて言う。

「昨日の夜、姉貴の部屋で二人が話しているのが少し聞こえたんだよ。姉貴がさ、〝つかまらない？〟って親父に聞いてたんだよ。それって〝逮捕されないか？〟っていう意味だろ。姉貴は何かしでかしたんだよ」

心臓が大きく脈を打った。身体が小刻みに震えている。

佳奈が部屋に入る音がした。

息子と向き合って言う。

「このことは佳奈には内緒にしておくから。とにかく盗聴なんて馬鹿なことはやめなさい。いい？」

「あいつら放っておくのかよ？」

恵理子はそれには答えずに部屋を出た。音を立てずに階段を下りてリビングへ入り、夫の帰りを待つことにした。


家の前までやってくると、遼一はしばし立ち止まった。今日もまた、証拠の隠滅に手を貸した。肉体的にも精神的にも限界に来ていた。

一度嘘をつくと次から次へと嘘をつかなくてはならないというが、一度犯してしまった罪のために、罪を重ねてしまっている。

いつまで続くのだろうか。聖掃者が目的を成し遂げるまでか？

元天宮組への報復が終われば、遼一もまた罪を犯さずに済むだろうか。早く片づいてほしい。聖掃者が天宮悟朗を殺してくれれば……。

これだけの報復を受けるとは天宮組は過去に相当なことをしたのだ。ならば、報いを受けて当然だろう、という思いが心の中から湧き上がってくる。

玄関で靴を脱いでいると、音もなく恵理子が現れた。深刻な表情をしている。佳奈とまた何かあったのだろうと直感した。

「ちょっと話があるの」

内心でため息をつき、静かにうなずくと、ちらりと二階に目をやった。しんとしている。リビングに入るや、座りもしないうちに、恵理子が切り出した。

い。

「将太が佳奈の部屋を盗聴してたの」

「何だと⁉」

遼一は声を上げた。血の気が引いていく。頭の中でここ数日、佳奈と話した内容が駆け巡った。佳奈とは何を話しただろう。自分が犯した罪の詳細を語っただろうか。いや、詳細までは口にしていないはずだ。でも、〝人を殺した〟などのフレーズは口から飛び出したかもしれない。

「どうしてそんなことを……」

「あの子も佳奈の異変に気づいたのよ」

恵理子の眼差しが痛い。その目に宿るのは濃厚な疑念だ。

思わず視線をそらす。

「だからって、人の部屋を盗聴するとは何事だ」

「ねえ、ホントのこと言って。佳奈は何をしたの？」

「だから、友達に彼氏を取られたんだって言ったろう」

「嘘」

恵理子は吐き捨てるように言った。

「将太はね、聞いたんだって。あなたと佳奈が話している内容を。だから、正直に言って」

じっとこちらの目を覗き込んでくる。これは鎌をかけているのだとピンときた。将太も恵理子も具体的な内容を知らない。もしも知っていたら、恵理子は正気ではいられまい。

「だから、正直に言ってるじゃないか。佳奈は友達に彼氏を取られて、落ち込んでるんだよ。

きみも将太もどうかしてるぞ」

　ソファにどっかと腰を下ろす。結び目をぐいっと引っ張って、ネクタイを緩めた。怒ったふうを装って続ける。

「連日歩き回って疲れているというのに……。まったく何を言っているんだか。何も心配はいらないって言ったろ」

　恵理子は遼一の前に仁王立ちになり、怖い顔をして見下ろしている。

「将太がね、佳奈があなたに〝つかまらない？〟って聞いてたんだって。それって〝逮捕されないか？〟って意味よね？」

「そんなこと言ってないよ」

「嘘つかないでよ！」

　恵理子が声を張り上げた。両手を固く握りしめている。こんなに理性を失った妻を見るのは初めてだった。

　遼一は身体の芯が冷たくなるのを感じた。妻に真相を知られたら大変なことになる。恵理子はその真実に耐えられない。そのとき彼女が何をしでかすかは予想がつかなかった。

　恵理子は激高している。

「嘘をつかないでって言ってるの。本当のことを言って！」

　遼一は立ち上がるとまっすぐに恵理子の顔を見据えた。努めて穏やかな声で応じる。

「嘘じゃない。佳奈は何も悪いことはしてない。本当だ」

　探るような視線をまっすぐに受け止める。けしてそらしてはいけないと思った。

長い時間に感じる数秒が経つ。やがて恵理子が根負けして、静かな声で聞いてきた。

「本当？」

遼一は役者になったつもりで笑みをつくった。

「本当だよ」

「佳奈は警察に捕まるようなことはしていない？」

「思い過ごしだ。そんなことあるわけないじゃないか。心配しないで寝なさい」

恵理子はまだ何か言いたげだったが、やがてリビングから出ていった。

遼一はソファに座り込むと、長いため息を吐いた。伊達に刑事を長くやっていない。相手がどんな感情を隠し持っているかなどお見通しだ。

恵理子は遼一をまったく信じてなどいない。

## 13

事務所の正面にあるガレージにエルグランドを乗り入れると、佐伯は車から下りてシャッターを下ろした。ガレージはじめっとして黴臭い。後部座席のドアを開けると、ガムテープで口を塞がれ手足を拘束されたリカが横たわっている。鼻孔を匂いがかすめる。恐怖のあまり失禁している。

バタフライナイフの刃を起こすと、狭い後部座席でリカがわめき出した。

「おとなしくしろ」

足を押さえつけ、ナイフでガムテープを切った。両手の戒めはそのままに、首根っこをつかんで車の外に引っ張り出す。岩井と左右からリカを挟むようにして、ガレージからビルの中に入り、階段を上がった。天宮と若衆が一人いるはずだが、建物の中はしんとして、三人の足音とリカの呼吸音が響いた。

二階の空いた会議室に入った。部屋の隅にパイプ椅子を置き、リカを座らせると、めそめそと泣いた。

「助けてください……」

佐伯は静かに女を見下ろした。

「悪いな。おれもこんなことはしたくないんだがな」

「何でもしますから、助けてください……」

「質問に答えろ。いいな?」

リカはおずおずとうなずいた。

「名前は?」

「モチヅキリカです」

「島田祐樹を知っているか?」

「いいえ、知りません」

「十五日の夜、おまえは女と一緒にムゲンにいたはずだ。島田祐樹はその女と店を出た。その女の名前を教えろ」

リカはすぐには答えようとしなかった。

「女の名前だ」

「……ヤクシマルカナです」

「そいつはいまどこにいる？」

「わかりません。住所は知りません」

「連絡先は？」

「ＬＩＮＥです」

佐伯は息を吐いた。ここへ来る途中、スマホはコンビニのゴミ箱に捨てている。

「カナについて他に知っていることは？」

「カナのお父さんは池袋署の刑事です」

「何だと？」

背中に氷を押し付けられたようにひやりとさせられた。

「薬師丸と言ったな……」

佐伯は思い出した。先ほど、事務所を訪ねてきた所轄の刑事は確か薬師丸という名前だった。何という因縁だろう。あの刑事は自分の娘が聖掃者の被害者と死ぬ直前まで一緒だったことを知っているのだろうか。

他にも思い出したことがある。矢代から聞いた話では、ブラックチェリーの黒川という男は、死の直前に島田と一緒だった女が誰かを突き止めたがために殺されたという。

「おまえはブラックチェリーのメンバーに、島田と一緒だったのが薬師丸カナだと話したか？」

「はい、話しました」

「カナの父親が刑事だということもか？」

「はい、話しました」

なるほど、黒川は薬師丸カナにたどり着いた。父親が池袋署の刑事であることもつかんだ。そしてその直後に、聖掃者に殺されている。

これが何を意味するのか……。佐伯の考えでは、聖掃者には協力者がいる。そいつが模倣犯と呼ばれているほうだ。聖掃者とそいつはコンビで、島田を殺したのは協力者のほうだ。そいつが殺し方を変えたがために足がつきそうになった。そのため、真相に近づいた黒川の口を聖掃者が封じた――。

協力者が池袋署の刑事だとしたら筋が通る。黒川はその刑事に接触し、おそらく強請ったのだ。そして、刑事は聖掃者に黒川を消すよう依頼した……。

「面白い」

佐伯はほくそ笑んだ。

「え？」

岩井のほうを振り返る。

「おまえはもう帰っていい。あとはおれが片づける」

岩井が部屋を出ていくと、佐伯はネクタイを外した。

沈黙の恐怖ゆえにリカが騒ぎ始めた。

「助けてください。何でもしますから……。助けて！」

ネクタイの両端を両手で握りしめる。人を殺すのは初めてではない。だが、遠い昔のことだ。

「悪いな」

リカの背後に回り込むと、その細い首にネクタイを巻き付けた。何が起きようとしているのか感づき、リカが叫び声を上げ、足をばたつかせる。佐伯は力を込めてネクタイを引いた。パイプ椅子が浮き上がり、リカの足が宙を何度も蹴る。

やがてリカはおとなしくなった。首に巻き付けたネクタイを解くと、リカは床に転がった。肩で息をして、女を見下ろした。顔を見られた以上、可哀想だが仕方がない。両脇の下をつかんで、遺体を引きずり部屋を出て、階段を下りた。エルグランドの後部座席にリカを転がすと、運転席に乗り込んだ。捨てる場所は決まっている。模倣犯が島田祐樹を捨てた公園だ。いまだに模倣犯のほうも目撃者が出ていないのならば、あの公園は安全といえるだろう。

佐伯は遺体を載せた車を夜の闇に向かって走り出した。

## 14

新しい朝が来た。嫌な夢を見ていた。同僚たちに「おまえは聖掃者だ！」と責め立てられていた。「違う！　おれじゃない！」と訴える自分の声で目を覚ました。隣の恵理子はぐっすり眠っているようだ。おそらく声には出していなかったはずだ。

見る夢も悪夢なら、覚めて見る現実も悪夢だった。娘が人を殺し、自分はその罪を隠蔽した。証拠品を二度隠滅し、殺人者に人殺しを頼んだ。島田祐樹は死んで当然だと思う。しかし、黒川保はたいした罪を犯していない。罪を犯した自分を強請ってきただけだ。

罪深さに心が悲鳴を上げている。生きているだけで苦しかった。それでも、生きなければならない。罪を隠し続け、苦しみ続けながら、生きていかなければならない。自分のためにも、そして、家族のためにも、だ。

心と体に鞭打ってベッドから起き出し、簡単に三人分の朝食をつくり終えると、遼一はスーツに着替えて静かに家を出た。昨夜自分の毛髪とすり替えたポリ袋は書斎の押し入れに仕舞った。殺害現場に落ちていた毛髪だ。

聖掃者は二人いる。最初の被害者を殺害した者と二人目以降を殺害している者。あの毛髪のＤＮＡを鑑定すれば、最初の被害者の指の間から見つかった皮膚片のＤＮＡとは別人であると判明するだろう。過去に犯罪を犯し、ＤＮＡをデータベースに登録されていれば、照合した結果ヒットするかもしれない。そうでなくとも、犯罪者は自分の遺留品が警察のデータベースに記録されることを嫌がるものだ。

心臓の鼓動がにわかに早まるのを感じる。自分は聖掃者が残した遺留品を隠し持っている。聖掃者と遼一は同じ側にいるが、同じ立場ではない。やつは遼一が島田祐樹の遺体を運び出す場面の映像を所持している。しかし、聖掃者の遺留品を得たいま、対等の立場に立てる武器を手にしたことを意味する。

あの毛髪を科捜研に回し、ＤＮＡを鑑定することができれば。それを警察のデータベースに照合することができれば……。

しかし、どちらも無理な話だ。警察庁が運営するＤＮＡ型記録検索システムは、一捜査員が捜査の際に勝手に使用できるものではない。アクセスできる端末は決まっていて、アクセス権を持つ人間も限定されている。いや、たとえ照合することができたとしても、それでどうするというのだ？

あの毛髪は諸刃の剣だ。聖掃者を破滅させることもできるが、遼一の人生をもまた破滅させてしまう。聖掃者と薬師丸遼一は一蓮托生なのだ。

時が過ぎるのを待つだけだ。聖掃者が目的を果たし、捜査がこのまま何の進展もなく、事件が迷宮入りするのを待つだけだ。そして、罪の意識が少しでも薄まっていくのを……。

気づいたときには所轄にたどり着いていた。どんよりとした気分で講堂へ向かうと、捜査本部はただならぬ雰囲気だった。何か大きな事件が起きたようだ。

遼一の姿を見つけ、谷川と相馬が飛んできた。

谷川が勢い込んで言う。

「薬丸さん、その顔はまだニュースを知らないな？」

「ニュース……ですか？」

「また殺しがあったんだ。被害者は女子大生で、遺体が発見された場所は島田祐樹が捨てられた同じ池袋三丁目の公園だよ。どこかで絞殺されてからそこへ捨てられたらしい。連日連夜死体が上がるとは、池袋の街はどうしちまったのかね、まったく」

心臓が一つ大きく脈を打った。

「その女子大生の名前は？」

「望月梨花だ」

遼一は言葉を失った。

梨花が殺された？　いったい誰に？

聖掃者だろうか。その可能性を考えて、すぐに否定する。聖掃者が殺してきた対象は元天宮組とブラックチェリーだ。梨花はカタギである。では、誰が梨花を殺したのか？　すぐに思い当たる。十五日の夜、島田祐樹と一緒にいた女が何者かを知りたい者たちだ。彼らがその女の連れだった女、梨花の口を割ろうとしたのだ。それを恐れた遼一は、梨花の口封じをしたのだから。

犯人はブラックチェリーかもしれない。やつらは聖掃者を見つけ出そうと独自の捜査をしている。あるいは、元天宮組の人間ということもありうるだろう。

梨花はしゃべっただろうか？　難なくしゃべったはずだ。梨花を殺した何者かは、十五日の夜に島田祐樹と一緒に店を出た女が薬師丸佳奈であることを知ったはずだ。そして、梨花にたどり着いた黒川保もつかんだように、薬師丸佳奈の父親が池袋署の刑事だということまで知ったはずだ。

全身の毛穴から冷や汗が噴き出す。運命が突き付ける過酷さに怒りが込み上げる。

犯人は次に何を考えるか？　島田祐樹の殺害に佳奈とそして遼一もまたかかわっていると勘繰るだろう。警察内部にくすぶる模倣犯説を知っているならば、その模倣犯は遼一だと思うだろう。その先、遼一と聖掃者がつながっているとまで思い至るだろうか。そうだ。梨花の口を割ったのなら、黒川保が梨花にたどり着いたのを知ったはずだ。その黒川を殺したのが聖掃者だというのなら、聖掃者と遼一がつながっていると推測してもおかしくはない。

そして、犯人は遼一の前に現れるだろう。必ず。

「おい、薬丸さん、大丈夫か？」

「大丈夫です。何でもありません」

遼一はなんとかそう返した。

「望月梨花を知っているのか？」

「いや、知りません。一瞬、知り合いじゃないかと思っただけで。名前が似ていたんです」

「そうか……」

「聖掃者絡みですか？」

谷川は首を振る。

「いや、遺体に印はなかったらしい。とはいえ、この時期にこの場所だからな。聖掃者のヤマとまったく関係がないかどうかはこれから調べてみないとわからない。いまの帳場はいっぱいいっぱいだから、もう一つ帳場が立つのかもしれない。どこから人を調達するんだろうな。大変だよ」

続けて質問を発する。

「スマホは？」

「いや、所持してなかったそうだ。犯人が持ち去ったんだろうな」

望月梨花は佳奈のバイト先の先輩だという。交友関係を洗えば、簡単に薬師丸佳奈に行き当たるだろう。

問題は、十五日の夜、梨花と佳奈が一緒にムゲンに行ったことまで警察はつかむか、だ。そして、島田と店を一緒に出たのが佳奈であることまでつかむか？

考えてみる。梨花のスマホがなければ、警察は二人が十五日の夜にムゲンに行ったことはつかめないはずだ。佳奈と梨花のやり取りはＬＩＮＥだろう。ＬＩＮＥのメッセージのやり取りは暗号化されており、運営会社の人間でさえ見られない仕組みになっている。たとえ警察が運営会社に情報開示請求をしても無駄なのだ。

万が一、梨花の友人などの証言からムゲンに行ったことが知れたとしても、島田と店を一緒に出たのが佳奈であるとは誰もわからないだろう。唯一それを見ていた黒川保はもうこの世にいないのだ。

まだおれは運命の神に見放されていない、そう信じたかった。

その朝の捜査会議の席で、遼一はずっと上の空だった。望月梨花の事案では、池袋署にもう一つの捜査本部が立つことになった。それは問題ない。遼一が対処できることもない。それ以上に恐ろしいのは、何者かが佳奈の名を聞き出し、梨花を殺し、遼一のもとにまでたどり着くのが時間の問題だということだ。何か対処はできないかと考えたが、相手の出方を待つ以外にないだろう。

梨花が口を割ったのなら、相手は必ず遼一の前に現れる。そのとき、相手がどういう行動に出るかはわからない。

殺されるかもしれない――。

これは罰だ。自分はそれほどの罰を受けるに値する罪を犯したのだ。

身体がすうっと冷たくなる。恐怖しているのかもしれない。だが、心のどこかは醒めていて、死を覚悟している自分がいる。

ただし、命と引き換えにしても、佳奈は、家族は守らなければならない。

片瀬彩香はそのニュースを知って大きなショックを受けた。少し早めに本庁の刑事部屋に着き、自席でスマホをチェックしているところだった。池袋で新たな死体が発見されたというので、また聖掃者の犯行かと記事を読むと、被害者の望月梨花の写真が目に入った。見覚えがある。インスタで見た顔だ。彼女こそは彩香が探し求めていたリカだった。

今日にでもインスタを運営する会社に問い合わせ、写真を投稿した〈みその〉というユーザーの情報開示請求を行うつもりでいた。みそのとリカは友達らしい。みそのにリカの連絡先を教えてもらい、会うことが叶えば、十五日の夜、誰と一緒にムゲンに行ったのかつかめるはずだった。

あと一歩というところで、島田祐樹と一緒にクラブを出た女につながる道が絶たれてしまった。残念というほかない。彩香は唇を嚙みしめた。

梨花を殺した犯人を推理するのは容易だ。ブラックチェリーが聖掃者にかたき討ちをするために、独自の捜査を行っていると聞いている。ダイスケというバーテンの男の顔が浮かぶ。ブラックチェリーは当然ダイスケからリカの名前を聞いているはずだ。そこから、どういう経緯をたどったのか、望月梨花に行きついたのだろう。あるいは、同様に身内を殺されている天宮興業の犯行という可能性もありうる。

刑事部屋から廊下へ出ると、兄の勝成に電話を入れた。今朝方見つかった女子大生の遺体のことはすでに知っていた。十五日の夜に島田祐樹とともに店を出た女の連れが望月梨花だと話すと、勝成は驚いていた。そして、彩香が梨花にたどり着いた経緯を知ると感心していた。

「インスタからたどり着くとはな。おまえはやっぱり優秀だ。捜査本部はまだ望月梨花が聖掃者の事案と関連があるとは気づいていないだろう」

彩香は密かに考えていたことを言ってみる。

「ねえ、わたしを池袋の帳場に入れてもらえないかな？　このネタを手土産にすれば、捜査本部はきっと喜ぶと思うけど」

「わかった。上と掛け合ってみよう」

「ありがとう」

兄があわてて口を挟む。

「彩香、十分に気をつけろよ。この事案は危険だ。捜査本部は拳銃の携行を許しているぐらいだからな」

「わかった。気をつける」

危険は重々承知している。これほど死人が出る事件もめずらしい。被害者は梨花を除くと反社ばかりで、彼らもまた被疑者を見つけ出そうと、人殺しもいとわずに捜査を行っている。恐ろしいが、誰かが解決しなければならない。そのために警察官になったのだし、彩香には自分こそが適任者であるとの自負があった。

# 15

朝の目覚めは最悪だった。佳奈はベッドから起きられず、毛布にくるまってじっとしていた。そのまま永遠に寝ていたかった。

三十分ぐらいぐずぐずしてからようやく起き出して、壁の時計を見上げると十時近くになっていた。テレビを点ける。聖掃者のニュースは中毒になったようにずっと観ている。自分に不利な情報が見つかったらどうしようと思いながらも、気になって観てしまうのだ。

ニュース番組のＭＣのアナウンサーが真面目腐った顔でわめき立てている。池袋でまた遺体が発見されたらしい。被害者は女子大生だ。

女子大生？　テレビの画面に釘付けになった。

望月梨花――。

全身から血の気が引いていく。

梨花が殺された。頭がパニックを起こして、その事実をうまく呑み込めない。しばらく何も考えられず、テレビにじっと見入る。

梨花は首を紐状のもので絞められて殺されていた。どこか別の場所で絞殺され、池袋三丁目の公園に遺棄されたらしい。犯人はまだ捕まっていない。

誰が梨花を殺したというのか？　聖掃者が殺したかどうかもわからない。

徐々に状況が呑み込めてきた。頭が回転する。父は梨花に口止めをした。十五日の夜、梨花が佳奈と一緒にムゲンに行ったことは他言しないようにと。梨花は佳奈が島田祐樹と一緒にムゲンを出たことは知らないが、バーテンダーは佳奈が島田と一緒にいるところを見ている。佳奈の飲み物にクスリを入れたのはバーテンのはずだから。警察は島田が死ぬ直前まで一緒にいた女を追っている。仲間を殺されたブラックチェリーもそうだ。

ブラックチェリーが梨花の口を割ろうとしたのだ。それで殺されたのなら、自分が梨花を殺したようなものだ。

「梨花……」

涙が滂沱と溢れ出した。

「ごめんね。わたしのせいで……」

涙が止まらない。この手で島田祐樹を殺し、父親に罪を隠蔽させ、そして、梨花までも死なせてしまった。

もう生きていけない、そう思った。

スマホを手に取り父に電話をかける。父はすぐに応答した。まわりに人がいるのか、小声になってささやく。

「もしもし?」

涙を堪えながら話す。

「梨花が死んじゃった……」

「……ちょっと待て。いま会議室から出るから」

しばらくして父の声が戻ってきた。

「その件なら知ってる。何があったかはわからない。でも、おまえのせいじゃない。何も心配はいらないからな。家でじっとしていろ。いいか、わかったか？」

「わたしが梨花を殺したんだ！」

「それは違う。おまえのせいじゃない。殺したやつが悪いに決まっている」

「すべてはわたしのせいだ。わたしが島田祐樹を殺したから。わたしがあいつを殺さなかったら、梨花は死なないで済んだんだ。お父さんだって罪を犯さずに済んだのに……」

「佳奈、落ち着け！　おまえのせいじゃない」

父はほとんど叫んでいた。

通話を切る。じっとしていられなかった。佳奈はスマホを握りしめたまま、部屋を出ると階段を下り、サンダルをつっかけて家を飛び出した。部屋着姿のままあてどなく道を歩く。

大きな耳鳴りがずっとして、頭の中で反響している。何も考えられない。住宅街をやみくもに歩き続けた。

大きな恐怖の塊に追われているようだ。逃げても逃げてもそれは追ってくる。絶対に逃れることはできないとわかっている。

初めて母に連れられてバレエ教室に行った日のことを思い出していた。白いレオタードの衣装を着た見ず知らずの子供たちが、大きな鏡に向かって手足を振り動かしている。先生の厳しい声が飛ぶ。張り詰めた緊張感が怖かったが、レオタードの衣装をきれいだと思った。それが理由で佳奈もバレエ教室への入会を決めた。最初のころはバレエのレッスンが嫌で嫌でしかたなかった。母は鬼のように怖くて、何と言おうが教室に通わせた。レッスンのおかげか、もともと素質があったのか、だんだんバレエが上達していくと、少しずつ楽しくなってきた。もっと上手くなりたいという向上心に火が点いた。そして、いつのころからか、将来はバレリーナになりたいと願うようになった。

それなのに……。

気が付いたときには、佳奈は横断歩道橋の真ん中に立っていた。眼下を大きなトラックが音を立てて通り過ぎて行く。

強い風が巻き起こり、顔を強く叩いた。

引き寄せられるように手摺りにもたれかかる。

スマホが鳴っている。ずっと手にスマホを握りしめていた。

出ようか出まいか迷ったが、出た。父からだ。

「佳奈、何度も電話したんだぞ。おい、大丈夫か?」

父の息が上がっている。

「お父さん」

静かな声で佳奈は言った。

「ごめんね。いままでありがとう」

手のひらからスマホが滑り落ちた。

歩道橋の手摺りをつかむと、佳奈は迷いなくそれを乗り越えた。


カーテンを閉め切った部屋の中で、勉強机に向かっていた将太は受信機から流れる音声を聞いて、びっくりして顔を上げた。電池を交換した盗聴器は夜、姉がトイレに行っている間に元の場所に戻していた。

録音データをあわてて巻き戻す。

姉は何と言った？

――わたしがリカを殺したんだ。

――すべてはわたしのせいだ。わたしがシマダユウキを殺したから。わたしがあいつを殺さなかったら、リカは死なないで済んだんだ。お父さんだって罪を犯さずに済んだのに……。

同じ箇所を何度も繰り返し聞いてみる。どう聞いても、姉は〝シマダユウキという男を殺した〟と解釈できる。そしてまた、父親も〝罪を犯した〟と。

姉は人を殺し、父がその罪を覆い隠そうとしたのか？

この数日の二人の切羽詰まったようなやり取りを聞いていれば、ありうる。

これが事実だとしたらとんでもないことだ。

身体が震えている。姉の犯した罪が怖いのだろうか。それだけではない。自分でも名状しがたい感情が胸のうちで火花のように弾けている。

自分でも恐ろしいことに、それは喜びに似た興奮だった。夢の第一歩を踏み出し、順風満帆の人生を送ると思われた姉が最大の過ちを犯した。それも二度と取り返しのつかない過ちを。父以外にはまだ誰にも知られていない。姉の最大の秘密を自分はつかんだのだ。

詳細が知りたい。姉に何かがあったのは十五日の夜のことだ。その日、何かがあった。

将太はスマホで〝シマダユウキ〟、〝殺人〟と検索してみた。

ヒットした。それも無数に。

上位に表示された新聞記事に目を通していく。曰く、ブラックチェリーのメンバー、島田祐樹の遺体が、池袋三丁目にある公園で発見された。犯人は聖掃者だと思われる。

これだ。身体の震えが激しくなる。

新聞記事は間違えている。島田祐樹を殺害した犯人は姉だ。そしておそらく、親父は聖掃者に姉の罪を被せた。

大変な事実を知ってしまった。問題はこの事実をどうするか、だ。

将太は椅子の背にもたれると、スマホの画面を見つめた。


何度も電話をかけたが、応答がない。

どうか無事でいてくれ——。

遼一は大通りに出てタクシーを拾った。電話をかけたが、空しくコールの音が響くだけだ。

後部座席で頭を抱える。佳奈に何かあったら、生きてはいけない——。

この数日、どれだけ危ない橋を渡ってきたか。どれほどの罪を犯してきたか。すべて佳奈のためにやったことだ。佳奈の未来のために、バレリーナになる夢を叶えさせるために。佳奈の身に何かがあれば、それらはすべて無駄になってしまう。

自宅の前でタクシーを下り、玄関ドアを開けた。家の中は静まり返っている。

「佳奈！」

大声で呼んだが、返事はない。

リビングを覗いてから、階段を駆け上がり、佳奈の部屋を開いた。いない。隣の将太の部屋をノックする。「はい」という返事を待って、ドアを開くと、将太はスマホを手にして座っていた。

「佳奈を知らないか？」

将太は振り返りもせずに言う。

「いや、知らないけど」

「いないんだ。何かあったかもしれない」

「そう」

そっけない返事を聞いて、将太の部屋を出ると、階段を下り、リビングに入る。あらためて佳奈に電話をかける。

「どうしたんだ、出てくれ……」

やはり応答はない。

リビングのソファに座り茫然とした。何も考えられない。どうしたらいいのかわからない。佳奈が電話を切る前に口にした不吉な言葉が耳に残って離れない。

――ごめんね。いままでありがとう。

ふと、警察に連絡を入れるべきかと思った。迷っているところに、スマホが鳴る。見知らぬ番号だが固定電話からだ。

思わずネクタイの大剣をいじくる。警戒しながらも応答する。

「もしもし？」

「練馬警察署の者です」

丁寧な女性の声が言った。

「薬師丸佳奈さんのご家族の方ですか？」

「父です」

なぜいま警察署から電話がかかってきたのか。口の中がからからに乾いていた。

「佳奈さんの携帯電話の履歴を見て、お電話させていただきました。佳奈さんは歩道橋から転落して、いま桜台総合病院で治療を受けています。頭を強く打っていて意識不明の重体です。至急、桜台総合病院の緊急外来までおいでいただけますか？」

「わかりました」

なんとかそう答えると、妻に連絡を入れた。事情を説明するうちに、妻は泣き出した。自分もただちに病院に向かうと言う。玄関から飛び出し、ガレージに駐められたプリウスに乗り込んだ。アクセルを踏み込み、制限速度ぎりぎりで車を飛ばした。

歩道橋から転落したと言った。佳奈は自殺を図ったのだ。

涙が溢れ出した。

なんということをしてくれたのか。どうか無事でいてくれ……。

拭っても拭っても涙は止まらない。

十分後には桜台総合病院に着いていた。駐車場に車を駐め、涙を拭って車を下りた。緊急外来の出入り口へ向かうと、グレーのスーツを着た女性が近づいてきた。

「薬師丸さんですか？」

「そうです」

「練馬署の下塚(しもつか)です。こちらが担当医の秋庭(あきば)医師です」

隣に控えていた三十代半ばの男性医師が頭を下げた。

「佳奈さんは依然として意識不明の状態ですが、命に別状はないと思われます」

身体から力が抜けるようだった。遼一は人目をはばからず泣き出してしまった。涙を拭いながら尋ねる。

「佳奈は……、佳奈は本当に無事なんですか?」

「はい、命に別状はありません。しかし、両足と左腕、それからあばら骨を骨折しています。奇跡的に頭部は骨折を免れましたが、軽度の脳挫傷を起こしているようです。現在、集中治療中です」

「意識はいつ戻るんでしょうか?」

そこで、秋庭医師は渋い表情になる。

「いつとは言えませんが、軽度ですので戻るはずです。ただ、何らかの後遺症が残る可能性はあります」

「あの、バレエは続けられるんでしょうか?」

「バレエ……ですか」

「娘はバレリーナを夢見ているんです。今年の秋にロンドンに留学に行く予定になっているんです」

秋庭医師は言葉を失っていたが、ひねり出すようにして言う。

「……何とも言えません。両大腿骨を骨折していますから。いまは治療に専念することが重要です」

「娘には会えるんですか？」

「いまは無理です。経過観察をして、意識が戻りましたら、こちらからご連絡します」

遼一は茫然とした。秋庭医師が頭を下げて踵を返すのをぼんやりと見ていた。警察官の下塚が「大丈夫ですか？」と声をかけてきた。なんとか「ええ」とだけ答えた。そのまま意識を失ってしまいそうだった。下塚は信じなかったのだろう、遼一の腕を取って待合室に連れていってくれた。ゆっくりとベンチに腰を下ろす。下塚は丁寧に頭を下げると、その場から立ち去った。

大勢の患者たちの中で、遼一は一人座っていた。医師と交わした会話が頭の中で反芻される。佳奈はもうバレリーナになれないかもしれない――。

そんな思いが脳裏をよぎる。世界的なバレリーナになるという佳奈の夢を叶えるために、おれは罪を犯してきたのではなかったか。こんなことになるのなら、最初から佳奈に自首をさせておけばよかったのではないか。

おれは選択を誤ったのではないのか？

がっくりと肩を落とす。しばらく立ち上がれそうもない。二十分ほどして血相を変えた恵理子が現れた。タクシーを飛ばしてやってきたのだろう。

「佳奈は？」

「命に別状はないらしい。両足と左腕、肋骨を骨折して、軽い脳挫傷を起こしてると……」

恵理子は隣に座り込み、両手で顔を覆って泣いた。遼一は妻の肩を抱き寄せ、やさしく背中をなでた。

しばらくして顔を上げた恵理子は遼一をにらみつける。

「佳奈はどうして歩道橋から飛び降りたの？」

微塵の嘘も許さないという決然とした表情だった。

しかし、嘘をつき通すしかあるまい。

「友達が事件に巻き込まれて死んだらしい。今朝方、池袋で女子大生の遺体が見つかったニュースをやっていただろう。それだ」

「その女子大生って、前に言ってた佳奈の彼氏を奪った子？」

「そ、そうだ」

あまり考えずに即答する。

「彼氏をめぐってその友達とは喧嘩している最中だった。自分も責任を感じたのかもしれない。それで歩道橋から——」

「そう……」

妻はそれっきり黙り込んでしまった。目を合わそうとしない。話を信じたとはとても思えない。しかし、質問をしなくなったことは救いだった。もう嘘を重ねたくない。

間もなくして、義父の貴久と義母の史子もやってきた。恵理子から聞いて来たのだろう。二人とも青ざめた顔をしている。

貴久は倒れそうなほど心配していた。

「佳奈は……、佳奈は大丈夫なのか？」

「どうか落ち着いてください。命に別状はありません。医師は大丈夫だと言っています」

「佳奈には会ったのか？」

「いえ、まだ会えていません。いま集中治療を受けています」

「まあ、何てことなの……」

史子が声を震わせて泣き出した。恵理子が義母の肩を抱いてやる。

貴久は立ち尽くしたまま動けないようだった。

「どうしてこんなことに……」

「友達のことで悩みがあったそうです。おれも相談を受けていました」

「だからって、歩道橋から飛び降りるなんて……」

さらなる理由を求めて、遼一の目を覗き込んでくる。

遼一はわからないというようにかぶりを振った。

「いまは回復することを祈るしかありません」

「そうだな。命に別状がなかっただけでもありがたいことだ」

意識が戻るまでそばにいてやりたいが、何もしてやれることはない。看護師から入院の準備のため、服や下着などの替えを用意するように言われたので、一同はいったん家に戻ることにした。

帰宅すると、遼一は将太の部屋を訪ねた。息子は相変わらず机の前に座り、スマホに見入っている。

「将太、大事な話がある」

「何？」

振り返りもしない。

「大事な話なんだ」

ようやく遼一のほうを振り返る。

「佳奈が歩道橋から落ちて、重傷を負った」

将太の目が見開かれた。衝撃を受けているようだ。病院の医師から聞いた話を伝える。

「それって、姉貴は自殺しようとしたってこと？」

「そうかもしれない。いいか、このことは家族の間だけの秘密だ。誰にも話すんじゃないぞ」

「わかった」

息子の部屋を出ると、一階に下りてリビングに向かった。恵理子がソファでまた泣いている。

妻の隣に腰を下ろす。

「佳奈がバレリーナにはなれなくなったらどうしよう」

慰めの言葉をかけてやるはずが、そんな弱音が口を衝いて出た。

「いまは佳奈が無事に目を覚ますのを祈りましょう」

「ああ、そうだな」

妻が嗚咽（おえつ）を漏らした。ショックを受けないはずがない。遼一以上に佳奈のバレエレッスンに心血を注いできたし、時間もカネも惜しまず投資してきたのだ。

肩に回そうとした手を止める。妻は何も言わないでいるが、夫の話を信じているようには思えない。それより気になったのは将太のほうだ。佳奈の部屋に盗聴器を仕掛けていたという。妻が怒ってやめさせたというが、本当に盗聴をやめただろうか？


もう間違いない。姉は人を殺したのだ。

その罪の重さに耐えきれず、自殺を図ったわけだ。

将太はスマホを手にしてうなずいた。

十五日の晩、何が起こったのか。姉は高校を卒業してファミレスのバイトをするようになってから、友達付き合いが変わったのか、夜遊びを覚え、夜遅く帰宅することが増えた。朝帰りも何度かある。

——わたしが島田祐樹を殺したから。わたしがあいつを殺さなかったら、梨花は死なないで済んだんだ。お父さんだって罪を犯さずに済んだのに……。

姉は父親と電話でそう話していた。梨花というのは、今朝方池袋の公園で遺体が発見された望月梨花のことだろう。

夜の街で島田祐樹という男と出会い、何らかの理由からその男を殺してしまった。それが原因で梨花も殺された、そういう経緯らしい。

父親は姉の犯罪を隠そうと、何らかの隠蔽を行ったのだろう。姉の罪を聖掃者の犯行に見せかけたのかもしれない。きっとそうだ。

姉の犯した罪を知ってしまった。将太は興奮した。

姉は小さいころからバレエの才能を発揮して、世界的なバレリーナを夢見て、今冬ロンドンにあるバレエの名門校に合格し、まさに薔薇色の人生を歩むはずだった。

将太の人生とは正反対だ。姉は光であり、自分はいつも影だった。

運命のいたずらか、いま立場が逆転した。いや、自分は依然として影の存在ではあるが、人殺しの姉よりはましだろう。

姉の人生はこれからどうなるのだろうと考えたところで、はたと気付いた。犯した罪が露顕しない限り、姉の人生はいままでと変わらないことに。

本人は恐れおののいているようだが、父親と自分以外、誰もその罪を知らない。父親は母親にも内緒にしている。

姉の人生を手のひらに握ったような気分だ。自分の出方次第で姉の未来が決まる。

さて、どうしてくれようか？

みんなに言いふらしたい。みんなに知ってもらいたい。姉はみんなが思うような善人ではないと、立派な人間でもない、世界的なバレリーナになる価値もない人間なのだと言いふらしたい。そんな気持ちが湧き起こったが、暴露は将太にとっても危険である。赤の他人の話ならいいが、実の姉が人殺しだと知られたら、他人からどう思われるか。自分は人殺しの弟になってしまう。

将太はもどかしかった。言いふらしたいのに言いふらせない。人を殺した姉がこれまでどおりの明るい人生を歩いていくことが許せない。

このジレンマを解消する方法はなさそうだが、せめてもの慰めとなる手を思いついた。

ネットに匿名で書き込んでみるのはどうだろう。悪くないように思えた。ＳＮＳのＸの新しいアカウントを取得して、短くこうツイートした。

〈おれは大変な秘密を知ってしまった。どうやら実の姉が人を殺したっぽい〉

さて、世間はどんな反応を示すだろうか。

将太はスマホの画面を見つめたままほくそ笑んだ。

## 16

妻に何も告げず、遼一は家を出た。電車に揺られ、当然のように石神井公園駅で下りる。理解されなくてもいい。父に会いたかった。

ただ話を聞いてもらいたい。自分一人で背負うにはあまりにも重い現実だ。

いつもどおり老人介護施設〈ひまわり〉の受付を通り、三階の部屋を訪ねると、窓辺の車椅子に父が座っていた。なんだか雰囲気がいつもと違う。背筋がぴんと伸びており、精悍な顔つきをしている。

「親父」

声をかけると、父が振り向いた。

「おお、遼一か」

久しぶりに意識がはっきりしているようだ。

「今日は元気なんだな？」

「おれはいつだって元気だよ」

朗らかに微笑む。久しぶりに見る笑顔だった。

胸の内に温かい感情が湧き起こってきたかと思うと、涙が堰を切ったように溢れ出した。

「どうしたんだ。急に泣き出すやつがあるか」

「もう正気には戻らないと思ってたからさ」

遼一はしゃくり上げるようにして泣いた。ひとしきり泣いて涙を拭う。椅子に腰を下ろして、父の顔を正面から見つめた。穏やかな目が見つめ返していた。

「実は親父に話したいことがあるんだ」

心のうちを察したのか、父の顔が真剣みを増す。

正気のいまだと真実を話すのが怖かったが、聞いてもらいたい気持ちのほうが勝った。父ならば信頼できる。絶対口外することはない。

遼一は誰にも言えずにいた秘密を打ち明けた。十五日の夜、娘の佳奈がクラブで知り合った男にレイプされそうになったことから、その男を勢いで殴り殺してしまったこと、相談を受けた自分は佳奈の将来を考えて、殺人行為を隠蔽する決断を下したこと、反社を狙った聖掃者という連続殺人鬼の犯行に見せかけたこと、しかし、聖掃者に決定的な場面を目撃され、証拠品を隠滅するよう頼まれ実行したこと、真相に近づこうとした半グレのメンバーの男の殺害を聖掃者に頼んだこと、そして今朝方、何者かが真相を知るために佳奈の友人を殺害し、佳奈がその苦しみから投身自殺を図ったこと……。一連の出来事を時系列を追って話した。

父は身じろぎ一つせずに黙ったまま聞いていた。表情の険しさが気になったが、話の内容をきちんと理解してくれているようだ。遼一と同じように葛藤を抱いているに違いない。同じ心の苦しみを感じてくれているに違いない……。

　正直に真情を吐露した。

「おれはもうどうしたらいいのかわからない。これからどうしたらいいか……」

　父にだっていまの自分を救うことはできない。それはわかっている。だが、せめて慰めの言葉をかけてほしかったのだ。

　父が口を開くのを待った。話し終えてから十分に長い時間が経った。手で顔を何度か拭う。

「遼一」

　厳かな声で言った。

「おまえは道を誤ったんだ。佳奈の人生を、いや、家族の人生をおまえはダメにしてしまった」

　あっけに取られて、父を見つめた。正気であるかどうか見極めようとする。

　その冷徹な目はまっすぐに遼一を捉えていた。

「いまからでも遅くはない。警察に真実を話せ。包み隠さず、真実を打ち明けろ。わかったか、遼一」


　駅に向かう途中にある公園で、遼一はベンチに腰を下ろした。人は誰もいない。打ち捨てられたような公園だった。

　見捨てられたような気分だ。

　おれは道を誤ったのか……。

父は言った。いまからでも遅くはない。警察に真実を話せ、と。

正しい道ではなかったことは確かだ。すべては佳奈のため、家族のため、自分のためだ。他に選択肢はなかったのだ。素直に警察に自首させていたら、佳奈の人生は詰んでいた。散々苦労してロンドンの名門校に合格したことも無意味になる。バレリーナの夢はあきらめなければならない。それだけではない。正当防衛とはいえ人を殺したという事実は一生消えない。その後の人生では夢も希望もなくなってしまう。仕事もできない。結婚もできない。たった一度の過ちで、それもろくでもない男を正当防衛で殺してしまったために、人生を棒に振っていいわけがない。

佳奈が人を殺したことが明るみに出れば、家族だって無事ではいられない。恵理子は会社を辞めなければならないだろうし、将太の人生にも大きく影を落とすだろう。人殺しを出してしまった家族というものは世間から白い目で見られる。一生後ろ指を差されて生きていくしかない。

遼一の未来も潰えてしまう。次は警部になり、本庁の捜査一課へ異動になり、ゆくゆくは警視正になることを夢見ていた。その夢が水泡に帰すだろう。

佳奈の人生を、家族の人生を、自分の人生を犠牲にして、警察に真実を話せとは……。父の言葉はまるで他人事ではないか。

怒りが込み上げてきた。久しぶりに正気に戻ったかと思ったら、おれを責めるというのか。

頼りにできる者はこの世にいないのだとあらためて思い知った。これから先も、自分一人の力で何とかするしかない。肩にのしかかる重しがどっと増えたように感じられた。

これまでどおりに振舞うことだ。妻にも息子にも内緒にして、自分と佳奈だけの秘密にして生きていくのだ。佳奈だってそのうち落ち着くはずだ。時間をかけて、自分の罪と向き合い、自分を許していけばいい。自分は正しかったのだと。

そうだ、おれは正しかったのだ。道を誤ったなど、とんでもない。

公園には自分以外誰もいない。遼一は立ち上がると、言葉にならない雄叫び(おたけび)を上げた。気が狂れ(ふれ)たような叫び声だった。叫びながら、近くの桜の木の幹を殴りつけた。左右の拳で何度も殴りつけた。手の甲が裂け、血が流れ出したが、痛みは感じなかった。やがて、声が嗄れる(かれる)と、遼一の中でのたうち回っていた怒りが鎮火していった。

荒い息をつく。そろそろ署に戻らなくては……。夜の捜査会議に顔を出さなくてはいけない。

聖掃者からは、七人目の犠牲者の毛髪を隠滅するよう命じられてから連絡がない。昨夜の捜査会議では、聖掃者は元天宮組を狙っているものと見て、天宮悟朗と佐伯利光の二人を監視下に置くよう命令が下りた。飛ばし携帯を変えたようで連絡の取りようがない。聖掃者が天宮か佐伯に手を下そうと近づけば、たちまち行確中の捜査員に捕まってしまう。遼一にとっても由々しき事態である。

咳払いをする。喉を痛めたようだ。公園の入り口にある自動販売機の前で、財布からカネを出し、缶コーヒーを買おうとした。そのとき、背後で足音がしたかと思うと、首筋に鋭い痛みを感じた。振り返ると、佐伯が立っていた。その手には注射器が握られている。首筋に手をやろうとしたが、力が入らなかった。遼一はその場に崩れ落ちた。佐伯に引きずられ、腕が離れたと同時に、車の後部座席に押し込まれた。

「おとなしくしろ。騒ぐと殺すぞ」

佐伯利光が血走った目ですごんでいた。手にはバタフライナイフを持っている。その表情を見て、佐伯は躊躇なく人を刺すだろうと思った。

そうか、望月梨花を殺したのは佐伯だったのか。梨花に佳奈の名前を吐かせ、遼一にたどり着いたのだ。

意識がもうろうとして、視界がブラックアウトした。


車の振動で目を覚ました。どのくらい意識を失っていただろうか。筋弛緩剤か何かを注射されたのかもしれない。遼一は後部座席のシートに座らされていた。車窓の外を見ると、日が傾きつつある。あたりには民家と畑が広がっている。人通りも車通りもない田舎道を車は走り、山へと向かっているようだ。

「目が覚めたか？」

隣に佐伯が座っていた。その手にはバタフライナイフが握られている。

遼一を見て、にやりとした。

「おい、あんた、気は確かなんだろうな？」

先ほどの奇行を見ていたのだ。

「ああ、大丈夫だ」

「ならいいが……。単刀直入に聞く。おまえの娘は島田祐樹を殺したな？」

「いや、知らない。殺していない」

「嘘をつくな」

佐伯の握るナイフが遼一の顔に向かって伸びた。目の前で切っ先が止まる。

「十五日の夜、島田祐樹とおまえの娘が渋谷のムゲンというクラブを一緒に出たことはわかっている。島田を殺したのはおまえの娘以外に考えられない。そして、島田には聖掃者が残す刻印がされてあった。ここから考えられるのは、おまえは娘の犯行を隠すために、島田殺しを聖掃者のせいにしたってことだ。そうだな？」

そこまで的確に推測されていたら逃れられない。嘘をついていては刺される恐れがある。

遼一は正直に答えることにした。

「そのとおりだ」

佐伯はその答えに満足したように片方の口元を吊り上げた。

「もう一つ考えられることがある。おまえは聖掃者とつながっているな？」

驚愕して言葉が出てこない。

「その反応は、そのとおりってことだな？」

「ち、違う」

「嘘を言うな。簡単な推理だ。おれの前に望月梨花にたどり着いたやつがいたろう。ブラックチェリーの黒川保というやつだ。そいつはおまえに接触したはずだ。強請られでもしたか？　その後、聖掃者に殺されている。おまえが聖掃者に口封じを頼んだからだろう。おまえと聖掃者の関係は何だ？　見返りに証拠品でも隠滅したのか？」

目の前の切っ先が揺れた。真相を告白しようとしまいと、行きつく先は変わらないように思われた。用が済めば、佐伯は自分を殺すだろう。梨花を殺したように。

車は相変わらず人気のない道を走っていた。山がずいぶん近くに見える。

ネクタイの結び目を少し引いて緩めた。これからやろうとすることを恐れて、心臓が激しく鼓動している。

「どこに向かっているんだ？」

佐伯は残忍な笑みを浮かべた。

「そのうちわかる。答えろ。おまえは聖掃者とつながっているのか？」

「ああ、つながっている」

「聖掃者と連絡が取れるのか？」

「いや、取れない。会ったこともない。相手は飛ばしの携帯を使っている。いまは向こうからかかってくるのを待っている」

こちらの答えの真偽を推し量るような間があった。

「次はいつかかってくる？」

「わからない。だが、きっとまたかかってくるはずだ」

「そのときまで生かしておいてやる」

わずかにナイフの切っ先が下がった。いまこのときしか隙はない。そう思ったと同時に、身体が勝手に動いていた。遼一は座席の上で半回転すると、その勢いを利用して佐伯の顔面を靴底で蹴りつけた。車のドアに背中を預け、闇雲に蹴りを放つ。佐伯がナイフを持った手で顔をかばおうとしたところをちょうど革靴の底が直撃した。ナイフの切っ先が佐伯の喉に食い込んだ。

「うぐっ……」

佐伯が自分の喉を押さえ込んだ。指の隙間から鮮血が溢れ出す。

「おい、何をやってる？」

バックミラー越しに、運転手の男が怒鳴った。

頭の芯が冷たくなったようだ。怒りの感情はない。ただ、冷静に思考している。この男を殺すしかないと。

遼一はネクタイを外すと、両端を両手で握りしめ、運転席の後ろから運転手の首にネクタイをかけて、渾身の力を入れて引っ張った。運転席の背面を両足で蹴り出すようにして、全体重をネクタイにかける。

男はわめいていたが、すぐに声が出せなくなった。首に食い込んだネクタイを両手で剝がそうとするもできない。シートの中で身体をばたつかせている。

車が速度を増すのがわかる。運転手の男がアクセルペダルに足を置いたまま突っ張っているのだ。

「ブレーキを踏め！」

言うことを聞くはずがないが叫んだ。

運転手がもがきながらシートベルトを外す。それまで以上に身体を波打たせて暴れたが、ネクタイはより深く首に食い込んでいく。

「おとなしく死んでくれ……」

遼一はネクタイを引っ張る手を弛めなかった。手が強張り感覚がなくなっていく。車はその間もどこかわからない道を勢いよく走っている。対向車が走っていないのが幸いだった。しかし、早く止めなければ、遼一の命も危ない。

手応えが弱まった。運転手がおとなしくなっている。後ろから覗き込むと、ぐったりと頭を垂らし、舌が伸びていた。

早く車を止めなければ……。

運転席に乗り出そうかと思ったところ、前方にT字路が見えてきて、見る見るうちにガードレールが目の前に迫った。ぶつかる寸前、遼一は運転席の後ろに隠れ、両手で頭を守るようにして踏ん張った。

すさまじい衝撃が全身を襲った。身体が浮き上がる。運転席の背面に頭をしたたかにぶつけた。その次に後部座席のシートの背に叩きつけられ、再び運転席の背面で頭を打った。

ガードレールを大きくへし曲げて車は止まった。頭が揺れていた。世界も揺れている。目を瞬いたが、焦点が合っていないのか、何を見ているのかわからない。

しばらく待つと、頭の揺れが治まり、視界が戻ってきた。遼一は後部座席の足元に倒れていた。身体を起こして状況を見極めようとする。佐伯が助手席のシートの上に頭から突っ込んでいる。首から胸元にかけて鮮血に染まっている。運転席はエアバッグが作動していたが、シートベルトを外していたため、運転手はフロントガラスに頭から突っ込み、血まみれになっていた。死んでいるようだった。

運転手の首に巻き付いたネクタイを引っ張り、上着のポケットに突っ込んだ。ハンカチを取り出し、手を触れたあたりを素早く拭う。ドアを開いて外に出ると、周囲にすばやく首を巡らせた。目撃者の姿はない。頭や鼻から出血していたが、手足はちゃんと動くようだ。遼一は早足にその場から立ち去った。

## 17

部下たちから上がってきた報告に目を通すと、片瀬は重たいため息を吐いた。彼らが行確している警察官らに、つまり、ブラックチェリーに捜査情報を流していたと思われる警察官三人に、目立った行動はないという。

行確を開始してまだ日は浅い。そう簡単に尻尾を出すとは思えない。だが、片瀬は急いでいた。聖掃者の犯行のペースが上がっているからだ。裏切り者がブラックチェリーに流す情報量も増えるだろう。そして、ブラックチェリーも必死に独自の捜査を進めるだろう。万が一、警察が出し抜かれるなどということがあれば、目も当てられない。日本中の笑い者になる。

どうしたものかと思案していると、デスクの上の電話が鳴った。同じ警務部人事一課、制度調査係の主査、前島昇(まえじまのぼる)警部が内線でかけてきたのだ。制度調査係には内部告発用のホットラインが設置されている。

「片瀬、ちょっといいか？　池袋駅前の公衆電話からなんだが、前にも電話をかけたというやつから、半グレのブラックチェリーに捜査情報を流している警察官の捜査はどうなっているかと連絡が入っている」

「いまもつながっているのか？」

「ああ、つながっている。担当者を呼んでくれと。そちらにつなぐから出てくれ」

片瀬は外線ボタンを押して応答した。

「監察係長の片瀬だが、そちらは？」

「池袋署の者です。名前は言いたくありません」

若い声が言った。

「前にもお話ししたとおり、聖掃者の事案の捜査本部の情報が外部に流れています。捜査のほうは進められてますか？」

「もちろんだ。だが、なかなか思うような成果が得られていない。聞きたいんだが、あなたには目星がついているんじゃないか？」

「いえ、それは……」

声がうろたえる。

「わかりません。とにかく急いでください。身内に裏切り者がいるなんて耐えられませんから」

そこで通話が切れた。密告者も犯人に確信が持てないのかもしれない。片瀬はこの日何度目かのため息を吐いた。

# 第三章

## 1

亡霊のように見えたかもしれない。

這う這うの体で自宅にたどり着くと、廊下に妻の恵理子が立っていた。恐怖に目を見開いている。

薬師丸遼一は途中、公園のトイレに寄り、割れた額と鼻から流れた血を洗い流した。佐伯の血を浴びていたかもしれないが、チャコールグレーのスーツに血の赤は目立たない。

恵理子の身体が小刻みに震えている。顔が腫れているのだろうか。あるいは、人を殺したばかりの人間の顔というのは恐ろしいものなのかもしれない。

恵理子の顔が歪み、ついに泣き出した。

「どうした、恵理子……？」

驚いていると、声を絞り出すようにして言う。

「あなたと佳奈がどこかへ行ってしまいそうで怖い」

妻の本心を聞いて、遼一の目にも涙が溢れた。靴を脱いで上がり框に立つと、両腕で妻の頭を包み込んだ。

「おれはどこにも行ったりしない。佳奈だってもう大丈夫だ」

恵理子の腕が伸びて、遼一の背中に回る。胸に顔をうずめて言う。

「何があったのかはもう聞かない。だから、わたしと将太を見放さないで……」

愛おしさが胸に迫り、息苦しい。褪せたと思っていた妻への想いが込み上げてくる。

「もちろんだ。おれはおまえを愛している。佳奈のことも将太のことも愛している。だから――」

だから、おれは人を殺したんだ――。

「だから、おれはおまえたちを見放さない。ずっとそばにいるから」

嘘偽りのない言葉だった。これまでに犯した罪すべてが正しかったのだと思える。すべてのことを犠牲にしてでも愛する家族の幸福こそが守るべきものだ、そう思える。

二人はその場でしばらく抱き合ったままでいた。

天宮興業の佐伯利光の死は捜査本部に衝撃をもたらした。捜査員が佐伯を行確しようとした矢先、行方がつかめなくなっていた。遺体を発見した埼玉県狭山署の見解では、佐伯は首を刺され、同乗していた岩井健介は紐状のもので首を絞められて殺されたとのことだ。同署に合同捜査本部が設置され、殺人事件として捜査を進めていくという。

翌日、竹野内義則課長に電話で連絡を入れ、娘の佳奈が事故で転落し重傷を負ったとして、二日間の休みを申し出た。捜査本部は多忙を極め、竹野内は激怒していたが、休みますと一方的に宣言して電話を切った。

ついに自らの手で人を殺めてしまった。

佐伯は偶発的に殺してしまったとはいえ、殺さなければ、逆に殺されていた。望月梨花を拉致し、口を割らせて殺した。十五日の夜、島田祐樹と一緒にムゲンを出た女が薬師丸佳奈だと知り、遼一にまでたどり着いた。そして、同じく遼一にたどり着いた黒川保が聖掃者に殺されたことから、遼一と聖掃者とのつながりまで見抜いた。非常に危険な人物と言えた。運転手の男は殺意を持って殺した。やむを得なかった。あの場に居合わせた者を生かしておくことはできなかった。

人を殺すことが最大級の犯罪であることなどわかっている。だがしかし、自分は警察官である前に人間なのだ。国を守る前に家族を守らなくてはならない。

父の声が聞こえる。

——おまえは道を誤ったんだ。佳奈の人生を、いや、家族の人生をおまえはダメにしてしまった。

断じて違う！　遼一は心の中で叫んだ。そんなことはない。おれは佳奈を救ったのだ。家族を守ったのだ。

父は、いまからでも警察に真実を話せと言ったが、とんでもない。それは遼一が取りうる選択肢にない。是が非でも隠し通す。死ぬまでだ。

佐伯の車から逃亡した被疑者の目撃証言は出ていない。つくづく運に恵まれている。このまま逃げ切れるはずだ。いや、逃げ切らなくてはならない。

朝九時過ぎに遼一は恵理子と車で桜台総合病院へ赴(おもむ)き、入院用の着替えを看護師に届けた。佳奈は依然として目を覚ましていない。面会を許され、病室を訪ねる。佳奈はベッドの上で静かに眠っていた。全身のいたるところを包帯で巻かれ、顔の一部分しか見えない。包帯の巻かれた両足は器具に吊られており、左腕も添え木で固定されている。遼一と恵理子はその痛々しい姿を見て泣いた。それからしばらくの間、娘の眠る顔を二人で見ていた。遼一は病院をあとにすると自宅へ帰り、妻は会社へ向かった。

日中は、テレビを観て過ごした。ワイドショーでは相変わらず聖掃者の事件を報じていた。警察の捜査に進展が見られないことをコメンテーターが辛辣に批判していた。

遼一の腹の内ではずっと怒りがとぐろを巻いていた。おれは正しいことをした、道を誤ってなどいない、という怒りの声を上げていた。親父に対しての抗議であり、また、世間に対する訴えでもあろう。

夜はウーバーイーツで近所の中華料理を注文した。恵理子はサラダだけでもつくると言ってキッチンに入った。遼一は二階に上がって、将太の部屋をノックした。

「将太、おまえの好きなエビ炒飯頼んだから。一緒に食べよう」

しばらくするとドアが開いた。むすっとした表情ながらも言うことを聞いたようだ。

家族三人で食卓を囲み、夕飯を食べた。将太は黙々と食べることに専念していた。恵理子は時折ぼんやりしていた。まるで葬儀のように静かだったが、遼一は気にならなかった。将太は食べ終えるとさっさと二階に上がった。恵理子は食器を洗い始めた。遼一はソファに座り、テレビを点けた。バラエティ番組をぼんやりと観ていると、洗い物を終えた恵理子が隣にやってきた。遼一は妻の手を握った。妻が肩に頭を預けてきた。二人とも黙ったままだったが、遼一は小さな幸せを感じた。

夜の九時ごろ、谷川栄吉巡査部長から電話がかかってきた。

「娘さん、大丈夫か？　歩道橋から落ちて重傷を負ったって聞いたけど」

気遣ってくれているのだろうが、興味本位からかもしれない。だが、いまは放っておいてほしい。そう思いながらも応じる。

「ええ、大丈夫です。命に別状はありません」

「変なことを聞くようだが、自分から身を投げたってことか？」

歩道橋の手摺りは高い。普通に歩いていて下の道路に落ちることはない。自殺を試みたと思われても仕方がない。

「よくはわからないんですが、最近、娘は精神的に参っていた節があります。バレエ留学を前にいろいろプレッシャーを感じていたのかもしれません」

平然と嘘をついた。

「そうか。思春期ってやつは厄介だからな。いろいろどうでもいいことを悩んだりするもんだから。十年経って振り返ってみたら、本当につまらないと思うようなことを」

「ええ、そう思います」

たとえ十年経って振り返っても、佳奈はいまの悩みをつまらないことだとは思わないだろう。それより、知りたいことがある。

「佐伯のほうの捜査はどうです？　また聖掃者の仕業ですか？」

「それがよくわからん」

意外な返事だった。

「どういう意味です？」

「それが、犯人は佐伯の車に乗っていた。佐伯に拉致されたんじゃないかと見ている。それで、車内で反撃に転じたと」

「拉致ですか……。佐伯は聖掃者に行きついたのかもしれませんよ」

「そうかもしれないな」

そこで、谷川は喉の奥で笑う。

「犯人はすごいぞ。スパイ映画さながらの殺しをやってる。まず佐伯の喉をバタフライナイフで刺し、それから、運転手の岩井の首をネクタイか何かで後ろから絞め上げて殺してる」

「そうですか」

「ああ、捕まって必死だったんだろうな。だが、致命的なミスも犯してる。負傷して、車内に血痕を残した」

「血痕……」

愕然とする。衝突の衝撃で運転席の背面に頭をぶつけ、額が割れ出血し、鼻血も出た。その血がどこかに付着したのだろう。

聖掃者の命令で、馬場豊が殺された現場に落ちていた毛髪を自分の毛髪とすり替えている。二カ所の殺害現場で遼一は自分の遺留品を残したことになる。

これだけ殺した犯人にされてしまえば、死刑は免れない。聖掃者に脅されたという言い訳は通用しまい。聖掃者は飛ばしの携帯を使って遼一に指示を出した。その存在は幻影のようなものだ。存在することを証明できない。

「それがだな、意外なことがわかったんだ。DNA鑑定の結果、今回の現場に残されたDNAと馬場豊の現場で見つかったDNAとは同一のものと判明したんだが、その二つは最初の被害者の伊藤裕也のときのものとは一致しないというんだ。つまり、聖掃者は二人いたってことになるよな。いやはや、監察医の先生と深ちんの慧眼には恐れ入るな。最近の若者はなかなかに優秀だ。老兵は消え去るのみかな」

遼一のDNAはすっかり聖掃者のものと見なされているらしい。

谷川がまだ話を続けようとする。気分が悪くなってきた。

「すみません。娘のことが心配で気分がすぐれないんです。失礼します」

通話を切る。茫然とする。ネクタイのない部屋着の首のあたりをさすった。

馬場豊の殺害現場に残された毛髪を自分の毛髪とすり替えるべきではなかった。別の誰かのものと替えるべきだったと後悔した。しかし、佐伯利光の車内に残してしまった血痕には気づけなかった。もうどうしようもない。過ぎてしまった過去を変えることはできない。

酒を飲みたい気分だった。

遼一は家を抜け出すと、スナック〈さおり〉を訪ねた。店内はほぼ満席で、にぎわっていた。馴染みの客がカラオケで流行りの歌を歌っていた。

空いていたカウンターの席に腰を下ろすと、沙織ママがやってきた。ふとママの表情に違和感を覚える。

「ママ、いつものお願い」

沙織ママはカウンターの中でグラスに氷を入れ、ウイスキーを注ぎ、ソーダで割った。遼一の前にグラスをそっと置く。

「遼一さん」

ママが真顔になって言う。

「何かあったんじゃない？」

女の勘の鋭さにどきりとさせられる。

「実は娘が事故を起こして、いま入院してるんだ」

「娘さんが？　大変じゃないの」

遼一はため息を吐いた。

「ああ、命に別状はないんだけどね。秋にはバレエ留学を控えてるだろう。今後、バレエをできなくなるんじゃないかといろいろ心配なんだ」

心配事の半分が娘のことなのは真実だ。もとはといえば、佳奈の将来のために犯した罪である。プロのバレリーナへの道を断念する事態になっては困る。

沙織ママがじっと遼一の表情をうかがっている。やがて、静かな調子で言った。

「ねえ、わたしで相談に乗れることがあったら何でも言ってちょうだい。遼一さんにはいつもお世話になっているから。ね？」

まだ遼一の心に隠し事があることを見抜いているような口ぶりだ。

「ありがとう、ママ。生きているとつらいことや悲しいこともあるよ。いまは人生の底にいるのかもしれない。でも、また楽しいことや幸せに思うことがやってくると思うんだよ」

「そうね。いまが底ならあとは這い上がるだけだもんね」

沙織ママは微笑んだ。無理をして笑っているように見えた。

けして酒が強いほうではないが、その日はしこたま飲んだ。佳奈のことが心配だった。このまま目を覚まさないんじゃないか。そんな不吉な考えが脳裏に浮かぶ。同様に妻のことも気がかりだった。精神がタフなほうではない。佳奈だけではなく、遼一の異変にも気づいている。今度は妻が精神を悪くしかねない。でも、どうしてやることもできないのだった。そんなことを考えているとついつい酒が進んでしまった。最後には沙織ママに止められ、仕方なく帰ることにした。

帰り際、沙織ママはまた「何でも相談してね」と声をかけてくれた。心配してくれるのはありがたいが鬱陶しく思う。誰かに相談して解決できるほど軽い荷物を背負ってはいない。

翌朝、佳奈の夢を見て、目を覚ました。まだ幼いころだ。バレエを始めたばかりで、佳奈は練習が嫌で泣いてばかりいた。恵理子がそれをたしなめ、怒り始める。遼一はそれをなだめる係だった。そのころが懐かしい。なぜか今日、目を覚ますような予感がした。そのときには、妻よりも先に会いに行き、必要なことを聞き出し、話し合わなければならない。

なぜ歩道橋から身投げしたのか。友達の望月梨花が殺され、罪悪感に駆られたのだろうが、悪いのは犯人だとあらためてはっきりさせよう。母と弟には秘密を話していない。彼氏を奪って喧嘩した女友達が事件に巻き込まれて死亡したことにしている。そう口裏を合わせること。とにかく気をしっかり持つことだ。佳奈は何も悪くない。そう言い聞かせることだ。

午前中に妻と病院へ向かった。昨日と同じように、眠る佳奈をただ見つめていた。三十分ほどで、また遼一は自宅へ、妻は会社へと向かった。

夕方になって事態が動いた。秋庭医師から連絡があった。ついに佳奈が目を覚ましたのだ。恵理子に連絡を入れると、至急、駆け付けると言う。

遼一はプリウスに乗って妻より先に病院へ向かった。教えられた病室へ向かうと、部屋の前に秋庭医師が立っていた。その表情が冴えない。嫌な予感がして、臓腑が冷たくなる。

秋庭医師が神妙な顔つきで口を開く。

「薬師丸さん、佳奈さんにお会いいただく前に、お伝えしなければならないことがあります」

口の中がからからに乾き、言葉がつかえた。

「か、佳奈は意識を取り戻したんですよね？」

「ええ、意識ははっきりされています。ですが……」

歯切れが悪い。

「どこか具合でも悪いんですか？」

「実は、記憶に障害が生じているようで、ここ数日の間のことを忘れてしまっているみたいなんです。逆行性健忘というんですが、いわゆる、記憶喪失のことです」

「記憶喪失……」

予想だにしなかった展開に呆然とする。

「佳奈の記憶は戻るんですか？」

秋庭医師が顔をしかめる。

「それはわかりません。一時的なものかずっと続くものなのか」

「いま佳奈と話せますか？」

「ええ、少しの間なら大丈夫です」

ドアを開けて、病室に足を踏み入れる。ベッドがリクライニングされ、上体を少し起こした佳奈が女性看護師に手伝われて、コップからストローで水を飲んでいた。額から上の頭は包帯でぐるぐる巻きにされ、依然として両足が器具によって吊られ、左腕もまた添え木で固定されており、右手だけが使えるような状態である。

「佳奈……」

「お父さん」

佳奈が遼一のほうを向いた。あざだらけの顔が大きく歪み、大粒の涙が目から溢れた。

「わたし、歩道橋から落ちたんだって。左腕も足の骨も折れちゃったんだって。バレエの練習しなくちゃならないのに……」

馬鹿なことをしやがって……。その怒りは腹のうちでしぼんでいく。

遼一は娘の肩にやさしく手を掛けた。

「いまは治療に専念することだ。大丈夫だ。またバレエを踊れるようになるさ」

なだめて泣き止むのを待つ。看護師が気を利かせて部屋から出ていった。

聞かなければならないことがある。

「どうして歩道橋から落ちたんだ？」

佳奈は困惑している。

「それが、わからないの。そのときの記憶がないの」

「何も覚えてないのか？」

「うん」

声を落として、恐る恐る聞いてみる。

「ひょっとしてあのことも忘れているのか？」

佳奈は涙を拭い、顔を上げる。

「あのことって？」

まじまじと娘の顔を見つめる。忘れているというのか。人を殺したことを。遼一が危険も顧みずに行った隠蔽工作の罪も。

何と切り出したらいいのか。慎重に言葉を選びながら尋ねる。

「ほら、十五日の夜のことだ。覚えてないのか？」

「十五日……」

佳奈は思い出そうとするように眉根にしわを寄せる。それから、ゆっくりとかぶりを振る。

「思い出せない。何があったの？」

愕然としたが、安堵もした。本当に忘れているのだとしたら、こんなに都合のよいことはない。あらためて思い出させることはない。人を殺した罪悪感に耐えきれなくなって、佳奈は自殺を図ったのだから。

つくり上げた嘘を吹き込むことにする。

「それはだな。仲のよかった友達がおまえの彼氏を奪ったんだ。そのことが原因で大喧嘩をしていた矢先、その子が事件に巻き込まれて死んだものだから、おまえは責任を感じたんだよ。それで歩道橋から身を投げたのかもしれない」

「そうなんだ……。わたし、彼氏なんていたんだっけ？　頭が混乱する」

佳奈は右手で頭を抱える。

「最近できたそうだ。忘れてしまっているんだな」

すらすらと嘘をつく。もう嘘をつくことに抵抗はなくなっている。

「そう……。その死んだ友達って誰？」

「望月梨花っていうんだ。覚えてるか？」

はっと息を呑む。

「梨花はバイト先の先輩だよ。梨花が死んだの⁉」

「そうだ。残念ながらな」

佳奈はまた溢れ出す涙を拭った。

それからしばらくして、恵理子と義父母が病室に到着した。娘の無事を知って、妻は安堵のあまり泣き出した。貴久と史子も泣いて喜んでいた。

だが、逆行性健忘について告げると、恵理子は動揺していた。

「この数日の出来事を忘れてしまっているみたいだ」

妻は何かを言いたげに口を開きかけたが、言わないと決めたように口をつぐんだ。

遼一には妻が何を言いかけたのか手に取るようにわかる。あなたたちが隠そうとしていた秘密のことも忘れているの？　そう聞きたかったはずだ。妻は遼一の話など信じていない。二人が大きな秘密を隠しているとわかっている。

遼一には妻が聞いてこなかったことがありがたかった。

面会時間が終わり、佳奈に別れを告げると、妻と一緒に車で帰宅した。義父母は駆ってきたＢＭＷに乗った。息子の部屋を訪ね、姉の無事を報告したが、将太は「そう」と他人事のように応じただけだった。

その日は二人とも料理をつくる気が起きず、出前のピザを取ることにした。将太もリビングにやってきて、一緒にピザを食べた。

妻はまだ困惑しているようだが、遼一はほっとしていた。肩の荷が半分ほど下りたといってもいい。佳奈は都合のよいことに自分が犯した罪を忘れている。これが一時的でなければいいと願わずにはいられない。あの夜のことを忘れてさえいれば、罪悪感を抱かずに済む。佳奈が苦しむこともない。

自分は大丈夫だ。腹の内にはずっと怒りの火が熾（おこ）っている。この火が赤々と輝いているうちは大丈夫だ。光が正気を遠ざけてくれる。正気はおれにとって闇だ。闇に包まれては死んでしまう。

夜十時ごろ、また見知らぬ番号から電話がかかってきた。

「おれだ」

聖掃者だ。ボイスチェンジャーによって変えられた低い声が言う。

「佐伯は苦しんで死んだか？」

　笑っている。

「苦しんだかどうかなんて知らない」

　沈黙して、数瞬後、声が言った。

「天宮悟朗を殺る。天宮についている捜査員を外せ」

「どうして天宮に捜査員がついていることを知っている？」

「そんなことはどうでもいい。とにかく外せ。わかったか？」

　思考を巡らせる。幸か不幸か、明日、天宮につくのは自分と小田切だ。

「明日はおれが天宮の行確につくことになっている。わかった。何とかする。一つ聞かせてくれ。天宮を殺れば、おまえの復讐は終わるのか？」

　しばらくの間があってのち、声が言った。

「ああ、終わる」

「わかった。何とかする」

　通話が切れた。

　遼一は自分の中で力が湧き起こるのを感じた。明日うまくやれば、すべてが終わる。すべてがうまくいく。命を懸けてでも何とかしなければ……。

〈おれは大変な秘密を知ってしまった。どうやら実の姉が人を殺したっぽい〉

　みんなに秘密を知ってもらいたい。でも、特定されてしまうのは困る。そんな思いから匿名でXに投稿したのだが、初めのうち嘘だと思われたのか、反応がぜんぜんなかった。〈いいね〉が一つもつかない。

だから、将太は続けてこう投稿した。

〈姉が人を殺し、親父が証拠を隠滅した。姉の部屋に盗聴器を仕込み、二人の話を聞いた。間違いない。姉は人を殺したと言っている。二人で罪を隠している。ちなみに、母親は何も知らない〉

どこの誰ともわからないつぶやきに誰も反応しない。

さらに続けてみる。

〈姉が投身自殺を図った。罪の意識に耐えられなかったらしい。一命は取り留めた。都合のいいことに、人を殺したことを忘れているっぽい。おれは姉に天罰が下ることを祈っている〉

やはり反応はない。フォロワーが一人もいないのだから当たり前か。

これでよかったのかもしれないとも思う。誰かから反応があったとしても、これ以上の詳細を伝えるわけにはいかない。個人を特定されては、将太にさえ害が及ぶ。ただ、姉の悪事を知ってほしかっただけだ。姉は自殺を試み、大けがを負った。天罰が下ったということか。なんだか投稿したら満足してしまった。

どうでもよくなって、そのまま放っておいたのがいけなかった。寝て起きて見てみると、とんでもない反応を巻き起こしていた。〈いいね〉の数が千個以上つき、三百以上のリツイートがされていた。見ている間にも〈いいね〉の数は増えていく。

コメントもいっぱいついていた。目を皿のようにして読んでいく。

〈それマジ？　その話が本当だという証拠は？〉

〈詳細希望♪〉

〈これから面白い展開になりそうで期待！〉

〈姉が人殺しとか、つらい……。これから一生陰に隠れて生きていくしかなさそう〉

〈姉の部屋に盗聴器を仕掛けるとか、姉弟、仲悪すぎて、草〉

〈その秘密をXで公開してて、草〉

〈通報しました〉

〈釣りをして面白いですか？〉

〈本当ならおまえの家族終わりだな〉

反応のすごさに血の気が引いていく。将太は怖くなってきた。

通報したと言っている者もいる。本気だろうか？　そのユーザーが書き込んだ時刻からずいぶん時間が経っているが、何も起きてはいない。みんな面白がっているだけだ。誰も本気で通報したりなんかしない。どこの誰だかわからないXの投稿をみんな本気にとらえたりしない。嘘や冗談だと思っている。

多くのユーザーが、将太の次の投稿を待っている。その期待に応えたい自分がいる。注目を浴びるのは気持ちいい。自分の人生ではありえなかったことだ。

スマホのキーを押す手を止める。やはりこれ以上の詳細な情報を載せるわけにはいかない。そこまで理性を失ってはいない。では、何をつぶやいたらいいか。

将太には聞いてみたいことがあった。これだけ多くのユーザーが見てくれているのなら、反応があるはずだ。

〈これから、おれはどうしたらいい？〉

チャットのような速さでコメントがつく。

〈その話がマジなら、警察に通報しろ〉

それができたら苦労しない。

別のユーザーからコメントが来る。

〈おまえの実の姉貴だろう？　世間に知れれば、おまえまで人殺しの弟として後ろ指差される
ぞ。墓場までその秘密を持っていくんだな〉

つまらない回答だ。しかし、それが一番妥当なように思える。

Xでさらしたおかげで、将太の心の中のわだかまりが溶けた。投稿を削除しようかと迷った
が、注目される気持ちよさをまだ感じていたい。もう少し様子見してもいいだろう。

## 2

この二日間、矢代創輝は夜の池袋の街を歩き回っていた。島田祐樹がインスタに載せた写真
に写り込んでいた男を探し出すためだ。キャバクラやガールズバーの店員にスマホの写真を見
せながら、「この男を知らないか」と聞くわけだが、顔馴染みでもない限り、ブラックチェリ
ーの名前を出せば煙たがられ、出さなければ軽んじられ、非協力的な態度を取られることが少
なくなかった。しかも、数十人ものブラックチェリーのメンバーたちがどこに割り当てられる

こともなく、池袋の夜の店を勝手気ままに聞いて回るので、何度もメンバーから事情を聞かれている店員もおり、「うるさい」と怒鳴られることもあった。

今日も二十店舗は聞き込みをしているだろうか。インスタの写真の男を知る者はおろか、見たことがある者もいない。文化通りを直進し、トキワ通りを左折して、右に一本道を入ると、クラブやキャバクラが入った雑居ビルがある。そのビルはまだ訪ねていない。エレベーターに乗って地下一階から回ってみることにする。

ドアを開けて店に入ると、ウナギの寝床のような奥に長い店内に十席ほどのテーブルが並んでいる。ここには来た覚えがある。客だと思って飛んできた店長らしき黒服の男も知っている。黒々とした髪をオールバックにした三十絡みの男が揉み手をしながらやってきた。

「お一人さまですか？」

矢代はにやりとして言った。

「前もここ来たことがあると思うんだよ」

「ええ、覚えております。ユウキさまのお連れの方ですよね」

「ユウキを知ってんの？」

「ええ、存じております。このたびはたいへん残念でした。お悔やみを申し上げます」

黒服が頭を下げる。どうやら矢代がブラックチェリーのメンバーだということをわかっているようだ。

「いまうちのほうで組織を挙げてある男を探してるんだ」

矢代は黒服にスマホの写真を見せた。拡大表示させる。

「ユウキとおれが来たときもこいつがいたかもしれないんだけど」

黒服の表情が一変した。驚きと困惑のようなものが入り混じる。

「ええ、この方、存じておりますが……」

「どこの誰だ？」

うやうやしい口調で言う。

「警察の方でございます」

一驚する。

「なぜ警察の人間だとわかる？」

「前にいらしてからしばらくして、この方が一人で店のほうにいらっしゃったんです。警察手帳を見せて、店の防犯カメラの映像を渡してほしいと言われました」

「名前は？」

「いえ、お名前はうかがっていません」

「手帳は本物だったか？」

「さあ、そこまでは……」

「それじゃ、どこの誰かわからないじゃねぇか」

「すみません」

「だいたいこいつは店では変装していただろ。なのに、訪ねてきた警察の人間が同じやつだってどうしてわかる？」

黒服は自信ありげに微笑むと、矢代が持っているスマホの写真を見た。

「それがこの方、ちょっと特徴がありまして、すぐにあっと気付きました。その特徴というのが――」

黒服に礼を言い、店を出た。地上に上がると、煙草を取り出し、一服する。

気を鎮めて考えてみる。黒服が見た男は本当に警察官だろうか？　店に客として来た男と同じ男が警察を名乗り防犯カメラの映像を回収していった。男は自分が映っている証拠となる映像を隠滅するために警察の者だと嘘をついたとも考えられる。この段階でリーダーの春日凌に知らせていいか。黒服が語った男の特徴はそうありふれたものではない。本当に警察の人間だとしたら対象者を絞り込めるかもしれない。一千万円に王手がかけられる。

煙草を地面に落とすと、矢代は春日に電話をかけた。

誰が最初に手柄を立てるだろうか。春日凌はリビングのソファに座り、スマホをいじりながら、いまかいまかと待ち構えていた。

ここ数日、タワーマンションから一歩も外に出ていない。右腕の飯島健吾と一緒に寝起きしている。食事はすべて宅配だ。幹部たちとの会議もオンラインで行っている。警察の人間が外で見張っているからだ。なぜ聖掃者がブラックチェリーのメンバーを狙うのか、事情を聞きたがっている。やつらに協力する義理はない。こちらは独自の捜査を行っている。制裁も自分たちで加えるつもりだ。

春日はベランダに出た。冷たい夜風に当たりながら、ベランダでコイーバを吸っていると、少しも期待していなかった男から電話がかかってきた。

矢代創輝だ。

「リョウさん、大変っす。聖掃者につながるかもしれない情報が入ったっす」

聞いているうちに、興奮が湧き起こる。

「でかした。よくやった。これで聖掃者を捕まえられたら、おまえに一千万やるよ」

「あざーっす！」

矢代の大喜びする声を聞いて、春日は通話を切った。もう一千万円をもらった気でいる。

矢代がもたらした情報は非常に確度が高い。島田祐樹を殺害した模倣犯は警察関係者ではないかとにらんでいたからだ。やつは警察関係者しか知らない聖掃者が遺体に残す刻印を知っていた。

聖掃者と模倣犯はコンビかもしれないとも考えていた。つまりは模倣犯にたどり着けば、聖掃者にも王手がかけられるかもしれない。

はやる心を抑える。この事案を担当する警察官の中から、黒服から聞いた特徴を持つ者を探し出せば、かなり候補を絞り込むことができるだろう。とはいえ、ブラックチェリーの力では警察内部の人間を探し出すことはできない。

警察内部にいるネタ元に電話をかけた。

長い呼び出し音の末に、相手が通話に出た。

「もしもし？」

相変わらず警戒するような声色だ。当然だが、嫌がってもいるだろう。仕方なく応じている声だ。

一応、丁寧な言葉を使う。

「お疲れ様っす。実は聖掃者につながる情報をつかんだかもしれないんですよ。驚かないでください。ユウキのインスタの写真に尾行していたらしい男が写り込んでいて、行方を追っていたんですが、どうやら警察関係者らしいんです。おれが思うに、そいつがユウキを殺した模倣犯です」

「そんな馬鹿な……」

「いやそれが、ユウキが飲みに行ったキャバクラにそいつもいたんですが、後日、そいつは店に防犯カメラの映像の回収に来たんです。そのとき、警察手帳を提示したと」

「偽物かもしれない」

「ええ、もちろんそうかもしれません。でも、調べてみる価値はあるかと思いましてね。おれの見立てでは、模倣犯と聖掃者はつながってます。模倣犯にたどり着いたらしいうちのタモツが聖掃者に殺されてますからね」

「で、つかんだ情報とは？」

春日がある特徴を伝えると、相手は黙り込んだ。

沈黙が数秒過ぎる。

ぴんと来た。

「心当たりがあるんですか？」

「いや、いますぐには思いつかない。注意してみる。情報を感謝する」

早口にそう告げると、一方的に通話が切れた。明らかに相手はあわてているようだった。

春日は舌打ちをした。ネタ元は間違いなく心当たりがある。伝える相手を間違えたかもしれない。そう直感が告げている。警察の人間は仲間を守る意識が強い。心当たりがあろうと、知らないふりをするだろう。いやあるいは、警察を裏切り反社に情報を流しているようなやつだ。もっと悪知恵を働かせるかもしれない。たとえば、模倣犯を強請ろうとしたらしいタモツのように。

後者になる公算が高いような気がする。その場合、聖掃者との知恵比べになるだろう。結末ならだいたい想像がつく。

「くそぅ……」

春日は悪態をついた。どちらにせよブラックチェリーにとっていいことは何一つない。

3

通話を切ると、信じられずかぶりを振った。

まさか身内に殺人者がいるとは……。

考えてみれば、模倣犯がいるなら警察の人間だという見立てはありうる。そして、現場の捜査員たちの間では、模倣犯はいるとの見方が多い。島田祐樹だけ殺され方が違うからだ。島田の遺体には聖掃者が残す×印が刻印されていた。その刻印を知る者は捜査関係者しかいない。捜査関係者がブラックチェリーに敵対するアグリーズに情報を流し、アグリーズが犯行に及んだという説もあったが、アグリーズへの聞き込みによりその線は弱いと見なされている。

まったく……。この捜査本部はどうかしている。自分のように半グレに情報を流す者がいるかと思えば、聖掃者の模倣犯までいるとは……。

模倣犯にも自分と同様に、相応の事情があるのだろうか？

藤井俊介は震える息を吐き出した。これからしようとすることを考えると、緊張で全身が震える。

今年の初めまで、藤井は本庁捜査一課に勤務する至極まっとうな警察官だった。数年のうちには昇任試験を受けて、順調に出世の階段を上るはずだった。上司からも将来を嘱望されていたと思う。優秀な警察官であると自負もしている。プライベートでは五年前に愛する妻と結婚し、昨年には男の子に恵まれた。幸せな家庭を築き上げたと思っている。公私ともに順風満帆だったのだ。それがどうして半グレのネタ元にまで落ちぶれたのかというと、簡単な話、脅されたからだ。

人生において、どこにつまずきがあるかはわからない。だが、もとをただせば、自身の性癖から生じたことなのだ。

藤井はバイセクシャルだった。当然、そのことは妻にも隠していた。結婚して最初の四年間は悪い虫が騒ぎ出すことはなかった。心身ともに満たされていたからだ。しかし、息子が生まれてから、いや、それより前かもしれないが、妻がだんだんセックスに消極的になってくると、おのれの性欲のはけ口に悩むようになった。ノーマルな趣味の持ち主ならば女に走るかもしれないが、藤井は久しぶりに男を味わいたいと思った。一度欲求が頭をもたげると、抑えることはできず、独身時代以来、実に久しぶりに新宿二丁目へ繰り出した。藤井は再び男にハマり、仕事が終わるや二丁目で男漁りをする日が増えた。

　二丁目には男を買える店がある。店内で男の子を指名して、店長に料金を支払い、外へ連れ出して、食事をしたり、そのままホテルへ行くわけだ。よく職業を聞かれるが、公務員だと答える程度で、警察官であることを話したりはしない。また、藤井は同じ男の子を指名することはしなかった。一度限りの関係で十分だった。しかし、七人目に出会った俊平（しゅんぺい）は違った。アイドルグループのメンバーのようなルックスの俊平に一目惚れし、藤井はたびたび彼を指名するようになった。俊平は有名な私立大学の学生だということだった。性癖はノーマルだが、おカネ欲しさに身体を売っていた。三度目に会ったとき、藤井はつい自分が警察官であることを話してしまった。これが運の尽きだった。その次に会ったとき、俊平から「ホテルでの行為を撮影した動画がある」と告げられた。そして、その動画を妻や同僚にバラすと脅してきた。俊平は「本当はこんなことをしたくない」などと言った。話を聞くと、俊平はブラックチェリーのメンバーで、上の者に話を持っていったところ、行為の動画を撮影し、そいつを脅せと命じられたという。バラされたくなければ、警察の捜査情報を流せ、と。脅迫罪に当たるが、妻や同僚に知られるのは非常にマズい。

　俊平はリーダーの春日凌が会いたがっていると言った。藤井は迷ったが、ほかに選択肢はないように思えた。都内のホテルのカフェで会ってみると、なるほど、春日はカリスマ的な雰囲気のある男で、若いわりに恰幅（かっぷく）がよく、話が抜群に上手く、若者が寄り集まるのも理解できた。捜査情報以外の見返りを要求しないと言い、撮影した動画も目の前で削除した。もちろん、コピーがないという保証はないが、藤井は春日を信用できると思った。

約束どおり、これまでは素直に従ってきた。だが、風向きが少し変わったように思う。警察官人生最大の手柄を立てられるときだ。考えた末、藤井は結論を出した。最後の最後で裏切るようで悪いが、ブラックチェリーには協力しない。手柄を半グレに取られてたまるものか。自分の手で模倣犯を捕まえてやる。いつまでもブラックチェリーとの関係を続けているわけにもいくまい。もしまた脅されれば、今度は春日を脅迫罪で逮捕すると、こちらが脅すこともできる。

春日が特徴を話した男に心当たりがあった。そいつのスマホの番号は知っている。電話をかけてみる。

「もしもし？」

いぶかしむような声が応じる。

「おまえが誰か知っているぞ」

藤井は高笑いをした。

「おまえが模倣犯だったとはな」

相手は言葉を失っていた。この男の人生に王手をかけたような、そんな気分だった。

明日は大きな仕事が控えている。天宮興業の天宮悟朗の行確につく。そして、聖掃者が天宮に手を出せるよう、隙をつくらなくてはならない。相棒の小田切をどう出し抜くか、だ。

この仕事が終われば、聖掃者の目的は果たされ、遼一も自由になれる。聖掃者が上手くやってくれれば、事件は迷宮入りするだろう。佳奈と遼一が犯した罪も明るみに出ることはない。

さて、どう小田切を出し抜いたものか。そのことで頭がいっぱいで、眠気はまるでなかったが、明日は一日中集中力を絶やせないことを考えると、しっかりと寝ておかなくてはならなかった。いつどの瞬間に隙が生まれるかわからないのだから。

遼一は歯を磨き終えた。寝室に入り寝間着に着替え、そろそろベッドに入ろうかと思っていたところに、スマホの着信音が鳴った。見覚えのない番号からだ。遼一は身構えて通話に出た。

「おれだ」

聖掃者からだ。その声色から切羽詰まった様子なのがわかる。また何か失態をしでかしたのか。

「今度は何だ？」

「最後の大仕事の前にやってもらいたいことがある。ブラックチェリーに情報を流している警察官がいる。いまから一時間後、そいつは池袋署の屋上に現れる。そいつを消せ」

「ちょっと待て。どうしてそいつを消さなくちゃならない？」

「おまえが行けば、相手は油断するはずだ」

「質問に答えろ」

「おまえはやるしかない」

「いや、無理だ。しかも、一時間後なんて……」

通話はすでに切れていた。

数秒、ショックを受けてぼうっとしていた。それから激しい怒りがこみ上げてきた。なんとかそれを抑え込む。怒っている暇がないことに思い至ったのだ。遼一は電話でタクシーを呼ぶと、その間に寝間着からスーツに着替えた。一刻の猶予も許されない。ネクタイは黒を選んだ。

頭の芯が冷たい。思考がクリアになっていく。

ふと疑問が浮かんだ。なぜ裏切り者の警察官を殺さなくてはいけないのか？　ブラックチェリーと情報をやり取りする過程で聖掃者の正体をつかんだということか。そいつを消すだけで解決する問題なのか。ブラックチェリーも正体を知っているのでは？　あるいは、黒川保と同じように、ブラックチェリーには内緒にして恐喝に出たのなら、希望はありそうだが。

家の前にタクシーが駐まり、遼一は乗り込んだ。池袋署に向かってもらう。

屋上に現れるその男を消す方法を考えなくては……。

どうする？　どうしたらいい？　どうする？　どうしたらいい……？

バックミラー越しに運転手の視線を感じた。

どうやら口に出していたらしい。口を固くつぐむ。今度は右足が貧乏揺すりを始めた。

どうする？　どうしたらいい？　どうする？　どうしたらいい……？

ぐるぐると思考する。聖掃者ではなく、遼一が来ることで相手は油断するかもしれない。その一点に賭けるしかない。

人を殺す方法を、静かな車内でずっと考えていた。

4

藤井は屋上へ続く階段を急いだ。いまから殺人者と相まみえるかと思うと緊張する。そいつをこの手で捕まえられるかと思うと血が騒ぐ。

警戒するに越したことはない。音を立てずに屋上に出るドアを開ける。所轄の屋上は逮捕術の訓練や装備品の点検などで使われるので、基本的にドアの鍵はいつも開いている。

藤井は屋上に出た。空に浮かぶ月の淡い光を受けて、ぼんやりと物の形が見える。高架水槽とキュービクル式高圧受電設備が奥にあり、四方は腰ほどの高さの手摺りで囲まれている。寒い。冷たい風が吹いている。スーツの上にコートを羽織ってくるべきだったか。藤井は身体を縮こまらせた。

まだ誰もいない。どこかに隠れていないかとうかがうが、こちらが先着したようだ。所轄の屋上を指定したのは藤井だった。警察署内部ならば安全だと思ったからだ。しかも、深夜に屋上に来る者はいない。だが、警戒を怠ってはいけない。ほんのわずかな不注意で、屋上から突き落とされないとも限らない。

中央へ歩いていく。ぐるりと見回す。やはり誰もいない。腕時計を見る。午前零時を少し過ぎている。電話をかけてから、一時間後に待ち合わせた。ちょうどいい頃合いのはずだ。

屋上のドアが開く音がして、あわてて振り返った。男が姿を現した。黒っぽいスーツに身を包んでいる。中肉中背。顔がまだ見えない。左手をズボンのポケットに突っ込んでいる。

目を凝らす。おや、と思う。

「薬師丸……さん？」

現れたのは池袋署の薬師丸遼一警部補だった。

「なぜここに？」

藤井は気が動転した。

月の明かりに照らされ、薬師丸の顔が見えた。まるで死人のように青白い顔をしている。そして、不気味なことに表情がない。

「藤井か？　おれはちょっと気分転換に夜風にでも当たろうと思ってな」

薬師丸は口だけ動かすようにしてそう言った。表情がまるで死んでいる。右手が落ち着かなげにネクタイの結び目をいじっている。

疑念を感じた。

「こんな寒い時間に？」

「悪いか？　そっちこそ何をしてるんだ、こんな時間に？」

「いや、それは……」

言葉に詰まる。

薬師丸と一緒にいるところに模倣犯が現れたらどうなるか。逃げ出すかもしれない。いや、やつに逃げ場などない。薬師丸と一緒に逮捕ということになるのか。手柄の半分を持っていかれるような気がしたが、同時に頼もしくも感じていた。相手が暴れないとも限らない。腕力に自信はない。自分一人の力で取り押さえられるか疑問だった。

真相を打ち明けるか。薬師丸なら信用できそうだ。ただ、なぜ自分が模倣犯の正体を知っているのかと問われたら返すべき言葉がない。

迷ったのち、藤井は口を開いた。

「……実はこれからある人物がここに来ます。模倣犯かもしれません」

薬師丸の顔に初めて表情が現れた。緊張が走ったように見える。

「なぜ模倣犯がここに？」

「おれにもネタ元がいましてね。模倣犯の正体を知って呼び出したんです。驚くなかれ、警察関係者ですよ」

「そうだったのか。本当に模倣犯は存在していたんだな」

唐突に電話の着信音が響いた。自分のものではない。どこかで鳴っている。音のほうを振り向く。奥の手摺りのほうだ。

二人の視線が合う。薬師丸のほうが先に手摺りのほうへ向かった。藤井も遅れまいと続く。

「ない。どこにもないぞ」

薬師丸があたりに首を巡らせている。

手摺りの足元のほうから大きな着信音が聞こえるようだ。

「手摺りの向こう側だ」

「何でそんなところに……？」

「さあ、わからん」

薬師丸が手摺りから身を乗り出した。

「あそこだ。何かある」

藤井はあわてた。

「危ない。気をつけてください」

薬師丸は半身を乗り出し、手摺りの向こう側、庇（ひさし）のあたりを指差している。何者かは最上階の軒裏にでもスマホを取り付けたのか。

「ちょっと見てくれ」

薬師丸は半身を乗り出して、下方を覗き込んでいた。藤井は近づきたくなかったが、相手が薬師丸ならば安心だと思い、手摺りに手をかけた。凍り付きそうなほどに冷たく、さっと手を引っ込める。

ふと思いつく。この男は模倣犯とグルということはないのか。このタイミングで屋上に現れたのは、おかしくないだろうか？

こいつは怪しい——。そう思ったとき、薬師丸がさっと顔を上げた。藤井と視線が絡み合う。こちらの警戒心を読み取られたと感じた。

まずい、と思ったときには、薬師丸の手が伸び、藤井の襟首をつかんでいた。強い力で引っ張られて体勢が崩れた。あわてて手摺りを両手でつかんだが、身体が空中で半回転していた。手に衝撃が走り、耐えられなくなって左手が手摺りを放した。

藤井は屋上の外に右手一本で吊るされた状態になった。手摺りの氷のような冷たさが手のひらに伝わってくる。

「た、助けてくれ……」

薬師丸は手摺りの向こうから藤井を見下ろしている。

「悪いな。おれもこんなことはしたくないんだがな」

「おまえはあいつとグルなのか？」

「あいつとは誰のことだ？」

「模倣犯だ。模倣犯に命じられて、おれを殺しに来たんだろう？」

右手のひらの感覚はもうなくなっていた。腕全体がだんだんしびれてきた。

薬師丸は表情のない顔のまま言った。

「事態はおまえが思っている以上に複雑でね。おまえが話したのは聖掃者なんだ」

「あいつが聖掃者……」

男の顔を思い出す。とても凄惨な連続殺人事件を起こす殺人鬼には見えない。

「おまえは誰と話した？」

「助けてくれたら教えてやる」

「そうか、知ったところで、おれにはどうしようもないんだ。弱みを握られているんでな」

「おまえもか……」

「お互い、馬鹿なことをしたな。だが、生き残ったほうが勝ちだ」

薬師丸の口元が歪んだ。微笑んだようだった。勝者の笑みだ。

自分は敗者だ。死ぬのだ――。

春日を裏切るべきではなかった。あの電話で、心当たりの警察官の名を告げるべきだった。いや、その前に妻を裏切るべきではなかったのだ。男漁りなどするべきではなかった。二丁目の街になど繰り出さなければ、俊平と出会うこともなかったのに……。

悔やんでも悔やみきれない。

右手が手摺りから離れようとしていた。最後にもう一度懇願した。

「お願いだ。助けてくれ……」

「時間切れだ」

あっけなく言うと、薬師丸は手摺りをつかむ藤井の手をこじ開けた。右手が空を掻く。

身体がふわりと宙を舞った。まるでスローモーションのようだ。

世界が逆さまに見える。

広い空の中心にきれいな月が輝いていた。

身体が地面を目指して急降下を始める。

藤井は目をつぶった。

妻でも息子でもなく、目蓋の裏に俊平の端整な顔が浮かんだ。


池袋署は蜂の巣を突いたような大騒ぎになった。本庁勤務の藤井俊介巡査部長が屋上から飛び降り死亡した。自宅で一報を受けた片瀬勝成は飛び起きて所轄に急いだ。

池袋署組対課長の梅津和明警部から事情を聞く。事案が発生したのは午前零時二十分ごろ、外からすさまじい音が聞こえて、署員が飛び出して調べてみたところ、駐車場で男性がうつぶせに倒れていた。藤井俊介巡査部長であるとすぐに確認が取れ、救急車を手配したが、すでに死亡していた。いまのところ遺書は見つかっていない。自殺と見て捜査を進めているという。

ブラックチェリーに捜査情報を流していたのは、藤井だったのではないか。捜査の手が自分に伸びていると気づき、恐れをなして自殺を図ったのではないか。そんなふうにも考えられた。

あるいは、他殺という線もありうるだろうか。だが、誰が何のために?

梅津課長の許可を得て、所轄の刑事で藤井の相棒だったという浜田を呼び出した。会議室で向かいの席に座った浜田は困惑した顔をしている。実のところ、片瀬が嫌疑をかけた所轄の組対捜査員の一人に、浜田の名前が挙がっていた。

片瀬は簡単に名乗ると、あいさつ抜きで本題に入った。

「藤井巡査部長に自殺の兆候はありましたか？」

浜田は少し考えてから首を振った。

「いえ、わたしが見たところではまったくありませんでしたね。自殺したとは信じられません」

「藤井巡査部長がトラブルを抱えていた様子はありませんでしたか？」

「さあ、わたしが見る限り、そんな様子はありませんでした」

「心理的なプレッシャーにさらされていたような様子は？」

浜田は首をかしげ、しばし考える。

「どうでしょう。藤井巡査部長はおとなしい性格の男で、口数が少ないタイプでしたから、こちらとしても、心のうちを察することもできませんでした」

ずばり聞いてみる。

「藤井巡査部長はブラックチェリーに捜査情報を流していましたか？」

浜田は驚いた様子だった。

「いや、それは知りません。そんなことをするとも思えません」

片瀬はまっすぐに相手の目を見て尋ねる。

「あなたはブラックチェリーに捜査情報を流していましたか？」

「まさか、とんでもない！」

「午前零時二十分ごろ、あなたはどこにいましたか？」

「勘弁してください。自分はやってません」

「どこにいましたか？」

「道場で寝ていました。数人の部下が証人になってくれます」

「わかりました。以上です」

浜田は不満げに喉を鳴らすと、席を立って出ていった。片瀬は何も違和感を覚えなかった。おそらく浜田はクリーンな刑事だろう。

それにしても、嫌な気分だ。もしも、藤井が自分に捜査の手が伸びるのに気づき、自殺を遂げたのだとしたら、自分に責任の一半はある。とはいえ、一番悪いのは守秘義務違反を犯した本人だ。

梅津にあらためて捜査の結果を知らせてほしいと念を押した。藤井が所持していた仕事用のスマホが墜落時に大破したため、どこまで解析できるかわからないが、電話会社に問い合わせれば通信履歴は取れるはずだ。交友関係の一端がわかるだろう。藤井をよく知る人物からトラブルを抱えていたとの証言が出るかもしれない。もちろん、自殺ではない可能性もまだ捨てきれない。

何とはなしに、講堂へ足を向けた。誰か知り合いに、たとえば、薬師丸に会えるかと思ったのだ。講堂を覗くと、後方の席に薬師丸がいた。声をかけようと後ろから近付いたが、片瀬はぴたりと足を止めた。薬師丸が少しうつむき加減になり、ネクタイをもてあそびながら、ぶつぶつと独り言をつぶやいている。いつから独り言を言うようになったのだろう。ネクタイをいじる癖があるのは知っているが、独り言を言う癖はなかったはずだ。

何か同じそのせりふをずっと繰り返している。

おいそれと近寄れる雰囲気でもなかったが、引き返すのもおかしいと思い、「おい、薬師丸」と声をかけてみた。

振り返ったその顔は尋常ではなかった。顔面は蒼白になり、頬がげっそりとこけていた。まるで亡霊のようだ。言葉を出せずにいると、醒めた目で「どうかしたか?」と聞かれた。威圧されているように感じて、風貌に言及することは避けた。

「大変なことが起きたな。藤井のことは知っていたか?」

「あんまりしゃべらなかったが、もちろん面識はあった。浜田さんと組んでたからな」

「藤井がブラックチェリーに捜査情報を流していたと思うか?」

「そうか……。だから、おまえが出てきたのか。さあ、どうだろう。噂を聞いたこともない」

会話を交わしながらも、片瀬はついつい薬師丸の顔つきを観察していた。急に胸の鼓動が早くなる。

「様子が変だぞ?」

逆に薬師丸のほうからそう聞かれた。

「様子が変なのはおまえのほうだ。顔色がよくない」

薬師丸はそこで初めて目を伏せた。

「言ってなかったか。娘が歩道橋から落ちたんだ」

「娘さんが？　どうして歩道橋から……」

「おれもよくわからない。うちもいろいろ大変なんだよ。顔色も悪くなるはずだ。悪いが、体調がよくない。明日も早いんだ。これで失礼する」

そう言い残し、薬師丸は道場のほうに消えた。

片瀬はその場に立ち尽くした。娘が歩道橋から落ちたという話は嘘ではないだろう。だがなぜか、薬師丸が抱える問題がそれだけとは思えなかった。

違和感を覚えた。クリーンな刑事にはないものだ。

胸の鼓動の早まりが治まらない。

そうだ、あいつの顔は犯罪者のそれだ。片瀬は確信に近い感触を得た。

5

道場に敷いた寝床で、遼一は身体の異変をありありと感じていた。頭がやけに覚醒している。アドレナリンのせいか、高揚しているようだ。

最上階の軒裏に仕込んでいたスマホは回収した。事前にガムテープで貼り付けておいたものだ。屋上で藤井と会ってからしばらくして、ズボンのポケットに隠していたスマホからかけて鳴らした。藤井はすっかり遼一を信じていた。殺される直前までは。模倣犯の仲間かと感づいた藤井の目が目蓋に浮かぶ。あれは危ないところだった。

あとは、聖掃者が天宮悟朗の殺害に成功すれば、一連の復讐劇は幕を閉じる。彼が上手くやれば捜査は迷宮入りし、遼一もまた罪に問われることはない。犯した罪も死ぬまで隠し通すことができるだろう。

あともう少しの辛抱だ。そう思うと、希望すら湧いてくる。

いつの間にか眠っていた。スマホの時刻を見ると六時少し前だ。寝床から起き出し、洗面所で顔を洗った。

鏡を見ると、知らない男が映っていた。ぎょっとする。それは自分だった。遼一は鏡を見ながらその頬に指を這わせた。片瀬が驚くのも無理はない。頬がやせこけ、顔の輪郭が変わっている。そして何より、男の目から輝きが失われ、まるで死人のようだった。遼一が殺した男たちのように。

何度も水で顔を張ったが、知らない男は変わらずにそこにいた。緩んだネクタイを締め直す。ついに恐ろしいものから逃れるように鏡から離れた。

所轄の内部を歩いて回った。刑事部屋を覗くと、谷川と相馬がいた。遼一に気づくと、二人は会話をやめた。

谷川が「やあ」と手を上げる。

「薬丸さん、この捜査本部はどうしちまったんだろうな。呪われてるんじゃないかな?」

谷川と相馬を交互に見比べる。谷川の笑みが引きつったように見えた。

「おれの噂をしていたんじゃないですか?」

「はあ?」

谷川と相馬は顔を見合わせた。意味がわからないというように。とぼけているのかもしれない。

「薬丸さんの豪邸がうらやましいって？」

「……いや、何でもありません」

ちょっと被害妄想気味になっているかもしれない。遼一は頭を掻いた。

「藤井のことを話してたんだよ。あんまりしゃべらないやつだったが、死ぬ気配なんてなかったじゃないか」

遼一は首をかしげた。

「おれもほとんど話したことありませんでしたからね。落ち込んでいるようには見えませんでしたが、人間というのはわからないものです」

「薬師丸さんは藤井が自殺したと思ってるんですか？」

相馬が意外だという声を上げた。

「おれは他殺じゃないかって思うんすけどね。ただ死にたいんなら、なにも所轄の屋上から飛び降りることないじゃないっすか」

「いや、警察官が所轄内で拳銃自殺を図った例だってある。仕事で多忙を極め、うつ状態に陥った人間は、当てつけに職場での自殺を選ぶものだ」

「へえ、そういうものっすか。ちょっとおれにはわからないっすね、その心理は」

「実は、昨晩、監察の片瀬と会って少し話したんだ。ブラックチェリーに情報を流していたのが藤井だと見ていたようだった。藤井は監察から狙われているのを察知した。それで、自殺を図ったのかもしれない」

「なるほど。そうだとしたらありうるな」

谷川も相馬も納得したようにうなずいた。

二人のもとから離れ、今度は講堂へ向かう。聖掃者は、天宮についている捜査員を外せ、と言った。本庁の相棒である小田切護巡査部長の隙を突くのはそう簡単ではない。なかなかよい案が浮かばない。実際に行確についてみて、臨機応変にやってみるしかない。

小田切を見つけた。遼一と同様にひどい顔をしている。

「藤井さんは残念でした。それにしても、本当に自殺でしょうかね？」

「昨日の夜、監察の片瀬に会った。ブラックチェリーに情報を流していたのは藤井かもしれないそうだ」

「えっ、そうなんですか？」

「もしそうだとしたら、藤井はこれ以上は隠し通せないと思って自殺したのかもな」

「それはありえますね。しかし、あんな真面目そうな人が……」

「人がどんな秘密を隠し持っているかなんてわからないさ」

小田切は遼一の顔をじっと見つめた。そういう自分も何か秘密を隠し持っているのかと問いたげな様子だった。

「そういえば、娘さんのほう、このたびは災難でしたね。大丈夫ですか？」

「ああ、無事ではある。昨日の夕方、目を覚ました。ただちょっとここ数日の記憶がないみたいだ」

「記憶喪失というやつですか？」

「まあ、そうなんだが、おれのことを忘れているわけじゃないし、またこれまでのように生活できるんなら、それ以上は望まないよ」

話しているところへ、ふらりと竹野内義則課長がやってきた。相変わらずくたびれた格好をしているが、服装より本人は元気そうだ。

「薬師丸、来ていたのか。娘さんは大丈夫か？」

遼一は頭を下げた。

「おかげさまで、意識を取り戻しました。一部の記憶に障害があるようですが、医師の話では身体のほうはまたもとに戻るとのことです。このたびはご心配をおかけしてすみませんでした」

「おまえの家も何かと大変だな。知ってのとおり、捜査本部も大混乱だ。いろいろ気が気じゃないだろうが、今日は行確のほう頼むぞ」

「任せてください」

今日は大きな失敗をする。しなければならない。

出世が消えるかもしれない。命を懸けて積み上げてきたものを失うのだ。

そうとも知らず、竹野内が続ける。

「ここ数日、天宮悟朗は池袋の事務所に戸塚という若い衆一人とずっと引きこもっている。昨日の夜、宅配でピザを頼んだが、戸塚がエントランスに料金を入れた封筒を置いて、配達員とは直接会いもしなかった。いつまで続けるつもりかわからんが、徹底して人と会うのを避けている」

目の前が暗くなるようだ。建物から天宮が出てこなければ、聖掃者が襲うチャンスがない。

「ただ、今日以降何か動きがあるかもしれない。というのも、天宮は糖尿病が原因で人工透析を受けているそうで、週に三回、かかりつけの池袋中央病院で透析を受けないといけないらしい。本当なら一昨日がその日だったらしいが、この二日動きがなかった。だから、今日あたり病院へ向かうかもしれない」

人工透析は機能の弱った腎臓の代わりに、血液から老廃物や余分な水分を取り除いて血液をきれいにする処置だ。腎機能がどれくらい低下しているかにもよるが、予定日を越して二日も透析を受けずにいたら、身体に大きなダメージが出てくる。今日、天宮が透析を受けに行く確率は高いと言える。光明が差したような気がした。

エレベーターで一階に下りると、遼一は思いついたように小田切に切り出した。

「ちょっとトイレに行かせてくれ。これからなかなか行けなくなるから、いまのうちに行っておいたほうがいいぞ」

「さっき行ったんで大丈夫です。どうぞ行ってきてください」

トイレの個室に入ると、昨夜、聖掃者からかかってきた番号にかけた。すぐに相手は応答した。

「何だ?」

「おれだ。今日、天宮悟朗の行確につく。朝の九時から翌朝の九時までだ」

「わかった」

「一つ、狙う隙があるとしたら、天宮は人工透析を受けるために、池袋中央病院へ向かうかもしれない。透析を受けている何時間かはチャンスだろう」

「そうか。わかった」

「それだけか？」

しゃべり方に違和感を覚えた。すぐにこいつはいつもの聖掃者ではないと思った。聖掃者は二人いる可能性がある。

「おまえ、いつものとは別人だな？」

「何を言っている……」

「聖掃者は二人いるのか？」

通話がぷつりと切れた。痛いところを突かれたために、逃げたかのようだ。

まあ、いい。やつらがコンビなら、いつもの聖掃者にちゃんと伝えるだろう。

気にしないことにして、所轄の一階で小田切と合流すると、天宮興業のビルまで徒歩で向かった。劇場通りを北上して、トキワ通りを左折する。途中のコンビニでおにぎりとペットボトルを購入した。小田切は例のごとく甘そうな菓子パンを大量に買っていた。

天宮興業のビルの正面が見える路傍に、行確中の深田有美の乗る車が駐まっていた。運転席の窓をこつこつと叩く。

窓が下りてきて、深田の疲れた顔が現れた。

「交替の時間ですね。待ち遠しかったですよ」

「何か変わったことは？」

「ありません。まるで動きなしです。でも、今日あたり天宮は透析に行くかもしれません」

「ああ、竹野内さんから聞いた」

小田切が遼一に言う。

「じゃあ、おれ、裏口のほうに行ってきますよ」

裏口には本庁の捜査員が張っているはずである。

「ああ、頼んだ」

深田がゴミ袋を携えて車を下りると、入れ替わりに運転席に乗り込んだ。渡された無線機一式を受け取る。おにぎりやペットボトルの入ったレジ袋を助手席に放る。ここ数日、車内を占有した捜査員たちの体臭の入り交じった臭いがする。窓を下げて、換気をした。

無線機をスーツの内ポケットに入れ、耳にイヤホンを装着し、スーツの内側からコードを通してマイクを袖口にクリップで付ける。

しばらくすると小田切から無線に連絡が入った。

「裏口の監視につきました。いまのところ動きはありません」

袖口のマイクにささやく。

「わかった。何か動きがあったら知らせてくれ。長丁場になるかもしれない。眠らないようにな」

「眠気止めのドリンクをいまから飲んでおきますよ。それじゃ」

昨夜はほとんど寝ていないことを思い出した。それでも、眠たくはない。ずっと高揚感が続いている。この任務で苦行から解放されると信じている。

おにぎりを一つ食べる。ペットボトルのお茶で飲み下す。一瞬たりとも正面の出入り口から目を離すことのないよう気をつけなければならない。

監視は初めての経験だった。ずっと同じ姿勢で座りっぱなしで、対象を見続けるというのは非常に集中力を要する作業だ。手持ち無沙汰で仕方がない。だからといって、スマホをいじるわけにもいかない。十年以上前に煙草をやめたことを後悔したほどだ。ガムが欲しいと思ったが、買ってくるのを忘れた。

ネクタイの大剣を指でもてあそんだ。何か考えよう。先ほどの聖掃者との会話を思い出す。あいつはいつもの相手ではない。聖掃者は二人いる。最初に伊藤裕也を殺したほうかもしれない。

なぜいつものほうが電話に出なかったのか？　出られない理由があったのか。たとえば、睡眠中だったとか、手が放せない作業中だったとか。いや、そんな理由ではないように思う。手が放せないなら、あとから電話をかければいいだけだ。何か特別な事情でもあるのか。

藤井のことを思い出す。屋上に現れるのは警察関係者だと言っていた。そいつが模倣犯だと思い込んでいた。ブラックチェリーに情報を流し、また情報を受け取り、模倣犯が警察関係者だとつかんだのだろう。だが、藤井が接触した相手は聖掃者本人だった。だから、聖掃者は遼一に連絡をして、代わりに接触して消せと命じたのだ。ということは、聖掃者もまた警察関係者ということにならないだろうか？　所轄の屋上で会える相手だ。間違いない。聖掃者は警察関係者なのだ。

背筋を冷たい手でなでられたような気がした。そんなことがありうるだろうか。ありえるとしたら、いったい誰が……？

まわりにいる捜査員たちの顔が次々に浮かんでは消えていく。本庁の人間なのか、池袋署の人間なのか。知り合いか、そうでないのか。

聖掃者はおれが知る誰かなのか……？

ナメクジが這うような速度で時間が過ぎていった。一時間が何時間にも感じられる。思考に集中する以外やることはなかった。

今日一日が終わるころには、人生は一変しているだろう。聖掃者は復讐を遂げ、遼一は自由を得る。もう罪を犯す必要はない。家族も救われる。記憶を失くした佳奈はもう罪悪感におびえることはない。そのためには、聖掃者に隙を与えるべく、機転を利かせなくては……。

「おれならできる。絶対にうまくいく。そうだろう？」

声に出してつぶやいてみると、実際にうまくいきそうな気がしてくるのだった。

前方に動きがあり、思考が中断された。ビルの正面出入り口の横にあるガレージの扉がゆっくりと開き、黒塗りのベンツが現れた。運転席の若衆は見えるが、後部座席の様子まではうかがえない。

無線で小田切に連絡する。

「こちらに動きあり。ガレージから黒のベンツが出てきた。対象者（マルタイ）の姿は確認できていない。おれはベンツを追う」

「了解。対象者が確認されるまで、おれはここで待ちますか？」

小田切を撒くチャンスかもしれない。

「じゃあ、そうしてくれ。若衆が買い出しに行くだけかもしれない」

「わかりました。随時連絡をください」

「もちろんだ」

車間距離を十分に取って、背後に車をつける。

ベンツは劇場通りに出ると北へ向かって走った。十分ほどで到着した場所は、ビルの合間にある駐車場だ。後部座席のドアが開き、天宮が右手に杖を突いて出てきた。運転席から下りた若衆が天宮の腕を取って一緒に歩いてやっている。相当に具合が悪そうだ。向かう先は池袋中央病院である。

正直に知らせるしかない。無線で連絡を入れる。

「池袋中央病院に到着した。対象者の姿を確認。透析治療を受けると思われる」

「了解。では、おれもそちらに向かいます」

「わかった」

通信を切ると、遼一は思わず舌打ちした。

いったいどうやって小田切を撒けというのか……。


病院の正面出入り口が見える位置に移動して車を路肩に駐めた。総合病院だけあって、ひっきりなしに患者の出入りがある。しばらくして、小田切から「病院に到着しました」との連絡が入った。建物の裏手にある通用口のほうで配置についたようだ。

遼一は無線で言った。

「これからしばらくの間は動きはないはずだ。透析にはだいたい三、四時間かかるらしい」

「油断はできませんよ。聖掃者が狙うなら、天宮が事務所から出たこのタイミングでしょうからね。いまだってこの近くにいて息をひそめているのかもしれません」

「そうかもしれないな」

小田切の指摘に間違いはあるまい。聖掃者は必ず近くにいる。息をひそめ、チャンスをうかがっている。

小田切の声が言う。

「どちらかが病院の中に入ったほうがよくないですか？」

「じゃあ、おれが中に入るから、きみはそこで警戒に当たってくれ」

行動確認が専門の公安の経験はないので、実のところ行確のいろはが頭に入っていない。対象者が病院などの建物の中に入った場合、どこまで相手に接近したらいいのかわかっていない。そこは臨機応変に対応するしかない。

遼一としては、車の中から出ず、聖掃者にできるだけつけ入るチャンスを与えたかったが、どちらか一方は病院内に入ったほうがいいと思われた。そして、入るなら、自分だ。

車から下りると、病院の正面から中に入った。誰に咎められることもなく、受付前の待合室を通り過ぎ、透析を行う腎臓内科のある二階へ向かう。フロアーにはいくつもの科が横に並び、長いベンチが二列になって配されている。

遼一は患者たちに交じってベンチに腰を下ろした。あたりの様子をうかがう。患者たちの大半はスマホに耽っており、それぞれの世界に没頭している。

この中に聖掃者がいるのだろうか？

聖掃者の目撃情報から、二十代から三十代くらい、中肉中背の男であることがわかっている。病院の中はマスクをつけている者が多い。遼一の視界にいる患者たちはみなマスクを身につけているが、どう見ても五十代以降の男性や女性で、この中にいるとは思えない。

聖掃者が姿を現すとしたらこれからだろう。

問題は遼一がどう対処するかだ。聖掃者が現れたとしても、手出ししてはならない。目的が遂行されるのを見過ごさなければならない。だが、それでは務めを果たさなかったことになる。聖掃者がこちらの隙を突いて、殺しを成し遂げたように見せかけなくてはならない。

どうする？　どうしたらいい？

隣に座っていた年配の女性の視線を感じた。自分が貧乏揺すりをしていることに気づいた。席を立ち、トイレの個室に入る。聖掃者に電話をかけたが、相手の応答がない。

「何で出ないんだ……！」

声に出して罵（ののし）った。

個室から出て、ベンチに戻る。また貧乏揺すりをしかけて思い留まる。腎臓内科の近くに居続けることはできない。この場から離れる口実が何か必要だ。トイレに行っているというのが一番よいのだが、そのタイミングを知らせたいのに、聖掃者が電話に出ない。

なぜ肝心なときにつながらないのか。はっとする。この場にいるからではないのか？　応答すれば、遼一に見つかるほど近くに……。

目を凝らして周囲をうかがう。みんな遼一よりも年上に見えるが……。

聖掃者が現れるとしたらいいまだ。もうこの中にいてもおかしくはない。

誰だ？　誰が聖掃者なんだ？

やつが動いたらどうする？　おれはどうしたらいい？

「どうする？　どうしたらいい？」

隣に座っていた年配女性がさっと席を立ち、他の席に移動した。遼一は言葉を口に出していたらしい。

そんなことにかまっていられない。

どうする？　どうしたらいい？　おれはどうしたら……？

無線が入り、われに返った。荒い息遣いに耳を澄ませる。

「薬師丸さん、すみません。やられました……」

冷や水を浴びせられたようだった。

「どうした⁉」

「聖掃者です。出入り口の前をうかがっている怪しい男がいたんで、職質をかけたらいきなり刺されました」

「大丈夫か？　いますぐそちらに向かう」

「急所は外れてると思います。やつは劇場通りに向かって走って逃げていきました――」

すべて聞き終わる前に走り出していた。周囲の患者たちが驚いているが気にしている場合ではない。階段を駆け下りて、患者を掻き分けて廊下を進み、職員用の通用口を通り裏口を出た。

歩道の植栽の近くに小田切がうずくまっていた。シャツの胸部が血で赤く染まっている。

「大丈夫か⁉」

小田切は額に脂汗を浮かべ、苦悶に顔を歪めていた。

「胸を二回刺されました。急所は外れてると思いますが、とんでもなく痛いですよ」

遼一は束の間茫然として立ち尽くした。どうしたらいいのかわからなかったのだ。

小田切は劇場通りの方向を指差した。

「おれは大丈夫ですから……。聖掃者はあっち方面に走って逃げました」

「何分前だ？」

「ほんの二、三分です」

道の先を見渡したが、それらしき姿はもうなかった。いまから走って捕まえられるとは思えない。

「すみません。医師を呼んでくれませんか？」

そのとき、遼一は胸が騒ぐのを感じた。

「ちょっと待ってろ」

通用口から中に入り、廊下を走り、階段を駆け上がる。二階のフロアーが騒然としていた。腎臓内科の部屋に医師や看護師が駆け込んでいく。

広い透析室にはベッドが並び、数人の患者が透析治療を受けていた。そのうちの一つのベッドのまわりを医療従事者たちが囲んでいる。

彼らを掻き分け、前に進み出た。天宮悟朗がベッドに横たわっていた。左腕にはチューブが刺さり、透析液供給装置につながれている。真っ白なシーツが鮮血で染まっていた。腹部を刺されたようだ。それも何回も。

医師が心臓マッサージを行っているが、天宮の目は開かれ、死んでいるようだった。

6

数分後、天宮悟朗の死亡が確認された。腹部を複数回刺されていた。

池袋中央病院の二階のフロアーは封鎖された。機動捜査隊が逃亡した聖掃者を追って周囲を捜索し、鑑識課員が腎臓内科の部屋から遺留品を採取した。今回は目撃者がいる。数人の看護師が聖掃者らしき男が透析室から出ていくのを見ている。ただし、男はキャップを被っていた上に、眼鏡にマスクまでかけて変装していたので、詳細な特徴まではわかっていない。院内にある防犯カメラにも撮られていたが、同様に面貌が判別できないという。

小田切護巡査部長は駆け付けた医師らに連れられ、同病院で治療を受けた。命に別状はない。全治一カ月で、二週間ほど安静にしていればいいという。

目まぐるしく事態は動き、その中心に遼一がいた。本庁の捜査員が入れ替わり立ち替わり何度も遼一へ聴取を行った。病院に着いてから天宮が殺されるまでを事細かに説明した。何度も何度も繰り返し説明した。もはや本庁捜査一課への栄転だの、警部への昇進だのとは言っていられない。何らかの懲戒処分が下されてもおかしくはなかった。

ようやく取調べから解放され、一階にある待合室のベンチに腰かけていると、竹野内課長がやってきて隣に腰を下ろした。手に持っていた缶コーヒーを渡してくれる。竹野内は自分の分を開けて一口飲んだ。

「お疲れさんだったな。小田切は大丈夫だ。二回刺されているが、いずれも傷が浅かった。本人の意識もしっかりしている」

遼一はうなずいた。不幸中の幸いだ。

竹野内の顔がにわかに真剣味を帯びる。

「話は聞いた。何度も聞かれて、おまえもうんざりしていると思うが、ちょっと整理させてくれ。小田切から無線を受けて、おまえは通用口から外に出た。小田切と言葉を交わしたのはほんの数分で、胸騒ぎを覚え、腎臓内科に取って返した。すると、すでに事件が起こっていた、と。こういうことだな？」

遼一は缶コーヒーを両手で握ったままうなずいた。

「そのとおりです。監察医の柴山医師が推測したように、聖掃者は二人いたんです。一人が小田切を刺して逃げ、その隙を突いてもう一人が実行に及んだ」

答えの何がいけなかったのか、竹野内は納得がいかないという表情になっている。そわそわと落ち着かない気持ちになる。

「おまえが小田切のもとに駆け付けて会話を交わした時間はどのくらいだ？」

「せいぜい三分くらいでしょうかね」

「その隙に天宮を狙ったとなると、すでに実行犯のほうは二階にいて、おまえが二階から一階へ下りていくのを見ていたことになるな」

「まあ、そうかもしれませんね」

「何でそいつはおまえの容姿を知っているんだろうな？」

一瞬答えに詰まる。聖掃者は遼一が誰かをわかっていている。容姿を知っていてもおかしくはない。だが、事情を知らない竹野内が不思議に思うのは無理もない。

なんとか言い逃れようとする。

「おれは度を失って駆け出したんで、こいつが行確中の刑事だってわかったんじゃないですか？」

竹野内の老獪（ろうかい）な目が遼一を射た。

「おまえは面白いことを言うな。そもそも聖掃者がなぜ天宮に行確の刑事がついていることを知っているんだ？」

「いや、聖掃者ほどの知恵があれば、行確がついていると予想しても不思議じゃないでしょう」

「まあ、それもそうだが。じゃあ、聖掃者は行確の刑事が二人いたこともわかっていたんだな。一人を刺して、小田切がおまえを呼び出すのを待ってから、天宮を殺しに動いたわけだから」

何と答えたらいいのかわからない。下手なことを言えばボロが出そうだ。

「実はな、もう一つ気がかりな点があるんだ。ちょっと来てくれ」

あとに続いて、通用口近くにある警備室に入る。壁の一角に監視モニターが並び、院内の各所を映し出している。モニター前のデスクに警備員と吉野聡が並んでいた。防犯カメラの映像データをノートパソコンに移しているところのようだ。

竹野内が吉野に声をかける。

「おい、先ほどの映像をもう一度見せてくれ」

「はい」

吉野はパソコンを操作しながら画面を指差した。

「こちらです。正面出入り口の天井に設置されたカメラの映像です」

吉野の背後から画面を覗き込む。キャップを被り、眼鏡にマスクをした男が、出入り口から駆け出していく姿が映っていた。

竹野内が顔を向けた。

「どう思う？」

遼一は狼狽(ろうばい)した。本当にこいつが聖掃者だろうか？　顔の大半が隠れているとはいえ、雰囲気や背格好、歩き方からある程度年齢は推測できる。

正直に答える。

「この男は六十代以上に見えます」

「おれもそう思う。天宮興業の馬場を殺した聖掃者は、目撃者の証言によれば、二十代から三十代ということだったな？」

「ええ、そうです。ですが、聖掃者が二人組なら納得できます。こいつはもう一人のほうでしょう」

そうか、天宮の死体の有り様を思い出す。腹部を複数回刺されていた。力がなく、一撃で殺せなかったのだ。

竹野内がうなずく。

「ああ、聖掃者は若い男と老いた男の二人組かもしれない。だが、気になったのは、天宮を殺した実行犯が年配者のほうだってことだ」

「ええ、普通なら若くて力のあるほうが実行犯役を務めるでしょうね。でもですよ、小田切の存在に気づき、監視役を無力化するほうに力を割くことにしたんじゃないですか」

「まあ、そうとも考えられる。いや、実際そうなのかもしれないが、やはり気になるんだよ。若いほうが小田切を刺したのなら、わざと致命傷を与えないように刺したわけだ。そして、そいつは小田切がおまえを無線で呼び出すことを見越していた」

言わんとすることはわかる。聖掃者はあまりにもこちらの手の内を何から何までわかった上で対策を練り、行動しているように思えるのだ。こちらは刑事二人組で天宮を行確していた。一人は腎臓内科のあるフロアーのベンチ、もう一人は裏手の通用口の外。聖掃者は二人の配置を明確に把握していたことになる。目撃者が多すぎるから二階のフロアーにいる刑事を刺すわけにはいかない。だから、通用口の外にいる刑事を刺し、それもあえて殺さない程度に刺し、その刑事が無線で助けを求めるのを待ってから、実行犯役のほうが天宮を殺害して逃走した。

遼一はそこまでの詳細を聖掃者に話していない。

「小田切に犯人の似顔絵の作成に協力してもらうとするか」

ふと思い出した。

「似顔絵捜査官が描いた似顔絵がすでにあるはずです。黒川保が殺された現場周辺で、防犯カメラの映像を回収した偽刑事がいました。そいつが聖掃者である可能性は高いと思って、対応したマンションの管理人の証言に基づいて似顔絵を描いてもらったはずですよ」

竹野内は怪訝な顔つきをする。

てくる。自分の笑い声に驚いて、遼一は気を取り直し、笑うのをやめた。


その日の夜の捜査会議は通夜のようだった。捜査員たちはみな静まり返り、張り詰めた緊張感が漂っている。ふと、柳沢登志夫捜査一課長の姿がないことに気づく。

遼一が席に着くと、隣の谷川がささやく。

「一課長の首がすげ替えられるかもしれない」

「どこからそんな情報を？」

谷川は誇らしげに鼻を鳴らす。

「本庁にも知り合いは多いからな。仕方がないよ。これだけ犠牲者を出しちまって、おまけに、行確中の対象者まで殺されちまったらなぁ」

「それはおれの責任です」

「いやいや、話は聞いてるよ。小田切が刺されたんだろ。それで駆け付けたら、その間に、もう一人の聖掃者が実行したわけだ。仕方がないよ。聖掃者が一枚も二枚も上手だったんだ。運が悪かったと思うしかない。だが、何らかの懲戒処分が下るかもしれない。戒告くらいならいいが」

「覚悟はしています」

口先だけではない。当面、出世はあきらめなければなるまい。あるいは、一生か……。高い代償だったが、これで家族は守られた。それが一番大切なことだ。命に代えてまで守るべきものなのだ。

捜査会議が始まった。進行役の竹野内課長が口を開く。

「諸君らも知ってのとおり、昨日今日と捜査本部では大きな失態が続いている。捜査員が自殺を図り、行確対象者は殺害され、聖掃者を取り逃がした。マスコミは大騒ぎしている。是が非でもこれから名誉を挽回しなければならない。必ず聖掃者を挙げるんだ。今後は捜査の方針が転換される可能性もあるが、諸君らにおいては気持ちを新たに全力で任務に当たってもらいたい」

続いて、捜査員らの報告となった。逃亡した二人の聖掃者の足取りを追い、聞き込みが行われた。正面出入り口から逃亡した老いた聖掃者の足取りは池袋四丁目付近から追跡できなくなった。劇場通りを駅方面へ逃亡したという若いほうの聖掃者の目撃情報は皆無だった。周辺から回収された防犯カメラの映像解析が行われているが、どこまで二人の聖掃者を追えるかはわからない。

遼一は目をつぶった。聖掃者が捕まらないように心の中で祈る。

どうか恵理子が質問してきませんように。どうか佳奈の記憶が戻りませんように。どうか将太の姉への執着がなくなりますように……。無心に祈る。

家族は再び幸福に包まれるはずだ。そんな日が遠からず訪れることを——。

会議が終わり、遼一は自宅に帰ることにした。長い一日が終わり、今日はゆっくりと眠ることができそうに思う。

電車に揺られ、桜台で下りた。改札を出たところで、見知らぬ番号から着信があった。

遼一は出るなり尋ねた。

「おまえの復讐は終わったのか？」

「終わった」

ボイスチェンジャーで変えられた、静かな声が続けて言う。

「おまえも忘れろ。おれも忘れる」

それだけの会話で通話が切れた。あまりにもあっけなかった。

何よりも固く結びついた二人の関係がこれで終わるというのか。

遼一はしばし茫然と立ち尽くしたが、やがて活力を得た気持ちになって歩き出した。

自宅に帰ると、恵理子が玄関で出迎えた。

「お帰り」

「ああ、ただいま」

「フライドチキン買ってきたんだけど、食べる？」

遼一は靴脱ぎ場に立ったまま、妻の顔を見つめ、自分でも思いがけないことを言った。

「この事件はもう解決しない」

それは希望だが、確信でもあった。

恵理子は少し驚いた顔をしていた。一言だけつぶやく。

「そう」

「ああ」

遼一もまた一言だけそうつぶやく。

恵理子が何か言いたげに遼一の目を覗き込む。

それでよかったの？

そんな心の声が聞こえるようだ。

遼一はその声に応じるように小さくうなずいた。

それから二人は何も言葉を交わさず、リビングのソファに腰を下ろし、黙々とフライドチキンを食べた。時折、笑みを交わしながら。遼一は微笑むことができることに驚くとともに喜びを感じた。そして、恵理子もまた微笑むことができることに。

気分が晴れ晴れとしていた。風呂に入ると、知らぬ間に鼻歌を歌っていた。

遼一は笑い出した。今度は笑いが止まらなかった。

おれは人を殺した。何人も。

家族のため、そして、自分のために。

巻き込まれて死んだ者もいる。望月梨花や黒川保は悪人というわけではない。運がなかったのだ。だから、死んだ。

後悔はしていない。仕方がなかったのだ。

ベッドに入る。なかなか寝付けなかった。目が冴え冴えとしている。

聖掃者のことが頭から離れない。あいつは何者なのか。行確していた天宮をうまく殺害した。こちらの手の内を知り尽くした上での犯行だった。死んだ藤井は模倣犯だと勘違いしていたが、聖掃者が警察内部の人間であると言っていた。間違いない。捜査本部内部の人間である。

妻が何度か寝返りを打った。

「眠れないのか？」

「うん。あなたも？」

「ああ。何だろうな。難しいことは考えないほうがいい。それはわかってるんだがな。おれはただきみや子供たちと幸せな人生を生きたいと思っている。それだけなんだ」

「わたしもよ」

それだけ言うと、妻は静かになった。眠ったようだ。

ふと、聖掃者の正体をつかむ方法が残っていることに思い至った。捜査の一環として、やらなければならないことだ。避けて進むこともできない。

たとえ、聖掃者を突き止めたとしても、捜査本部に報告することはできない。自分の胸のうちだけに留めておかなければならない。聖掃者のほうはこちらの弱みを握っているのだから、遼一にも保険があったっていいだろう。

## 7

タワマンのベランダで、新しく一日が始まったばかりの都心の風景を見晴るかしながら、春日凌はコイーバを灰皿に押しつけた。冷たい風が身に沁みる。

隣では飯島健吾が缶ビールをあおっている。飯島はいくら飲んでも顔に出ず、言動が乱れることもない。冷徹な思考も変わらない。

「警察は自殺として処理するつもりなんでしょうかね？」

情報提供者の刑事、藤井俊介が死んだ。所轄の屋上から飛び降りたという。テレビのニュースで知ったのだ。いまは警察内部の情報を直接知るすべはない。

藤井が自殺することはありえない。警察内部にいる模倣犯に殺されたと考えるべきだろう。

春日はまぶしい空をにらんだ。

「他殺とは考えないだろう。身内を疑うことになる」

「どうします、警察に情報提供しますか？　藤井とうちらの関係を話さなくちゃなりませんが、恩を売っておくのもいいかもしれませんよ」

ブラックチェリーとしてやれるだけのことはやった。本来ならば落とし前をつけたいところだが、警察官が相手となるとそう簡単にはいかない。国家権力を敵に回していいことはない。警察に恩を売っていいことがあるかは疑問だ。また、藤井のようなネタ元を警察内部に欲しかったが、そう簡単にできるものではない。

「こちらからは動かない。おれたちが聖掃者にかたき討ちできないなら、警察に手柄を持っていかれるのは面白くない」

飯島は納得したようにうなずいた。ただのイエスマンではない。春日はそんなものは必要としていない。言いたいことがあればきちんと言い合える、そんな関係が理想だと思っていた。

インターフォンが鳴った。応答した飯島が振り返る。

「池袋署の警察官です。聖掃者のことで話を聞きたいと」

飯島がにやりとする。

「招かれざる客でしょうか、それとも、歓迎すべき客でしょうかね？」

「おれはシンクロニシティを信じてる」

警察に情報提供をするかどうか話しているときに、警察官がやってきた。春日は意味のある偶然というものはあると考えている。

「入ってもらえ」

飯島が解錠ボタンを押した。

万一の場合への備えは必要だ。聖掃者かもしれない。春日はデスクの後ろに回ると、引き出しの一つを開いた。そこにはナイフのコレクションが並んでいる。サバイバルナイフの一つを手渡すと、飯島はベルトの後ろに挟んだ。同様に春日もバタフライナイフをズボンのポケットに隠す。

玄関のチャイムが鳴った。飯島がドアを開けると、スーツ姿の男が入ってきた。四十代半ば。やつれた顔をしている。名刺を出してきたので、身構えながら受け取る。「薬師丸遼一」とある。階級は警部補だ。

　まずは相手の出方をうかがうことにする。

「何の用っすか？」

　薬師丸が口を開く。

「聖掃者の件です。やつはブラックチェリーの闇金融を運営していたメンバーを狙っていました。返済を巡ってトラブルなどありませんでしたか？」

「それなら、うちのほうでも調べさせましたが、わからないんすよ」

「警察のほうでも調べます。顧客リストをもらえませんか？」

「前に部下が提供したと聞いてますが？」

「それが……ファイルが破損していたようで開けないんです」

「そうですか」

　飯島が顧客リストの入ったＵＳＢメモリーを手渡した。

「ご協力感謝します。それと……」

　薬師丸が春日を鋭い目で見る。

「聖掃者に関する情報を何かつかんではいませんか？　あなた方は独自に捜査をしていたそうですが」

　春日も薬師丸を鋭い目でにらみ返す。

「ええ、そうです。ちょっと聞きたいんですが、警察は聖掃者を本気で捕まえる気があるんですか？」

「もちろんです」

「模倣犯も？」

「ええ、模倣犯がいるのならね」

「模倣犯は警察関係者かもしれませんよ」

薬師丸は虚を突かれた表情になった。

「それはどういう意味ですか？」

「うちがつかんだ情報です。模倣犯は警察関係者かもしれない。それをおれの警察内部にいるネタ元に教えました。藤井という警視庁の刑事です」

「藤井巡査部長は投身自殺を図った」

春日は呆れた。

「本気で自殺だと思ってるんすか？　殺されたんですよ。警察内部にいる模倣犯に。藤井は下手を打ったんでしょう」

薬師丸の口元が震えている。無意識だろうネクタイの結び目をいじっている。

「あなたは……模倣犯が誰か知っているんですか？」

「いえ、誰かまではわかりません」

春日は首を振った。すると、薬師丸は心なしかほっとしたように見えた。

「ですが、目撃情報から模倣犯の特徴はつかんでます。それを藤井さんに伝えたんです。その直後に転落死ですよ。これは何かあったなと思うでしょう」

「なるほど、そうですね。で、模倣犯の特徴というのは？」

春日は自分の耳たぶを引っ張って見せた。

「左側の耳がつぶれてるんですよ。柔道経験者みたいに」

薬師丸の目が見開かれた。言葉を失っている。

春日にはありありと心情が読めるようだった。藤井と同じ反応だ。こいつは模倣犯に心当たりがある。

「おれの考えでは、聖掃者と模倣犯はコンビです。模倣犯が島田祐樹を殺したあと、真相に近づきつつあったうちの黒川保を殺したのは聖掃者ですからね。二人がつながっていることは確かだと思いますよ。模倣犯が警察関係者だったらおれたちの手には負えない。こうなったら、警察の力でやつらを捕まえてもらうしかない。お願いできますか？」

「わかりました。最善を尽くします」

薬師丸はぎこちなくうなずいた。心なしか顔色が悪くなっている。

「本日はお時間をいただき、ありがとうございました」

礼を述べると、逃げるように部屋から出ていった。

春日と飯島は刑事を見送ったあと、互いに顔を見合わせた。

「あいつは模倣犯に心当たりがあるな」

「ありますね、あれは」

「だが、反応がおかしい」

あの刑事は凶報を聞いたかのように明らかに青ざめた。

模倣犯と近しい間柄にあるのではないか。

たぶんそうだ。薬師丸がどう動くか。今後の展開を見守るしかない。

模倣犯は左耳がつぶれた男だ。春日は勘違いしているが、そいつは模倣犯ではなく、聖掃者本人だ。模倣犯は遼一であり、聖掃者は警察関係者である可能性が高い。

一人の名前が頭に浮かぶ。捜査本部内部におり、遼一もよく知る人物だ。

まさか、あの男が……。

車内に戻ると、ノートパソコンにＵＳＢメモリーをつないだ。ファイルは無事開かれ、氏名、住所、連絡先、職業、学校、家族などが記されたリストがずらりと並ぶ。上から順番に氏名を見ていく。

あった。その名前を見つけた。

小田切政男（まさお）、六十五歳。目をつけたのは苗字だ。小田切という名前はそうありふれた苗字ではない。おそらく小田切護の父親ではないか。

聖掃者は小田切護なのだ。小田切の左耳はカリフラワー状につぶれている。天宮悟朗を狙った聖掃者はこちらの手の内を熟知していた。病院の二階に遼一がいて、通用口の外に小田切がいたこと。電話ではそこまで詳細を聖掃者に伝えていない。だが、聖掃者は小田切を死なない程度に刺し、小田切に遼一に連絡を入れさせ、遼一が二階からいなくなった隙を突いて、天宮に手を掛けた。遼一と小田切の詳細な位置情報を知らずに、短時間で緻密（ちみつ）な作戦を組み立てられるわけがない。

思い返してみれば、聖掃者から電話がかかってきたときには、決まって小田切はそばにいなかった。互いに単独行動をしているときにだけ、聖掃者から電話があった。天宮の行確前に電話を入れたとき、もう一人の聖掃者が対応に出たのは、小田切が遼一の近くにいたからだ。

小田切にとって遼一は表でも裏でもいい相棒だったろう。証拠品の隠滅には危険が伴う。特に相棒に知られる恐れがある。だから、相棒の遼一を味方につけたのは小田切にとって好都合だった。遼一に危ない橋を渡らせれば、自分は見て見ぬふりをし、万が一、他の捜査員に見咎められても、トカゲの尻尾切りで小田切にまで害は及ばない。

推測するに、小田切の父親、小田切政男はかつて天宮組と問題を起こしたのだ。小田切も語っていたではないか。父親は反社に会社を乗っ取られたと。そして、最近になってカネに困り、ブラックチェリーからカネを借りた。最初の殺人、伊藤裕也を殺したのは小田切政男だ。そのときはまだ息子とはコンビを組んでいなかった。だから、政男が殺し、へまをした。伊藤裕也を殺した政男は息子に泣きついたのだろう。ちょうど島田祐樹を殺した佳奈と同じように。

小田切護は父親を守る決断を下した。父親のかたきを取るために、息子は元天宮組の面々を殺し、そして、ブラックチェリーのメンバーまでも手にかけた。

小田切はおれと同じ過ちを犯したのだ。愛する家族を守るために、罪を隠そうとし、さらなる深い罪を犯していった。

責めることができようか?

8

鎮痛剤のおかげで痛みは感じなかった。痛みだけではない、震え上がるほどの恐怖も感じない。

何も感じない。小田切護は病院のベッドに横たわり、ぼんやりと天井を見上げていた。

頭の中は堂々巡りを繰り返している。選択は正しかったのか、もちろん、正しかったのだ、と。父と再会したあの夜に戻ったとしても、また同じ選択をするだろう。それほどまでに怒りは深く強かった。

十五年前、父政男の経営する化粧品販売会社が天宮組に乗っ取られた。天宮組の伊藤裕也と戸田慎介の二人は素性を隠して政男に接近し、韓国の人気化粧品を安く仕入れられるという儲け話を持ち掛け、政男はそれに乗った。しかし、商品はまるで売れず、売掛金だけが残ってしまった。もともと経営が思わしくなかった政男の会社は売掛金を支払えず、伊藤と戸田の要求を吞む形で、やむなく発行株券の半数以上を二人に売却した。政男は経営権を奪われ、会社から追放された。会社は借金まみれだったが、自社ビルを持っていた。当然ビルも手放さなければならない。伊藤と戸田の狙いは初めからこのビルだったのだ。天宮組の組長の天宮悟朗がビルのオーナーになったことを顧問弁護士から聞いて、政男は伊藤と戸田が同組の組員であることを知った。

政男は銀行に個人保証をしていたので、会社の借金はそのまま政男が負うことになった。政男は自己破産した。持ち家を手放し、公営のアパートに引っ越した。小田切家の生活は困窮した。護が十六歳のときのことだ。父は年齢的に職を得ることができず、無職の状態が続いた。母は心労が祟り、半年後に風呂場で手首の静脈を切った。血で真っ赤に染まった風呂の水の中で、真っ白い顔で死んでいた母の姿が目に浮かぶ。呼びかけても呼びかけても母が目を覚ますことはもうなかった。

いつかあいつらに復讐してやる——。そう心に誓った。

父にも心の内を打ち明けたが、何も言われなかった。本気だと思われなかったのかもしれない。

護は新聞配達のバイトをして父との生活を支えた。大学へ進学する選択肢はなかった。高校を卒業すると、警察官の試験を受け合格した。ようやく生活がいくらか安定した。そして間もなくして、父はいなくなった。書置きがあり、「おまえにこれ以上、苦労をかけたくない」とあった。「復讐のことは忘れなさい」とも。護はその後もずっと同じアパートに住み続けた。いつか父が帰ってくると信じて。

あれから十二年という歳月が経ち、今年の二月二十一日の深夜、父が自宅に戻ってきた。何の前触れもなく突然のことだった。護は政男の変貌ぶりに愕然とした。浮浪者と見まがうような風貌だったからだ。服は洗われたことがないようで、汚れがこびりついていた。本人もやせ細り、骨と皮だけだ。六十五歳という年齢よりも、ずっと老けて見えた。

「護、やってしまった……」

開口一番、父は言った。その目が爛々と異様な輝きを放っていた。

「十五年前、おれの会社を乗っ取ったヤクザのことを覚えてるだろ。あいつらの一人、伊藤裕也って男を殺してやった」

政男はこの十二年間の日々を訥々(とつとつ)と語り始めた。ずっと日雇いの仕事をしてその日暮らしをしてきた。極貧だった。消費者金融に借金があり、それでも足りなくて闇金融に手を出してしまった。もうどうにもならず、脳裏を死の文字がかすめた。そんな折、たまたま通りかかった池袋の駅の構内で伊藤とすれ違った。かつての天宮組の組員だとすぐに気づいた。政男は吸い寄せられるようにあとをつけた。

後ろから伊藤を見ていると、十五年前の出来事が昨日のことのようにありありと思い出された。そして、腸（はらわた）が煮えくり返るような怒りも思い出した。当時、天宮組には六人の男がいた。六人の名前は覚えていた。政男は伊藤がいまもヤクザをして、しかも、裕福な身なりをしていることに強烈な怒りを覚えた。自分はといえば、極貧で死ぬことばかり考えている。この男たちに何度復讐してやろうと思ったことか。そして、なぜもっと早く復讐しなかったのかと後悔した。

政男は伊藤裕也の家を突き止めると、なけなしの金でサバイバルナイフを買った。それから三日にわたって伊藤を尾行した。殺すチャンスをうかがったのだ。三日の間、何度もチャンスはあったが、なかなか手を下すことができなかった。

サバイバルナイフを捨ててしまおうとしたとき、これであきらめたら死ぬ間際に絶対後悔すると思った。政男はやるしかないと覚悟を決め、二月二十一日、後ろから伊藤を刺した。手が震え、上手く刺せなかった。伊藤は倒れず、振り返ると抵抗してきた。首をつかまれた。怒りに任せて何度となく刺した。伊藤の力はすさまじく、刺し続けなければ、逆に殺されていた。

やがて伊藤が倒れ動かなくなっても、政男は伊藤を刺し続けた。積年の恨みをすべてぶつけるように。そして、その憎き額に力強く×の印を刻んだ。

ようやく復讐を遂げた——。そんな多幸感を覚えたという。これほど気分が爽快になったこともなかった。身体の震えは止まっていた。人を殺したという罪の意識はなかった。

それよりも、早く天宮組の残りの五人を殺さなければと焦燥感に駆られた。騙された正直者が地獄を見て、騙した悪人どもが今日に至るまで安穏と暮らしていることが我慢ならなかった。絶対に捕まらないだろうという不思議な自信もあった。天宮組との因縁は他の誰にも知られていない。小田切政男が捜査線上に浮上することはまずあるまい。いや、たとえ捕まろうとも、自分の命などたいしたものではない。すでにして生きる屍のような存在なのだ。本気でそう思えた。

政男は単独で残り五人を殺すつもりだったが、限界も感じていた。伊藤裕也に激しい抵抗を受けて負傷した。武器を使ったとしてもヤクザ相手では体力面で圧倒的な差がある。一人であと五人も殺すのは無理だ。

政男は迷った。護しか打ち明けられる相手はいないが、巻き込んではいけないとわかっている。しかも護は警察官だ。しばらく会っていないが、どうしているだろうかと思う。正義感の強い立派な警察官になっているはずだ。被害者の気持ちが痛いほどわかるからだ。

これが自分の限界だろう。捕まるのならば、護の手で捕まえてもらいたい。政男はそう決心して、十二年ぶりに自宅へ足を向けた。そして、告白をすると、両手を護の前に突き出した。

おれを捕まえてくれ……。

護はしばらく茫然として政男の両手を見つめていた。

話を聞いて、護は母が自殺した日に戻った。血で真っ赤に染まった風呂の水の中で絶命していた母の死に顔が目に浮かんだ。

いつかあいつらに復讐してやる――。かつて口にした言葉が脳裏によみがえる。ヤクザ者たちへの憎しみを忘れた日はなかった。

「親父、おれも手伝うよ」

護はそう口走っていた。

政男は驚きに目を見張った。

「おまえを巻き込むわけにはいかない！」

「もう巻き込まれてるよ！　親父が人を殺した時点でもう巻き込まれてるんだ」

「すまなかった」

政男は膝を折り、その場で土下座をして頭を下げた。

「おれが馬鹿なことをしたばっかりに……」

護は首を振った。

「いや、親父はおれの代わりに復讐をしてくれたんだ。おれは片時もあいつらのことを忘れたことはなかった。大丈夫だよ。バレなきゃいいんだ。いまや親父と天宮組を結びつけるものは何もない。上手くやれば絶対にバレない」

護は政男の肩を掻き抱いた。政男もまた息子の肩を抱きしめる。目から涙が溢れ出た。

「わかった。もしも万が一、何かあったときは、おれがすべての罪を被って死のう」

復讐したいという強烈な欲動に突き動かされ、護は居ても立ってもいられなくなった。

運命のいたずらか、護は伊藤裕也の事案の捜査本部に従事していた。目撃者はいなかったか、周囲に防犯カメラはなかったかを気にかけた。翌日、捜査本部へ出向き、目撃者もいなければ、周囲に防犯カメラもなかったことがわかると、護は覚悟を決めた。

復讐の続きはおれが引き受けよう。ならず者がおのれの犯した罪も省みず、人生を謳歌するなど許せるわけがない。母を亡くした恨みを晴らさずして死ねるわけがない。自分が受けた苦しみを知らしめてやる。おれならもっと上手くやれる。天宮組の組員たちを皆殺しにしてくれる。

天宮組の組員の名前はわかっていたので、警察の前科者データベースで検索する。彼らはみな前科持ちだったのでヒットした。居住地に向かい、尾行することは容易だった。対象者を尾行し、目撃者や防犯カメラを避けて、すれ違いざまに刺す。一週間後、二番目の対象者の戸田慎介を殺った。

一週間に一人のペースで元天宮組の面々を殺すつもりだったが、元天宮組の組員も愚かではない。元組員が二人殺されれば、自分たちが標的にされていると気付くだろう。何か目くらましが必要だ。すると、政男は半グレ集団のブラックチェリーが運営する闇金融にカネを借りており、厳しい取り立てに遭っていることを打ち明けた。これだと思った。弱者を食い物にするクズは全員許せない。護は取り立てを行っている小倉漣とその上にいる幹部の島田祐樹もまた殺して、対象者の共通項がわからないようにする案を思いついた。

そんな中、思わぬことが起きた。相棒の薬師丸遼一の娘に島田が殺され、薬師丸は聖掃者の犯行に見せかけたのだ。島田を尾行していた護はその一部始終を見ていた。これは使えるかもしれないと思った。一方、島田と小倉を殺せば、警察はブラックチェリーの闇金融運営チームに目を向けるはずだ。顧客リストには小田切政男の名前が載っている。そこから足がつく恐れがあった。なんとかして顧客リストのデータを削除したいと考えていた。また、元天宮組組員たちも警戒しているだろう。この先の殺人は難しいものになる。遺留品を現場に残す恐れもある。証拠品の隠滅を自分で行うのは危険すぎる。誰かにやらせることができたら……。そう考えていた矢先、薬師丸の弱みを握ったのだ。実際、あの男はいい手先になってくれた。

佐伯利光は自ら手を下せなかったが、天宮悟朗を殺し終え、小田切親子の復讐は終わった。母のかたきを取った。積年の恨みつらみを晴らした。清々しい達成感に包まれるかと思ったが違った。

いま胸にあるのは、深々とした虚無感だった。

あれほどまでに憎かった男たちを殺して、得たものは何もない。身を危険にさらしただけだ。

せめて、あの世で母が喜んでくれていればと思う。

おれは正しいことをしたんだろう? そうだろう?

護は母に問いかけた。だが、答えは返ってこない。

眠ろうとした。何もかも忘れてしまいたかった。目が覚めれば、また現実の世界に戻らなくてはいけない。目撃者も出たし、政男が防犯カメラに映ったが、変装もしており、逮捕につながる決定的な証拠にはなるまい。この事件は解決せずに終わるだろう。

復讐を空しく感じようとも、それが何より大事なことのように思える。いまはただ平安がほしかった。

そのとき、ふと部屋の片隅に人の気配を感じた。身体を動かせず、誰だか顔は見えないが、なぜかそれは薬師丸遼一のような気がした。

いつから彼はそこにいただろうか。回想をずっと薬師丸に聞かれていたような気がした。

なぜここにいる?

言葉が出ない。意識がもうろうとしている。

しばらくして気配が消えた。薬物による精神の混乱のようだ。

唐突に薬師丸に正体を気づかれたのではないかと思った。藤井を屋上から突き落とす間際に、薬師丸は藤井から模倣犯の名前を聞き出したかもしれない。あるいは、ブラックチェリーの事務所を訪れ、闇金融の顧客リストを手に入れ、その中に父の名前を発見したかもしれない。小田切という苗字はそう多くはない。藤井が屋上に呼べるということは、聖掃者は警察関係者だと気付いたかもしれない。

身体の奥底に眠っていた力が徐々に手足へ伝わっていく。

護は意識が鎮まるのを待つと、ベッドから起き上がり、患者衣を脱ぎ捨て、クローゼットに吊るされたスーツに着替えた。傷はほとんど癒えている。もとから重傷ではない。携行していた拳銃は捜査員が所轄へ返却していた。

病室を出て、所轄に向かう――。拳銃を貸与してもらうために。

9

捜査本部は疲弊しきっていた。近隣の所轄の協力を得て捜査員の数は膨れ上がったが、依然として逃亡した聖掃者の逮捕には至らなかった。目撃情報から聖掃者は二人組と見られている。島田祐樹だけ模倣犯の可能性があることなど忘れ去られていた。

模倣犯がいようといまいと、十五日の夜、島田祐樹とムゲンを一緒に出た女の素性をつかむことは事件の解決に寄与するはずだ。

片瀬彩香はそう頑なに信じていたが、望月梨花が殺されてからというもの、目新しい成果を出せていない。島田の最期を知るかもしれない女の素性はわからず、捜査は行き詰まっていた。

いまは藤井俊介巡査部長の自殺事案の捜査を命じられている。彩香は藤井が自殺をしたとは思っていない。藤井はブラックチェリーに通じていた。同組織は独自の捜査をしており、その情報を得た藤井は警察内部にいる模倣犯を嗅ぎつけたのではないか。そう彩香はにらんでいる。

さっそくスマホの解析に取り掛かりたいところだったが、落下の衝撃によりスマホは破損していた。スマホ本体から情報を取り出すことができないため、契約している電話会社に赴いて、生前の通話履歴を調べるつもりでいる。

池袋署を出ようとしたところで、スマホにＬＩＮＥのメッセージが届いた。彼氏でサイバー犯罪対策課に所属している杉本樹からだ。至急連絡をくれとある。

何だろうといぶかしみながら電話をかけると、真剣みを帯びた声が言った。

「ちょっと彩香に知らせておいたほうがいい事案が起きたもんでさ」

「どんな事案？」

「いまからＸのアカウントを送るから見てみて」

再びＬＩＮＥにメッセージが来た。張られていたリンクを開き、上から目を通す。

〈おれは大変な秘密を知ってしまった。どうやら実の姉が人を殺したっぽい〉

その投稿に対してたくさんの反応があり、具体的な内容を知りたがる声が上がっていた。

アカウントの主はさらに投稿を続ける。

〈姉が人を殺し、親父が証拠を隠滅した。姉の部屋に盗聴器を仕込み、二人の話を聞いた。間違いない。姉は人を殺したと言っている。二人で罪を隠している。ちなみに、母親は何も知らない〉

〈姉が投身自殺を図った。罪の意識に耐えられなかったらしい。一命は取り留めた。都合のいいことに、人を殺したことを忘れているっぽい。おれは姉に天罰が下ることを祈っている〉

樹のうかがうような声が言った。

「これ、気にならないか？」

「まあ、気にはなるけど。これ、ホントかなぁ。釣りとかじゃない？」

自分の書き込みに騙されて大騒ぎをするユーザーの反応を楽しむ、釣り目的の投稿は少なくない。

「きみは確か島田祐樹が殺された晩、一緒にいた女を捜しているんじゃなかったっけ？」

「まさか、このアカウント主の姉がその女だっていうの⁉」

「この時期だからな。ありえない話じゃないだろう」

ありうるだろうか。もう一度Xの投稿に目を通す。ふと兄が言っていたことを思い出す。島田を殺したのは捜査関係者かもしれない、そいつは女をだしに使って島田を殺したか、あるいは、女が殺してしまったため、聖掃者の犯行に見せかけたか……。

「ねえ、この事案、わたしに預けてくれないかな？　本人に直接会ってみる。アカウント主の個人情報、もうわかってるの？」

「ああ、ちょっと待ってくれ。ええと、薬師丸将太、十七歳、住所は練馬区桜台――」

メモを記して通話を切ると、兄の勝成に電話をかけた。樹から聞いたXの書き込みについて話し、アカウント主の姉が島田と一緒にムゲンを出た女である可能性に言及した。勝成は興味を惹かれたようだった。最後にアカウント主の個人情報を伝えると、電話越しに息を呑む気配がした。

「知り合い？」

そう言って、彩香の脳裏に思い浮かんだ顔があった。

「まさかお兄ちゃんの友達の薬師丸さんの息子さんじゃないよね？」

勝成は質問には答えない代わりに言った。

「彩香、この件は誰にも話すな。おまえとおれだけの秘密だ。いいな？」


片瀬勝成は彩香がＬＩＮＥで送ってきたリンク先に目を通した。薬師丸将太は薬師丸遼一の息子だ。住所からして間違いない。Xの投稿には本当だか嘘だかわからないものが多い。しかし、もしこれが本当だとしたら……？

そう仮定して考えてみる。十五日の夜、島田祐樹と一緒にいた女は薬師丸の娘の佳奈だった。佳奈は島田祐樹とムゲンを出て、アパートに向かった。何らかの事情から、おそらくはレイプされそうになって、とっさに鉄アレイで殴り殺してしまい、父親に助けを求めた。薬師丸は娘の未来を考えて、自首させる選択肢を捨て、聖掃者の仕業に見せかけた。島田だけ殺害方法が違ったのは、佳奈が殺したからだったのだ。

先日、薬師丸はこうも言っていた。娘の佳奈が歩道橋から落ちたと。自ら身を投げたのではなかったか。だとしたら、罪の意識から自殺を図ったという、将太の書き込みと一致するではないか。

藤井が投身自殺を図ったあと、片瀬が薬師丸に会って覚えた違和感を思い出す。あいつの顔は犯罪者のそれだった。もしや、藤井を自殺に見せかけて殺したのもやつではないのか？　藤井はブラックチェリーのネタ元だった。同組織は独自の捜査により、十五日の夜、島田と一緒にムゲンを出た女が薬師丸佳奈だと突き止めた。そのことを藤井は知ったのではなかったか。

そして、薬師丸を屋上に呼び出した……。

間違いあるまい。模倣犯は薬師丸遼一だ。

深い失望が胸に広がった。確かに、娘が殺人を起こすという最悪の状況に直面すれば混乱もするだろう。だが、彼は娘に自首させるべきだった。人生に一度あるかないかの選択を誤ってしまった。警察官として、いや、人間として、罪を犯した者は厳しく罰せられなければならない。それが友達であろうと関係はない。

片瀬は憤怒して震える息を吐いた。心苦しいが、やるしかない。

自席を立って、誰もいない廊下に出た。スマホで電話をかける。呼び出し音が長く感じる。

ようやく相手が出た。

苛立った声が応じる。

「もしもし？　今度は何だ？」

　努めて冷静な口調で言う。

「大事な話がある。至急、会いたい」

「わかった。いつもの喫茶店か？」

「いや、島田祐樹が遺棄された公園でどうだ？」

　一瞬の間があった。

「……わかった」

　そう言って、通話が切れた。

　薬師丸もこれが普通の会合ではないと感じただろう。

　片瀬はもう一度息を吐き出した。

　薬師丸に手錠をかけるのは、このおれしかいるまい。

10

　夕暮れの路傍で遼一は立ち止まった。寒さに震える。いや、寒さだけではあるまい。

　片瀬はなぜか公園で会おうなどと言った。それも、島田祐樹が遺棄された公園で。

　おれが模倣犯だと感づかれただろうか？

　島田とムゲンを一緒に出た女が佳奈だと知られただろうか。いったいどうやって？　黒川保の口は封じた。他に二人がムゲンから出たところを目撃した者はいないはずだ。

「どうする？　どうしたらいい？」

遼一は声に出してつぶやいた。

あの男に会いたくはない。だが、会いに行かないという選択肢はない。

──おまえが模倣犯か？

そう聞かれたらどう答えたらいいか。

嘘をつき通すしかない。決定的な証拠は持っていないはずだ。

もし持っていたら？　いったいどんな証拠を？

考えても答えは出ない。公園へ向かって歩き出す。

太陽が雲の陰に隠れた。世界が暗くなる。おのれの行く先を暗示するかのように。

胸の内に絶望感が広がっていく。片瀬に追及されたら、おれは逃れられるだろうか？

「どうする？　どうしたらいい……？」

足取りは鉛を引きずっているかのように重い。どくどくと鼓動が脈打っている。

やがて公園にたどり着いた。かつて二度足を運んだ公園だ。日が暮れようとしており、周囲に並んだ木々が黒いシルエットを描いている。打ち捨てられたような遊具がぽつりぽつりと置かれている。

人はいない。ただ一人を除いて。

遊具から離れて、スーツ姿の片瀬が立っていた。左の脇の下にふくらみがあることに気づく。拳銃を携行している。その表情に厳しさと、そして、一抹の哀しみのようなものが混じっていた。

喉がからからに渇いていた。かすれた声でその名を呼ぶ。

「……片瀬」

「薬師丸」

同じくかすれた声が名前を呼んだ。

二人は少し距離を置いて対峙した。

長い沈黙があった。遼一も、片瀬も、口を開こうとしない。ただ、互いに見つめ合っていた。

太陽が沈みゆく。西の空の彼方が血の色に染まり、冷たい一陣の風が二人の間を吹き抜けていく。

ようやく片瀬が言った。

「自首しろ」

短いせりふだったが、切り込んでくるようだった。胸が張り裂けそうなほど、大きく鼓動を打っていた。

自首する？　このおれが？

何も考えられない。頭は真っ白になっていた。

「何のことだ？」

口が勝手に動く。

「みなまで言わせる気か？」

「まったく意味がわからない」

「よせ。もうみんなわかっている。おまえの息子の将太君が匿名ながらXに書き込んだ。お姉さんが人を殺したかもしれないと」

「将太が……？」

何とか言葉を理解する。少しずつ頭が働くようになる。

「おまえとお姉さんの会話を盗聴していたらしい。姉が人を殺し、親父が証拠を隠滅したと。お姉さんが投身自殺を図ったことまで書いている。おまえの娘の佳奈さんは歩道橋から落ちたんだったよな？」

まさか息子に裏切られるとは……。匿名で書き込んだというが、警察が動くとは想像しなかったのだろうか。だとしたら、あまりにも愚かだ。

目の前が歪んだ。膝が震えている。立っているだけでやっとだった。

「おまえが模倣犯だった。島田祐樹を殺したのは娘だ。助けを求められたおまえは聖掃者に罪を被せることにした。島田に刻印を残し、遺体をこの公園に捨てた。娘になぜ自首をさせなかった？　自首させていれば、ここまで大事にはならなかったんだぞ」

片瀬の言葉が頭蓋に響く。

遼一は反撃の言葉を持たなかった。

「おまえにはわかるまい。何の悩みもないおまえになんて……」

片瀬が驚いたように目を見開く。意外なことを言われたというように。

「佳奈は妻とおれの希望だった。小さいころからバレエを習わせ、バレリーナになるために、血のにじむような努力を重ねてきた。今冬ロンドンの名門のバレエ学校に合格し、まさにこれからというときだった。世界的なバレリーナになるための一歩を歩み始めたばかりだった。島田は佳奈にドラッグを飲ませ、レイプしようとした。佳奈はたまたま部屋にあった鉄アレイで島田の頭を殴った。正当防衛だ。だが、それだけであっけなく死んでしまった。運が悪かったとしかいいようがない。最初はおれも自首させようとした。実際、一一〇番に通報さえした。だが、たとえ正当防衛が認められても、人を殺したことに変わりはない。娘の人生はどうなる？　世界的なバレリーナになる夢は？　夢は砕け散り、無残な人生だけが残されるだろう。おまえにもし娘がいて、同じ状況に直面したらどうする？　娘に自首させるか？」

片瀬は即答する。揺るぎない口調で。

「もちろんだ。おれなら自首させる」

「おまえらしいな。だが、血も涙もない！」

遼一は指を突き付け叫んだ。

「島田は死んで当然のクズだ。そんなクズを正当防衛で殺して、娘の人生を台無しにさせるわけにはいかない。当然の親心だ。それがわからないのか!?」

「もちろん、わかるさ。でも、それは犯罪だ。おまえだってわかっているんだろう？」

遼一は鼻で笑った。片瀬の陳腐な正義感を。世界がくだらない正義に貫かれていることを。それは唾棄すべきものだ。本当の弱者を救ってくれない。

「おまえとは話し合っても無駄だ。取り巻く境遇も価値観も何もかもが違う。おれはおまえを友人だと思ったことなど一度もない」

片瀬は一歩近づこうとした。

「もう一度言う。薬師丸、自首しろ。おれがかけられる最大限の恩情だ。さもないと、おれがおまえを逮捕しなければならなくなる」

体温が数度下がったような気がした。判断を迷う。迷う余地がないことなどわかっているのに。

拳銃を携行していることを思い出す。なぜいまそんなことを考えるのか。

手が震えている。

なぜいまそんなことを考えるのか？

身体全身が震えている。

「馬鹿なことは考えるなよ」

まるでその言葉が呼び水になったかのように、遼一の手はホルスターに吊るされた拳銃に伸びた。

片瀬のほうが早かった。スーツの上着の内側に手を滑り込ませ、ためらいなく拳銃を抜くと、両手を伸ばして構えた。銃口が遼一に向いている。

遼一は拳銃に伸ばした手をぴたりと止めた。

「抜くな」

片瀬が銃を構えたまま鋭く言った。

「おれにおまえを撃たせるな」

遼一は銃口に目を奪われた。まるで引き寄せられるように。

死が口を開いて、おれに呼びかけてくる。

こっちに来れば、楽になると……。

そうだ。死ねば楽になれる。楽になりたい。罪を犯すのにも疲れた。証拠を隠すのにも疲れた。逮捕されるのではないかと恐れるのにも疲れた。

生きることに疲れた――。

「おれを撃ってくれるのか？」

「何？」

「……娘が犯した罪が世間に知られたら、おれはもう生きていけない。おまえが苦しみを断ってくれるのか、と聞いているんだ」

「馬鹿なことを言うのはよせ」

指が拳銃のグリップに触れた。

「やめろ、薬師丸……」

片瀬の指が引き金に触れる。

拳銃を抜けば、片瀬が撃ってくれる。それで終わりだ。

おれは苦しみから解放される。だが、佳奈はどうなる？　家族は？

片瀬は正義感から遼一が犯した罪を明るみに出すだろう。そうなれば、佳奈と家族の未来は潰える。

おれが死ぬのは間違いだ。おれの苦しみを終わらせてはいけない。おれは苦しみもがきながらも生きていくのだ。いま死ぬのは片瀬だ。こいつを撃たなければ、おれは家族を失うことになる。

指が固まって動かない。

銃を抜け！

身体が動かない。

「やめてくれ……」

かすれた声が言う。片瀬もまた恐怖しているのだ。

「薬師丸さん」

柔らかい声が響いた。

ふわりと金縛りが解け、振り向くと、黒い木立から人がぬっと現れた。

小田切だ。その両手にはすでに拳銃が握られている。銃口は片瀬のほうを向いていた。

片瀬は驚いて闖入者(ちんにゅうしゃ)のほうを見た。両手に握る銃口は遼一に向けたままだ。

小田切は銃口を片瀬に向けたまま、遼一に向かって言った。

「薬師丸さん、大丈夫ですか？」

遼一は拳銃のグリップに指の先を触れたままの状態で動きを止めていた。

「何しに来た？」

「おれたち相棒じゃないですか。薬師丸さんのあとをつけたんです」

だとしたら、小田切はずっとこれまでの会話を聞いていたのだ。

遼一は相棒をにらんだ。こいつはこの期に及んでなおも猫を被っている。

「おまえは相棒ではない」

「どういう意味です？」

「下手な芝居はよせ。おまえが何者かわかっているんだ」

その口元にゆっくりと笑みが浮かぶのを見た。

「片瀬、よく聞け。こいつが聖掃者だ。ブラックチェリーの春日から聞いた。島田祐樹を監視していたやつは左耳がつぶれた警察関係者だと。聖掃者は初めから島田も殺す気でいたんだ。闇金融の顧客リストにはこいつの父親と思しき小田切政男という名前が載っている」

言い終わるや、遼一はホルスターから拳銃を抜き、聖掃者に銃口を向けた。小田切は驚きの表情を浮かべた。おれたちは相棒じゃなかったのか、というような。

「聖掃者は二人組だ。もう一人はおまえの父親だろう。最初の被害者、伊藤裕也を殺したのは小田切政男だ。二人目以降はおまえが殺った。天宮悟朗を殺ったのは小田切政男だ。おまえは病院の通用口の外で自分を刺した。若いほうの聖掃者の目撃者が出ないのは当たり前だ。おかしいと思っていたんだ。聖掃者はこちらの動きを知り尽くしていたからな」

いまや、遼一は小田切に銃口を向け、小田切は片瀬に、片瀬は遼一に、銃を向けて構えていた。この距離で撃ち合いになれば、確実に死人が出る。

「おまえの父親を捕まえて、目撃者に見せれば、立派な証言が取れるだろうな」

片瀬が興奮を抑えた口調で言う。

「撃つなよ、薬師丸。落ち着け。犯人は生かして捕まえるんだ」

小田切を狙う遼一の腕は小刻みに震えていた。聖掃者には無茶な依頼をされたとはいえ、小田切に敵意や殺意を持ってはいない。むしろ、奇妙な絆を感じている。お互い家族のためにやるべきことをしただけだ。運の悪い二人がたまたま出会ったのだと。

小田切は悠然と銃を構えていた。人を撃ち殺すことなど何とも思っていないというように。

「おれを撃てるんですか？　薬師丸さんとおれの仲じゃないですか？」

何も答えられない。銃を抜きはしたが、再び指が固まって動かなくなっていた。

そうだ、おまえとおれの仲だ。おれたちは一蓮托生だった。

「おまえたちはグルだったんだな」

片瀬が吠える。

「警察官ともあろう者が……。二人とも自首しろ。そして、法の裁きを受けろ」

小田切がぐるりと周囲に首をめぐらせた。

「それはどうでしょうね。薬師丸さんにもおれにも守るべきものがあって、仕方なく数々の罪を重ねてきたんです。それを、いまここで自首したら、すべてが無駄骨になってしまう。守るべきものを守れなくなってしまう。そうですよね、薬師丸さん？」

遼一はまた何も答えられなかった。まったくそのとおりだったからだ。

「よく考えてください。ここは片瀬さんに罪を被ってもらうというのはどうでしょう？　片瀬さんを模倣犯に仕立てるんです。そうすれば、すべてうまくいきます」

けして驚かなかった。予想外の提案ではなかったからだ。心のどこかで遼一もまたそれを考え、望んでいた。

片瀬に罪を着せることができるだろうか。模倣犯は警察関係者だ。そう考える捜査関係者は多い。

小田切の声が続ける。

「模倣犯にはここで死んでもらう。そして、聖掃者と真の模倣犯は生き延びる」

身体の芯が冷たくなる。そうだ、小田切の言うとおりにすればうまくゆく。

拳銃を握る腕が一ミリ、また一ミリと片瀬のほうへ向かって動く。

殺せるのか？　このおれが片瀬を殺せるというのか？

片瀬の目が大きく見開かれる。遼一の裏切りの心を見抜き、絶望に顔を歪ませる。

「おまえらは二人ともクズだ！　薬師丸、小田切、銃を下ろせ。命令だ！」

おれなら片瀬を殺せる——。

遼一の腕の先が片瀬の頭部を捉えた。

銃声がとどろいた。片瀬の身体が吹き飛んだ。自分ではない。そのことに驚かされる。火を噴いたのは小田切の銃だ。小田切はとどめを刺そうと、地面に転がった片瀬に近づき、至近距離から再び撃った。一発、二発、三発。

心臓の鼓動が跳ね上がる。小田切は片瀬の死を見届けている。遼一の銃に気づいていない。銃口が小田切の頭を捉える。いまここで小田切を殺せば、遼一の罪を知る者は誰もいなくなる。なんと魅惑的なことだろう。

小田切が遼一のほうを向いた。驚きに目が見開かれる。驚くことではないじゃないか。おまえがおれと同じ立場だったら同じことをしたはずだ。それとも、本気で友達だとでも思っていたのか。確かに特別なつながりは感じた。だが、そのつながりもこれでお終(しま)いだ。

遼一は引き金を引いた。とてつもない衝撃が腕と身体を襲う。撃った銃弾が小田切の頸部に当たる。血しぶきを上げ、小田切が倒れた。まるで夢の中の出来事のようだった。

遼一はわれに返った。片瀬のもとに駆け寄る。一目で絶命しているのがわかる。小田切は喉に手を当ててもがいていた。血があとからあとから溢れ出ている。何かを言おうと口を動かしているが、言葉は発せられない。小田切と見つめ合う。本当に驚いているようだ。こんな展開は予想していなかったというように。殺されることなど思いもしなかったというように。どうしてこんなことをするんですか、おれたちの仲じゃないですか……。そんな心の声が聞こえてくるのだった。やがて、小田切は目を見開いたまま動かなくなった。遼一は引き金から指を外し、ホルスターに仕舞った。手が異常なほど震えていた。

二つの死体を見下ろし、長い息を吐き出す。ほんのわずかな間、恍惚とした感情に包まれていた。

遠くからパトカーのサイレンの音が聞こえる。

救急隊員や警察が駆け付けるまでにやるべきことがあるはずだ。聖掃者は遼一が島田の遺体を運ぶ場面の映像を所持していると話していた。誰にも見られないうちに、小田切のスーツのポケットから私用のスマホを盗み、自分のポケットに仕舞った。

パトカーのサイレンの音が大きくなっている。

他にやるべきことはないか。思考が目まぐるしく回転する。

はっと気づき、奪った小田切のスマホの通話履歴をたどった。「父」と表示された相手に電話をかける。

相手はすぐに応じた。

「護、どうした？」

「あんたの息子は警察官と撃ち合って死んだ。おれが最期を見届けた」

諦観のこもった声が言った。

「そうか……」

「どこへでも逃げるといい」

「……いや、おれは逃げない」

「おれのことを警察に話すのか？」

しばし沈黙がある。

「おまえの話は聞いている。娘のために危険な橋を渡ったのだと。うちの息子はおれのために罪を重ねた。おまえはよくやってくれた。感謝している」

そこで通話が切れた。遼一は茫然として立ち尽くし、警察が駆け付けるのを待った。

## 11

薬師丸遼一は一躍時の人となった。聖掃者の事件の真相を突き止めた捜査員になったからだ。遼一がつくり上げたストーリーはこうだ。ブラックチェリーから得た目撃証言や押収した闇金融の顧客リストから、聖掃者が小田切護巡査部長であると確信した。高校時代からの友人で、警官を取り締まる監察である片瀬勝成に、自分の推測が正しいか否かを相談するために、会って話がしたいと申し出た。公園で話していると、そこへ小田切が現れ、片瀬を射殺。遼一にも銃口を向けてきたので、やむを得ず小田切を一発撃った。小田切は死亡。片瀬も残念ながら絶命していた。

上層部の幹部たちは手放しに喜んだ。何人もの犠牲者を出し、迷宮入りかと思われた難事件が、被疑者死亡とはいえ、決着がついたのだから。もちろん、それで捜査は終了ではない。小田切護が被疑者で間違いないことを裏付けるためにも捜査は続けられた。小田切の自宅の家宅捜索が行われた。そこで、小田切政男の遺体が見つかった。首を吊って死んでいたという。また、ノートパソコンが押収されたが、恐れていたものは発見されなかった。小田切は遼一が島田の遺体を遺棄した映像のデータをスマホにしか残していなかった。

似顔絵捜査官が描いた似顔絵が小田切護に似ていた。島田祐樹を監視していた男は小田切だとキャバクラの黒服が証言した。防犯カメラに映った映像から病院から逃げた男が小田切政男だと断定された。

聖掃者の事案は決着がつきつつあった。そして、遼一の罪を知る者はいなくなった。

捜査本部の誰もが遼一を褒めそやした。英雄扱いだった。しかし、腑に落ちないという表情を向ける者がいた。竹野内課長だ。遼一を会議室に呼び、二人きりになると、こんなことを言ってきた。

「まさか、身内に聖掃者がいたとはな。それもこんなに近くに……。小田切が聖掃者だと直前まで気付かなかったのか？」

遼一はネクタイの大剣にそっと触れた。

「まったく気付きませんでした。やつはうまいこと振舞っていました。誰も疑っていなかったと思いますよ」

「どうして監察の片瀬に相談しようと思ったんだ？」

肩をすくめる。

「実は、片瀬から何度か接触がありました。捜査本部にブラックチェリーに捜査情報を流している者がいるとにらんでいたようです。その件で、心当たりはないかと聞かれました。また、聖掃者の事件に興味を持っていることを話していました。もちろん、最初に課長に打ち明けることも考えましたが、自分の見立てが正しいかどうか客観的な視点で助言してくれる相手として片瀬に相談しようと思いました」

竹野内は何も言わず、続けて質問を投げてきた。

「おまえの証言にもあったように、小田切は片瀬を一発撃ち、その後、至近距離から三発撃った。そうだな？　つまり、小田切が四発撃ってからようやくおまえは拳銃を抜いたわけだ。片瀬は拳銃を抜いていたのにだ。なぜおまえは最初の一発目で拳銃を抜かなかった？」

「突然のことで身体が動きませんでした。小田切は現れたと思うと、すでに拳銃を抜いていました。片瀬の反応は早かったです。しかし、恥ずかしながら、おれは拳銃を抜けなかった。本当にあっという間の出来事だったんです」

苦しい言い訳なのはわかっている。だが、そう言う以外に思いつかない。

「そうか」

ため息交じりに言う。そして、もっとも痛いところを突いてくる。

「小田切のスマホを知らないか？　遺体はスマホを持っていなかった。自宅にもどこにもないんだよ、スマホが。いまどきスマホを持っていないなんてことはありえないからな。何者かが持ち去ったと思うんだが」

「まさか……。もちろん自分じゃありませんよ」

「もちろんおまえを疑っていやしない。なんたって、おまえは英雄なんだからな。ただ聞いているんだ」

「知りません」

「そうか。わかった。以上だ」

竹野内は鋭い上に手強い。だが、彼以上に手強く厄介な人物がいたのだ。

夜九時を回り、遼一は自宅へと急ぐことにした。ＬＩＮＥでこれから帰宅する旨を伝えると、恵理子は祖父母の家に行っているという。これからのことを話し合っているのだろう。将太と三人で夕食が食べられると思ったが残念だ。これから少しずつ時間をかけて、かつての家族の日常を取り戻していけばいい。そう思っていた。

所轄の正面出入り口を出て、少し歩いたところで、「薬師丸さん」と後ろから声をかけられた。振り向くと、ネイビーのスーツ姿の女が立っていた。思い出すのに時間がかかった。

「きみは片瀬の……」

「妹の彩香です」

彩香は小さく頭を下げた。

久しぶりの再会だった。最後に会ったのは彩香が小学生のころだ。大学時代、吉祥寺にある片瀬の家を訪ねたときに、何度か顔を合わせたことがあった。あれから二十年以上は経っている計算になる。すっかり成熟した大人の女性になっていた。大学を出て警視庁に勤務したと聞いたことがあった。面立ちが片瀬にどこか似ている。兄を失った深い悲しみが青白くやつれた顔に表れていた。心がちくりと痛んだ。

遼一は居住まいを正して頭を下げた。

「この度は大変に残念だった。惜しい人を亡くした。心からご冥福をお祈りします」

「薬師丸さん、本当のことを話してください」

顔を上げると、彩香は唇を固く結びこちらをうかがっていた。

「本当のこと？」

「兄とわたしは模倣犯を追っていました。模倣犯は警察内部にいる人物です」

その双眸に怒りが燃え上がる。

「それはあなたではないですか？」

勢いに呑まれながらも、遼一はなんとか反論を試みた。

「親しい友人の妹の言葉だとしても聞き捨てならないな。証拠でもあるのか？」

「あります。息子さんの将太君がXに投稿しているんです。お姉さんが人を殺したかもしれないって。また、あなたとお姉さんの会話も盗聴して——」

「ああ、その話か。片瀬からも聞いた」

遼一は笑おうとした。うまくできたか疑問だが。

「うちの息子には妄想癖があってね。病院で一度診てもらったほうがいいと思っているんだが、本人は頑なに妄想じゃないって言い張っている。困ったもんだ。おれも手を焼いている」

彩香は怒りゆえに震えていた。両の拳を固めている。

「そんな嘘が通用すると思っているんですか？」

遼一はムキになって見せた。

「嘘じゃない。本当のことだ。聖掃者は小田切だ。証拠だって挙がっている。模倣犯なんていない。初めからいなかったんだ」

「このことは上司に報告します」

すうっと大きな瞳から一筋の涙が流れ頬を伝った。

「すればいい。おれは本当のことを言うまでだ。確たる証拠もなく人を貶めるようなことを言えば、きみが信用を失うぞ。失礼する」

遼一は振り切るように、急ぎ足にその場をあとにした。息苦しさにネクタイを緩めた。彩香が本気で上司に報告したら、英雄の座から一転して、疑惑の目にさらされかねない。

どうすればいい？


答えは出ない。

片瀬が撃たれ、小田切が死に、ほっとしたのも束の間、遼一は再び窮地に陥っていた。彩香は兄のかたきを討たんと、遼一に狙いを定めている。現段階で、彩香が上司に報告するだけでも相当なダメージを被るだろう。

しかし、証拠はない。佳奈が島田祐樹を殺害した場面を目撃した者はいない。島田のアパートに入るところを見た者もいない。ムゲンを一緒に出るところを見た唯一の人物、黒川保はもうこの世にいない。

遼一が島田の遺体をアパートから運び出し、公園に遺棄したのを見ていた小田切もまたこの世にいない。

佳奈が島田を殺した証拠はない。そして、遼一が島田の遺体を遺棄したという証拠もない。

佐伯利光とその運転手を殺したが、その目撃者も出ていない。

藤井俊介を殺した。その目撃者も出ていない。

これは完全犯罪だ。遼一が罪を犯した証拠は何もない。

家族のことを考える。記憶を失ったいま、佳奈が罪悪感から罪を告白するようなことはない。妻の恵理子は遼一と佳奈を怪しんでいるが、真相を知ることを恐れ、もう何も聞いてこない。残るは将太だ。あいつは密かに盗聴を続けていた。録音のデータがあるはずだ。それを破棄させなければならない。力ずくでもだ。

自宅にたどり着くと、まっすぐに将太の部屋に向かった。恵理子は義父母の家にいる。秘密の話をするには絶好の機会だ。扉の前に立つと、ノックをせずにドアを開けた。

「ちょっといいか?」

将太は憮然とした表情をしている。

「何だよ? ノックもしないで――」

後ろ手にドアを閉めてから口を開く。

「おまえ、Xでおかしなことを投稿しただろう。警察にはインターネットの書き込みを監視している課があってな。おれのところに警察官が来て、いろいろ追及された。おまえがくだらない書き込みをしたばっかりにな」

将太は立ち上がり、突っかかってくる。

「本当のことじゃないか！　姉貴は人を殺したんだろう？　そして、親父はその罪を隠そうとしたんだろう。全部聞いたんだぞ！」

遼一は思い切り将太の頰を張った。将太の身体が吹っ飛んだ。

「痛てぇな、何すんだ！」

血相を変えて吠える将太に向かって、遼一は逆上して叫んだ。

「馬鹿野郎、黙って聞け！　ああ、確かに佳奈は人を殺した。本当のことだ。おれはその罪を隠すために、殺人鬼に罪を被せた。本当のことだ！　それだけじゃない。おれはもっと恐ろしい罪も犯している」

将太はあらためて聞いて驚いたというように目を丸くしている。

「このことが公になってみろ。佳奈とおれの人生は詰むが、それだけじゃない。おまえとお母さんの人生も同様に詰むことになる。おまえの行く末にも地獄が待っているんだぞ。大学へは行けない、就職はできない、外に出かけることもできない、生きていくことができなくなる。それでもいいのか⁉」

将太は言葉を失っていたが、やがて絞り出すような声で言った。

「……そんな大事になるとは思わなかったんだ」

「大事になったんだ。危うくすべてが明るみに出るところだった」

「ごめん……」

将太はぶるりと身体を震わせると、両目から大粒の涙を流した。

一転して穏やかな口調になって続ける。

「おまえは佳奈のことがうらやましかったんだろう。でも、佳奈はもう十分に罰を受けた。そうだろう？」

「姉貴ばっかりみんなから、かわいがられるもんだから……」

「馬鹿なやつだな。親はわが子ならどんな子供でもかわいいもんだ。おまえだってやればできる。ただやらないだけだろう。これから人生を取り戻すんだ。わかったか？」

「わかった。本当にごめんなさい」

「Xの投稿を消せ」

「もう消したよ」

「盗聴を録音したデータがあるだろう。消せ」

「わかった」

将太は机の引き出しからレコーダーを取り出し、それを操作してデータを消去した。

「いいか、いまおれが話したことはここだけの秘密だ。お母さんにも言うな。お母さんには荷が重すぎる。誰にも言うな。わかったな？」

「うん」

泣きじゃくる将太の肩にやさしく手をかけてやった。

こいつには愛情が不足していたかもしれない。そのことを悔いた。絵を描いて生きていくと言っていた。頭ごなしに否定しないで、もっと話を聞いてやるべきだった。目をかけてやるべきだった。後悔先に立たずだ。これから関係を再構築していけばいい。大切な家族なのだから。

これでいい。完全に危機は去ったとはいえないが、身を亡ぼしかねない証拠は消えた。ほっと息をついて一階に下りると、意外な人物がソファに座っていた。

恵理子の父の貴久がいた。カーキ色のセーターに、ベージュのスラックスという出で立ちだ。髪もきちんと手入れされている。とても余命半年には見えないほど若々しく、小ざっぱりとした印象を受ける。そして何より、まるで悟りの境地にでも達したかのような、温和な表情を浮かべていた。

「お義父さん」

遼一は立ったまま口にした。ドアは閉めてあったとはいえ、将太の部屋で大声を出していた。まさか聞かれてはいないだろうか、そう恐れた。

血の気が引いて愛想笑いを浮かべることもできなかった。動揺も隠せずに尋ねる。

「どうしたんですか？　恵理子がお宅にいると聞きましたが？」

「ああ、恵理子はうちにいる。心配することはない」

貴久は至って穏やかな声で言う。

「それより、相談したいことがあるんじゃないかと思ってな」

「相談……ですか。いえ、特には……」

「ないはずはないだろう。窮地に立たされているんじゃないのか。佳奈がタクシーで帰ってきた夜から」

唖然として義父を見つめた。十五日の夜、プリウスに乗って帰ってきたとき、貴久が現れた。仕事帰りだというのに自家用車を使っていたことを不思議そうに見ていた。あのとき、貴久はすでに見抜いていたのだろう。遼一と佳奈が厄介な事件にかかわっていることを。

力が抜けるように、ソファに腰を下ろす。

「お義父さん、何を知っているんですか?」

「おまえが世間の言う聖掃者の事件に個人的にかかわっているということぐらいだ」

「妻はそれを?」

貴久は小さく首を振った。

「いや、恵理子がどこまで知っているかは知らない。だが、怪しんでいるだろうな。そして、恵理子には真実を知る勇気はないし、知れば耐えられないだろう」

「わたしもそう思います」

「話してくれ。すべてを」

貴久は半身を前に乗り出し、両膝の上に両肘を載せ、手を組み合わせた。どんな衝撃をも受け止めてやるという心構えを感じた。

貴久は異変に気づいてもいままで黙っていた。信頼できると感じた。いいだろう。遼一は覚悟を決めた。

遼一は自分が犯した罪の数々を話した。佳奈がタクシーで帰宅したあの夜のこと、そして、それ以降、犯してきた数々の罪深き犯行を——。

貴久は顔色一つ変えなかった。口を真一文字に結んでいる。

話を終えると、重い口を開いた。

「そうか。大変だったな、遼一」

「お義父さん、すみません。ご迷惑をおかけして、本当に申し訳ありません」

遼一は深々と頭を下げた。どっと涙が溢れ出す。義父が受け止めてくれたことが嬉しかった。

「父にも話したんですが、父には怒られました。家族の人生をダメにしてしまったと。いまからでも遅くはない。真実を話せと」

義父がテーブルを力任せに叩き、大きな音が上がった。

「とんでもない！　おまえは家族の人生を守ったんだ。おまえは正しいことをしたんだ」

「……そうでしょうか？」

「ああ、そうだとも。わたしがおまえでも同じことをしただろう。佳奈のためにも、家族のためにも、何があっても秘密は守るべきだ。わたしはおまえを誇りにさえ思う」

父の和夫とは真逆の激しい意見だった。

初めからこの人に相談すればよかったのだ。父に相談するべきではなかった。

そうとも。おれは正しいことをしたのだ。間違ってなどいない。

「よく聞きなさい」

義父は声を一段落とすと、ある計画を打ち明けた。

聞きながら、遼一はむせぶように泣いた。

12

青山葬儀所にて片瀬勝成の警察葬がしめやかに執り行われた。東京都公安委員会委員長、警視総監、東京都議会議長、東京都副知事らによる弔辞があった。幹部や同期など参列者は二百名を超え、兄の御霊に黙禱をささげた。兄は二階級特進の警視正となった。

片瀬勝成の死を誰もが悔やんだ。有能な刑事だったと誰もが褒め称えた。

彩香は泣かなかった。胸のうちにあったのは兄を誇らしく思う気持ちと激しい怒りだ。なぜ兄は死ななければならなかったのか。殺したのは小田切という警官だ。それは疑っていない。現場検証からも立証されている。

兄が撃たれたとき、薬師丸は何をしていたのか。四発も撃たれている。最初の一発目で薬師丸が反撃してくれていれば、兄は死なずに済んだかもしれない。

あの男は兄が死ぬのを願っていたのだ。模倣犯が自分であることを突き止められたから。

薬師丸は兄の死を見届けてから、聖掃者の小田切を撃ち殺した。それでもうこの世に自分が模倣犯であることを知る者はいない。そう考えたのだ。

許せない。このままでは終わらせない。もう一人、薬師丸が模倣犯であると知る人物がいる。このわたしだ。

薬師丸将太のXの投稿だけでは、証拠として弱い。盗聴を録音したものでもあれば違ってくる。家宅捜索の令状を取るにはそれ相応の理由がなければならない。Xの投稿が事実である証拠が必要で、まだまだ捜査不足といえた。おそらくもう録音データは消去されているだろう。

彩香は藤井俊介巡査部長のスマホの通信記録を手に入れた。藤井は死亡する直前、小田切に電話をかけていることがわかった。藤井を殺したのは小田切だろうか。そう思い、電話会社に問い合わせて手に入れた小田切のスマホの通信記録と照らし合わせると、藤井から電話を受けた直後に薬師丸にかけていることがわかった。藤井を屋上から突き落としたのは薬師丸ではないのか。だが、こちらにも物的な証拠はない。

その日の仕事帰り、表参道にある肉バルの店で杉本樹と待ち合わせた。兄が死んで落ち込んでいる彩香を元気づけようと食事に誘ってくれたのだ。樹はネイビーのスーツに黒のネクタイを合わせていた。髪は短くサイドを刈り上げている。

他のテーブル席から少し離れたアルコーブの席に向かい合って座る。樹の顔を見た途端、彩香は自然と泣けてきてしまった。慰められ、泣き止むと、事の顚末について話をした。樹から譲り受けた事案が模倣犯の発見につながったこと。すなわち、片瀬勝成の友人でもある池袋署の薬師丸遼一警部補の息子がXの投稿者であり、薬師丸の長女が島田祐樹を殺害し、その罪を薬師丸が隠蔽した可能性が高いこと。

樹は深刻な表情になって口を開いた。

「今回一番手柄を立てた人物が模倣犯かもしれないっていうのか？」

彩香はしっかりとうなずく。

「ほぼ間違いないと思う」

樹は明らかに狼狽している。驚きよりも恐れのほうが大きいようだ。

真剣な眼差しで彩香の目を覗き込んでくる。

「それをおれ以外の誰かに言ったか？」

かぶりを振る。

「言えないよ。確固たる証拠が挙がらない限り、言えない」

「まだ言わないほうがいい。なんだか聞いているこっちが嫌な汗を掻くな」

そう言いながら、樹は額の汗をおしぼりで拭った。

「樹がわたしの立場だったら、追わない？」

「どうだろう。おれにはそんな勇気はない。でも、お兄さんのかたきは獲りたい。そうだろう？」

「もちろん」

兄は正義の人だった。あと一歩で模倣犯を捕まえることができた。その望みを生き残った自分が叶えてやらなくては……。そして、兄のかたきを獲らなくては……。

「それに……、悪人を野放しにはできない」

「わかるよ。その気持ち」

樹は右手を伸ばして、彩香の左手のひらを包んだ。

「でも、きみにもしものことがあってほしくない」

「うん。慎重にやるつもり。でも、薬師丸も娘の佳奈も犯行時の目撃者もいなければ、防犯カメラにも映ってないしで、どう捜査したらいいのか、攻めあぐねているの」

「そうだな。たとえば、家族を攻めてみるとか。息子は姉のことをよく思っていなかったから、Xで投稿したんだろう。息子はしゃべらないかな」

薬師丸の自宅前を張りたかったが、捜査本部は縮小され、彩香は本庁に戻されてしまった。勝手な捜査をするなら、勤務外の時間を使うしかない。明日の夜にでも薬師丸家に向かおうと思っているところに、翌朝、意外な人物から連絡があった。池袋署の竹野内課長だ。池袋署に来るよう命じられ赴くと、空き会議室で対面した。

竹野内はよれよれのスーツを着て、だらしのない雰囲気ながら、精悍な顔つきをしている。眼光は鋭く輝いている。

「片瀬、きみにやってもらいたい仕事ができた。石神井公園駅近くにある〈ひまわり〉という老人介護施設で、おかしなことを口走っている入居者がいるとの通報が入った。息子と孫娘が殺人事件に関与しているといった内容らしい」

彩香は目を見開く。

「それって、まさか……」

「そうだ。入居者の名前は薬師丸和夫。薬師丸遼一警部補の父親だ。模倣犯を追っていたきみにふさわしい仕事だろう?」

竹野内はにやりと口元を歪めた。


静かな住宅街の一角に、老人介護施設〈ひまわり〉はあった。オレンジ色の外観の小洒落た建物で、なかなかの広さの敷地があり、周囲を桜の木々が囲っている。桜は満開だった。

受付ロビーで、石神井署の佐野(さの)という男性の巡査部長が待っていた。四十代半ばで、浅黒い顔に、背が高く華奢な体格をしている。

「こちらの職員から通報があって、薬師丸和夫さんという入居者の方から事情を聞きました。池袋の聖掃者の事件にかかわる内容だったので、捜査本部のほうに連絡しました」

彩香は並んで歩きながら尋ねた。

「息子と孫娘が殺人に関与していると話したそうですね？」

そこで、佐野の表情が曇る。

「そうなんですが、わたしは直接聞いてません」

すっかり所轄のほうでも事情を聞いているのかと思っていたので、意外に思う。

「どういうことですが？」

「薬師丸和夫さんは、レビー小体型認知症を患っているとかで、こちらが質問をしても答えてくれないんです。正気なときもあるようなんですが、あいにく具合の悪いときにぶつかっているようで」

「認知症……」

「正直なところ、話の信憑性は疑問です」

「信憑性についてはわたしが裏付けを取ります」

薬師丸和夫の部屋まで案内してもらう。和夫は一人で窓際の椅子に腰かけ、うつむいたままぼんやりとしていた。カーキ色のチェック柄のネルシャツに栗色のカーディガンを羽織り、黒のコーデュロイのズボンを穿(は)いている。外からはしっかりとしているように見える。

「薬師丸和夫さん」

彩香は呼びかけてみた。

和夫からの反応はない。

彩香は頭を下げると、警視庁の警察官であると自己紹介した。

反応はない。

不安を感じつつも口を開いた。

「和夫さん、ちょっとお話を聞かせてください。あなたには息子さんと孫娘がいますね？　お二人が殺人事件にかかわっていると職員の方に話されたそうですが、本当ですか？」

和夫は黙ったまま。こちらの言葉を理解しているかどうかも怪しい。

困った。また正気に戻ってくれないかと思っていると、和夫がふと顔を上げた。どこかを凝視している。

「お嬢さん、あの男を追い払ってくれないかな」

佐野のことだろうか。だが、和夫の目は佐野のほうを見ていない。

「男の人って誰ですか？」

「いるだろう。黒い服を着た男だよ。おれのことをずっとにらんでいる。いつもおれを監視しているんだ。何を見ているんだ！　向こうへ行け！」

和夫は隠れようとするかのように頭を手で覆う。

佐野が小声で言う。

「幻覚が見えるそうです。レビー小体型認知症の症状の一つですよ」

彩香は失望を感じて老人を見つめた。和夫は本気でおびえているようだった。残念だが、これでは薬師丸和夫の証言は証拠とはなり得ない。

老人介護施設を出ると、竹野内に電話で連絡を入れた。事の経緯を説明する。薬師丸遼一に対して逮捕状を請求できないかダメ元で尋ねたが、言下に却下された。

「認知症患者の証言ではな。しかも、被害妄想まであるんじゃ、証拠能力は認められない」

「それでは、薬師丸将太を当たります」

「待て、そう突っ走ろうとするんじゃない。いまや薬師丸遼一は聖掃者を倒した英雄だ。よっぽどの疑惑でもない限り、英雄の座から引きずり下ろそうとするのは危険だ。警察の威信の失墜にもつながりかねない」

「結局は世間体ですか？」

「おまえの立場だって危うくなるんだぞ」

彩香は反論の言葉を呑み込んだ。極端な話、左遷させられたら、この事案の捜査を続けられなくなってしまう。それでも、このまま引き下がるわけにはいかない。見殺しにされた兄のかたきを討つまではあきらめられない。

もう一度、薬師丸遼一に会わなくては——。


練馬区桜台にある薬師丸家を訪ねた。門扉の横のインターフォンを鳴らす。しばらくして、玄関ドアが開き、薬師丸遼一が顔を出した。その表情は困惑しているようにも、立腹しているようにも、恐怖しているようにも見える。

昔会ったあの人とは別人だ。当時、薬師丸も兄も大学生だった。背が高く、真面目そうな雰囲気を持った人だった。当時、少し憧れを抱いていたのかもしれない。あれから二十年以上の時が流れた。そして、推理が正しければ、男は重い罪を犯している。兄のよき友人だった面影はもはやない。

彩香はいっさい動じずに言った。

「薬師丸さん、入所先のお父さんが息子と孫娘が殺人事件に関与していると話されたそうです。息子さんに続き、お父さんまでもが、あなたと娘さんの罪を訴えているんですよ。正直に話してください」

遼一は大げさなため息をついた。

「父親は認知症な上に、被害妄想を患っている。いつもおかしなことを言っているんだ。証言に証拠能力なんてあるわけがない」

「模倣犯はあなたです。だから、小田切が兄を四発も撃っているのに、あなたは何もせずに、兄を見殺しにした」

「違う」

強くかぶりを振る。

「小田切がお兄さんを撃ったのはあっという間だった。恐怖のあまり身体が動かなかった。見殺しにしたわけじゃない」

彩香は遼一とにらみ合った。これが嘘つきの顔か、と思う。嘘をついているようにはまるで見えない。ひょっとして、遼一は真実を語っているのか。模倣犯ではないのか。真の英雄だとしたら……?

足元が揺らぐ。

いや、模倣犯はこの男だ。真実を口にすることはないだろう。確たる証拠を突き付けない限りは。悔しさが込み上げるが、どうしようもない。

「帰ってくれないか」

穏やかな口調で遼一が言う。

「おれは片瀬を警察官として尊敬していた。本当に惜しい人を亡くしたと思っている。でも、おれは模倣犯じゃない。うちの娘は人殺しなんかじゃない。息子が妄想癖があるのは本当だ。いまは投稿したことを後悔していると言っている。さあ、これがきみの知りたかった真実だ。帰ってくれ」

悔しいが、これ以上攻撃するための手札はない。

踵を返そうとしたところで、着信音が響き渡り、びくりとする。自分のスマホが鳴っていた。出てみると、竹野内課長からだった。

「至急、池袋署へ戻れ」

その声は過度な興奮で震えているようだった。

「模倣犯が自首してきた」

「何ですって⁉」

彩香は動転して叫んだ。

「誰なんです？」

「白井貴久、薬師丸遼一の義父だ」

彩香は後ろを振り返った。遼一は不敵に笑っているように見えた。

# 13

一台の机と三脚のパイプ椅子以外何もない殺風景な取調室で、彩香は白井貴久と机を挟んで向かい合って座っていた。手錠はされていない。腰縄でパイプ椅子につながれている。書記係の刑事が傍らでノートパソコンのキーボードを叩いている。

貴久は年齢より若く見え、かくしゃくとしていた。悪びれた様子はなく、真っ当に生きていることを自負しているようだった。

そんな貴久がよどみなく犯行を自供していくさまは異様だった。

「十五日の夜、孫娘の佳奈が見知らぬ男にクスリを盛られレイプされたと泣いて帰ってきました。遼一が家にいなかったので、わたしに詳しく話してくれました。佳奈は賢明にも男の居場所をスマホのGPSで把握していました。わたしは怒りに震えました。家を飛び出し、遼一の車に乗って、男のアパートに乗り込んでいきました。怖くはありませんでした。初めからただでは済まさないと思っていました。部屋に上がり込むと、男と取っ組み合いになり、とっさに床に置いてあった鉄アレイで殴りつけました。打ち所が悪かったのか、たった一回の殴打で男は動かなくなりました。もちろん、泡を食いましたよ。人を殺したのは初めてです。でも、悪いのは自分ではない。この男が悪いんだと思いました。だから、聖掃者の仕業にすることを思いついたんです。死体を車で池袋の公園まで運び、額に×の印をつけました」

「ちょっと待ってください。あなたはどうして聖掃者が残す印のことを知っていたんですか？

捜査関係者しか知らない情報です」

「もちろん、遼一に聞いたんです。聖掃者の事件を捜査していることは知っていたんで、わたしが根掘り葉掘り聞いたんですよ」

「あなたは薬師丸遼一をかばっているんじゃないですか？」

「いえ、わたしがすべてやったことです。本当ですよ。わたしの頭は正常です」

「あなたは小田切護巡査部長と連絡を取り合っていましたか？」

「いいえ」

「天宮興業の佐伯利光と運転手の岩井健介を殺しましたか？」

「いいえ」

「藤井俊介巡査部長を屋上から突き落としましたか？」

「いいえ」

まっすぐに貴久を見据える。彩香は悔しさに歯嚙みした。

警察官としての自信が揺らぐ。完全犯罪なんてあるわけがない。いや、あってはならない。どこかに薬師丸遼一を追い詰める糸口があるはずなのだ。


人生最高の演技をしなければならない。義父への情けは無用だ。これは本人が望んだことなのだから。自ら課した役に没頭しなければならない。

刑事部屋に顔を出すと、部下の谷川、相馬、吉野、深田の面々が席から立ち上がった。どう声をかけたらいいのかわからない、というようにうろたえている。

谷川がかろうじて口を開く。

「薬丸さん……」

遼一はうなずいた。力強く。批判は受けるというように。

「うちの義父が正当防衛とはいえ、とんでもないことをしてしまった。申し訳ない。心から謝罪する」

頭を深々と下げる。

部下たちは口々に、薬師丸さんに責任はありませんよ、と言う。それでも、責任を感じずにはいられない、と渋面をつくって見せる。

谷川が気を遣ってなおも言う。

「薬丸さんが聖掃者を倒した事実は変わらない。おれはあんたを尊敬しているよ」

遼一はあらためて頭を下げた。

竹野内課長に呼ばれ、空き会議室で対峙して座る。

「この度はうちの義父が大変なご迷惑をおかけしました。心から謝罪いたします」

竹野内は冷めた目で遼一を見た。しばらく無言のまま顔中を隈なく矯（た）めつ眇（すが）めつする。

心のうちを見透かされているようだ。ネクタイに伸びかけた手を引っ込める。沈黙がたまらずに遼一は口を開いた。

「本当に義父は自供したんでしょうか？」

「本人はそう言っている。島田祐樹を殺したのは自分だと。取調べを行ったのは片瀬の妹だ。お義父さんはみんな吐いたそうだ」

絶望のため息を吐く。

「そうですか……。事実ならとんでもないことをしてくれたもんです」

「正当防衛だから重い罪にはならないだろうが……。それにしても、家族にも聖掃者の残した印のことを話したのはまずかったな」

「浅はかでした。しかし、まさか娘が薬を盛られてレイプされたとは……。義父ではなくおれが聞いていたら、おそらくおれがそいつを殺していたかもしれません」

目と目が合う。憎しみの色が見えるはずだ。島田は死んで当然の男だ。娘を持つ同じ状況に陥った親ならば誰もが同じ決断を下しておかしくはないと。

竹野内は言葉を放るようにして言った。

「刑事としてあるまじき発言だな」

「失礼しました。口が滑りました」

「気持ちはわかるがね」

「これで一件落着ですね？」

「ああ、本人が自供しているんだ。証拠となる島田祐樹のスマホも所持していたしな。間違いない。白井貴久が模倣犯だ」

そこで、竹野内は数瞬、沈黙した。

「だがな、一つおかしいことがある。佐伯利光の乗っていたエルグランドから採取されたDNAが小田切護のものとも、そして、白井貴久のものとも一致しないんだ」

遼一はとぼけて見せた。ネクタイにそっと触れる。それだけで気の動転が少し治まる。

「そうですか……。おかしな話ですね。そもそもその血は犯人のものではないんじゃないですか？」

竹野内はネクタイに触れる遼一の手に目をやるとにやりと微笑んだ。

「ああ、そうかもしれない」

## 14

春日凌はニュースを読み終えると、スマホをテーブルの上に放った。

ここ、タワマンのリビングで池袋署の薬師丸遼一警部補に模倣犯が警察内部の人間であり、その身体的な特徴を伝えた直後、薬師丸は池袋三丁目にある公園で小田切護巡査部長を射殺した。小田切護が聖掃者だったのだ。勘違いしていたが、模倣犯ではなく聖掃者が警察関係者だった。模倣犯は薬師丸遼一の義父の白井貴久である。孫娘がレイプされたと知って激怒した白井貴久は、薬師丸から聖掃者が被害者の身体に残す印を聞いていたので、島田祐樹を鉄アレイで殴り殺すと、その遺体に印を残し、聖掃者の仕業に見せかけて遺棄したという。

何かがおかしい。

なぜ薬師丸は小田切を逮捕せずに、射殺したのか。ニュースでは、薬師丸の知人の刑事である片瀬勝成警部が巻き添えになったとあった。片瀬は知人らしいが、警視庁の警務部にいるまったく畑違いの警察官である。あの場にいた理由もわからない。小田切はまず片瀬を数発撃ち、薬師丸が小田切を一発撃ったらしい。小田切がなぜ片瀬を撃ったのか。それも謎だ。

春日の読みでは、聖掃者と模倣犯はコンビだ。模倣犯が島田祐樹を殺したあと、真相に近づきつつあった黒川保を殺したのは聖掃者だからだ。小田切護と白井貴久がどうつながるというのか。

考えていると、一人だけ怪しい人物が浮かび上がってくる。その男だけが得をしているのだ。薬師丸遼一である。聖掃者を射殺したことで英雄扱いを受けている。

白井貴久は薬師丸をかばっているのではないか。あるニュースでは白井はがんを患い、余命幾ばくもないという。

模倣犯が薬師丸遼一だったとしたらどうだろう。娘がレイプされたと知った薬師丸はわれを忘れ、島田祐樹を殺害した。あるいは、娘が島田を殺して、父親に助けを求めたか。薬師丸は模倣犯の仕業に見せかけるために、島田の遺体に印を施した。もしそうだとしたら、聖掃者は激怒するはずだ。そもそも、聖掃者は薬師丸の犯行を知る由もないのでは？　いや、聖掃者が島田祐樹を監視下に置いていたとしたらどうだろう。聖掃者は薬師丸が島田を池袋の公園に遺棄したところを見ていたとしたら。

聖掃者の小田切はずる賢く考えた。警察官である薬師丸は使えると思ったのではないのか。たとえば、小田切が殺害現場に残した証拠品などの隠滅を指示するなどだ。島田を遺棄した現場の動画を押さえていれば、薬師丸は命懸けで何でもするだろう。

薬師丸の青ざめた顔を思い出す。あのとき初めて、薬師丸は聖掃者が誰なのかを知ったのではなかったか。

薬師丸は聖掃者が小田切だとは知らなかったのだ。それで身体的特徴を聞かされたとき、真っ先に小田切のことが頭に浮かんだというわけだ。さぞかしびっくりしたことだろう。

春日は笑い出した。こんなにも痛快なことはない。薬師丸はいまや英雄だ。誰も彼が模倣犯だとは思わないだろう。

この自分を除いては——。

15

寝つけずにベッドから抜け出すと、片瀬彩香は窓辺に置かれたソファにもたれ、昨夜空けた缶ビールの残りをあおった。温くなっていてまずい。スマホで時刻を確認すると深夜の二時過ぎだ。１ＬＤＫの狭い部屋に置かれたベッドでは、恋人の樹が静かに寝息を立てている。兄が死んで以来、一人でいるのがつらい。樹は連日、彩香の部屋で寝泊まりしてくれていた。そばにいてくれるだけでどれほど安らぎをもらえているか。

いまでも兄の死が信じられない。あんなにも快活で優秀だった兄が凶悪犯に銃で撃たれてあっけなく死んでしまうなんて……。

冷たい悲しみを感じたあとは決まって煮え立つような怒りが沸き起こる。

そのとき兄を助けなかった者がいる。不敵に笑う遼一の顔が忘れられない。薬師丸家を訪ねた際、竹野内課長からの電話で、白井貴久が自首してきたと聞かされたときのことだ。

あの男が模倣犯に違いない。助けられたかもしれないのに、兄を見殺しにした。遼一が模倣犯だと突き止めたがために。そんな男がいまや英雄扱いをされていることに我慢がならない。

彩香は白井貴久を事情聴取したあとで、竹野内から言われた言葉を思い出した。殺害された天宮興業の佐伯利光の乗っていたエルグランドから、小田切のものとも、白井のものとも一致しないＤＮＡが採取されたというのだ。

竹野内は曰くありげな笑みを浮かべた。

「いったい誰のＤＮＡなんだろうな。佐伯を殺したのは聖掃者でも模倣犯でもないってことか」

「決まってるじゃないですか。薬師丸警部補のものです。白井は嘘の供述をしているんです」

竹野内は声をひそめた。

「滅多なことを言うんじゃない」

「薬師丸警部補にＤＮＡ鑑定を受けてもらえばわかることです」

深いため息が吐き出される。

「それをするには、身体検査令状と鑑定処分許可状がいるな。そして、英雄扱いされている警察官を相手にそんな令状を請求できる人間はいまの警察内部にはいないだろうな」

「そんなの間違ってます。絶対に……。人を殺した犯人が野放しにされているんですよ」

「わかっている。片瀬、悔しいだろうが、いまは我慢のときだ。あいつから目を離さないでいよう。いつか尻尾を出すかもしれないそのときを待とう。悪事は必ず露呈するものだと信じてな」

# 終章

薬師丸恵理子はトイレにこもり、胃が空っぽになるまで吐き続けた。会社には一週間休むと申請した。会社のほうも困惑しているだろう。

父の貴久が正当防衛とはいえ人を殺したと自供したという。十五日の夜、佳奈は島田祐樹という男の自宅に連れ込まれた。それを聞いた貴久は、島田のアパートに乗り込んでいき、取っ組み合いになり、鉄アレイで殴り殺したと……。

貴久のことは恵理子がよく知っている。一時の激情に駆られて人に手を出すような短絡的なタイプではない。そんな話は作り話だ。おそらく父は遼一と娘をかばっている。

十五日の夜――。佳奈に何かがあったのは間違いない。

いったい何があったのか？　そもそも、佳奈が島田という男に襲われたと父に泣きついたとしたら、父は遼一に相談し、遼一はその男を逮捕するはずだ。けして殺したりはしないだろう。また、遼一に泣きついたとしても、同じく逮捕するだろう。

佳奈がその男を殺したのだ。レイプされそうになり、鉄アレイで思わず殴りつけ、結果、男を死なせてしまった。佳奈が遼一に電話で泣きつくさまが目に浮かぶ。遼一は究極の選択に迫られたはずだ。娘に自首させるか、それとも、この殺人を隠蔽するか。娘の将来がかかっていた。世界的なバレリーナになる夢が霧消するのを見ていられなかった。

気持ちは痛いほどわかる。恵理子は遼一以上に佳奈に情熱を傾けて育ててきた。佳奈がバレリーナで大成することは恵理子の夢でもある。それが消えてなくなるのは身を切られるほどにつらい。でも、遼一は佳奈に自首を促すべきだった。そして、おそらくはその話を聞き、遼一と佳奈の罪を被ろうと決意した父もまたなんと愚かなことか。余命幾ばくもない自分が身代わりになったわけだ。遼一が犯した罪をあの世へと持っていけば、すべて丸く収まるとでも思っているのか。

許せない。誰もわたしに相談せず、蚊帳の外に置いて、勝手に重要な決断を下してしまった。それも破滅的な決断を。

腸が煮えくり返るほどの怒りを覚える。しかし、いまや恵理子に取るべき手段は何も残されていない。いや、何かをしようとしてはいけない。時計の針を巻き戻せないのならば、もう何もしてはいけない。

家族を守るためだ。家族がばらばらになってしまわないよう、口を閉ざしているしかないのだ。

世間では夫は英雄視され、孫娘のかたきを討ったとして、白井貴久への同情の声も上がっている。とはいえ、恵理子はかつてと同じように振舞うことなどできそうになかった。人を殺めた佳奈も心を壊し、歩道橋から身投げしたではないか。遼一がいままでどおり振舞えていることが驚異なのだ。真面目なだけが取り柄な、ごく普通の夫だったと思う。娘の犯した罪をかばうと決断した日を皮切りに、遼一は正しい道を踏み外してしまった。正気を失ってしまった。おそらく夫が犯した罪はそれだけではない。言われなくともわかる。もっと深い罪に手を染めていることは……。それなのに、夫はいままでと変わらない夫を演じ続けている。

休み明け、会社には辞表を出そうと決めた。家族が壊れないようになんとか努めたかったが、恵理子には荷が重すぎた。会社を辞めたところで家族がどうなるのかはわからない。身内に犯罪者を出したことで周囲からは白眼視されるかもしれない。いまよりもっと生きづらくなるかもしれない。特に子供たちには過酷な未来が待ち受けているかもしれない。親としてできる限りのことはしてやるつもりだ。ただし、それにも限界がある。どうしようもないことだ。

*

スナック〈さおり〉に顔を出そうかと思ったがやめた。実際のところ、沙織ママとどう顔を合わせたらいいかわからなかった。世間では遼一は娘を犯された父親として同情され、聖掃者を倒した刑事として英雄視されているが、それで心が落ち着くことも、心が晴れやかになることもない。

犯した罪の数々は、忘れられるはずもない。

娘の殺人を偽装し、死体を損壊し遺棄した。罪なき者を殺させた。自分の身を守るためとはいえ、人を殺した。そして、義父に罪を負わせ、自分は名声を得た。

愛する娘のため、家族のため、そして、おのれのために、やったことだ。選択の余地はなかった。やるしかなかったのだ。もう一度同じ境遇に直面したとしても、同じ選択を繰り返すだろう。そして、その選択は正しかったと、そう思うだろう。

遼一は一人リビングのソファに座り、缶ビールをあおった。恵理子はいま、この家にいない。隣の家で義母と一緒にいる。悲しんでいる義母を一人にできないという名目で。貴久が罪を犯したとは信じていない。真相に気づいているだろう。追及してこないのは、やさしさからではない。怖いのだ。家族が決定的に壊れてしまうのが。それでいい。何も聞かないでいてくれさえすれば……。

佳奈は記憶を失くしている。時間が経てばまたバレエを踊れるようになるだろうか。世界的なバレリーナを夢見られるほどまでに快復できるだろうか。

将太の怒りは癒えたか。佳奈が復活すればまた嫉妬の炎が燃え上がるだろうか。それとも、心を入れ替えて、立ち直るだろうか。

おれはどうしたらいい？　いまの名声をもってすれば出世も望めるだろうか。

家族を守るためにも、壊さないためにも、そして、貴久の厚意を無駄にしないためにも、犯した罪の数々を死ぬまで胸のうちにだけ秘めることだ。そして、これからも善人を演じ続けること――。

それでいい。

夜のしじまを切り裂くようにスマホが鳴った。入院中の佳奈からだ。

「お父さん……」

散々泣いたあとのような声で言った。

「どうした？　何かあったのか？」

「わたしね、思い出したよ。みんな思い出したの……」

鋭く息を吸った。なかなか言葉が出てこない。

「佳奈……」

「わたしのせいでお祖父ちゃんが……」

「待っていろ。いますぐ行くから」

遼一は部屋着のままプリウスに乗り込むと、桜台総合病院まで飛ばした。心臓の鼓動が高鳴っている。頭蓋にまで響いている。どうしたらいいのか、わからない。

どうしたらいい？　おれはどうしたらいいんだ？

面会時間の終わる夜の八時に間に合った。病室に入ると、佳奈はベッドをリクライニングさせて、上半身を起こした状態で座っていた。頭の包帯が取れて、顔があらわになっていた。

「佳奈……」

「お父さん……」

遼一は駆け寄って、娘の肩を抱き締めた。

「わたしね――」

「もう何も言うな。何も……」

強く強く抱き締める。言葉にならない怒りが身体の奥から湧き上がり、腕が震えている。すべての原因はこいつだ。あんな男に出会ってさえいなければ……。

おれは罪を犯さずに済んだ。重い罪を重ねずに済んだ。義父も罪を被らずに済んだ。あまりにも道を踏み外した。せっかく記憶を失い、佳奈だけでも不安要素が取り除かれたかと思えたというのに、また問題をもたらすというのか。

このまま殺してしまおうか？

そんな激情が込み上げて、遼一は戸惑う。佳奈の未来のために犯したことだというのに。

「佳奈、何も心配するな。すべて忘れるように努めるんだ」

腕の中で震える声が言った。

「……できるかな？」

「やるしかない。できなかったら、また、歩道橋から飛び降りなくちゃならないからな」

佳奈は恐ろしい話を聞いたというように身を震わせた。

遼一は娘の滑らかな髪をやさしくなでた。


所轄の屋上から夜の街を見渡した。ネオンの明かりで街がきらめいている。今夜は暖かい。生ぬるい風が頬に心地よい。

遼一は夜気を胸いっぱいに吸い込んだ。春の匂いがした。

両手のひらを見つめる。ここから藤井俊介を突き落としたという実感が湧かない。数々の罪を犯してきたことがまるで夢のように感じられた。

おれはこれからどうなるのだろう。漠然とした不安に襲われ、遼一は身体を震わせた。手に入れた栄光の後押しを受けて、夢に見た出世を果たせるだろうか。それとも、悪事が暴かれて転落の日々が待っているのだろうか。

遼一は手摺りをつかんだ。下方を見る。足がすくんだ。

ビル風が吹き上がり、身体を包み込んだ。上着の裾がはためく。

目をつぶる。そして、結び目に指を入れると、ネクタイを緩めた。

謝辞

本書を執筆するにあたり、元警視庁刑事で犯罪学者の北芝健氏に警察内部の事柄について取材をさせていただきました。心より感謝を申し上げます。また、現役の警察官の方のお力も賜りました。ご都合によりお名前をお載せすることができませんが、深謝を申し上げます。ありがとうございました。

バレエについて、バレエダンサーの生方隆之介氏に教えていただきました。ありがとうございました。また、ご縁を繋いでいただいた、コメット電機株式会社の美容アドバイザー、小原レイ氏にも心よりお礼を申し上げます。

株式会社アートデイズの宮島正洋社長にも貴重なお話をいただきました。いつもありがとうございます。心より感謝を申し上げます。また、書籍では『警視庁監察係』（今井良／小学館新書）を参考にさせていただきました。ありがとうございました。

中村啓 Hiraku Nakamura

埼玉県和光市生まれ、東京都武蔵野育ち。第七回「このミステリーがすごい！」大賞優秀賞を受賞し、『霊眼』（宝島社）にてデビュー。異色のサイエンスミステリーである『SCIS科学犯罪捜査班　天才科学者・最上友紀子の挑戦』（光文社）シリーズが、二〇二二年、日本テレビ×Huluにて『パンドラの果実〜科学犯罪捜査ファイル〜』として連続ドラマ化された。

# 無限の正義

二〇二四年一月二〇日　初版印刷
二〇二四年一月三〇日　初版発行

著者　中村啓
ブックデザイン　鈴木成一デザイン室
発行者　小野寺優
発行所　株式会社河出書房新社
〒一五一-〇〇五一　東京都渋谷区千駄ヶ谷二-三二-二
電話〇三-三四〇四-一二〇一［営業］
〇三-三四〇四-八六一一［編集］
https://www.kawade.co.jp/
組版　KAWADE DTP WORKS
印刷　三松堂株式会社
製本　小泉製本株式会社
Printed in Japan　ISBN978-4-309-03166-8